大用不是木偶

大风不是木偶 / 著

行行重行行

廣東旅游出版社
GUANGDONG TRAVEL & TOURISM PRESS
悦读书·悦旅行·悦享人生

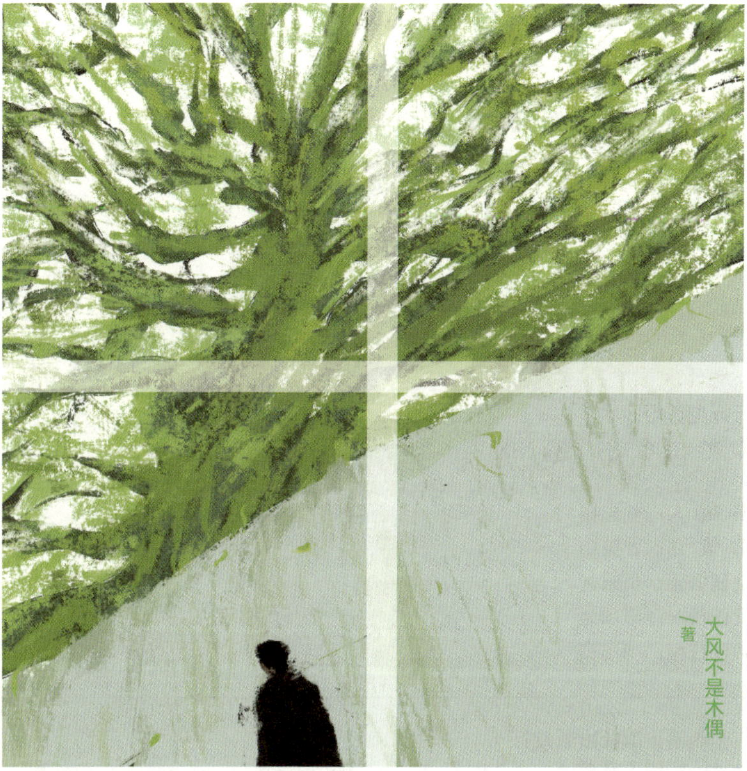

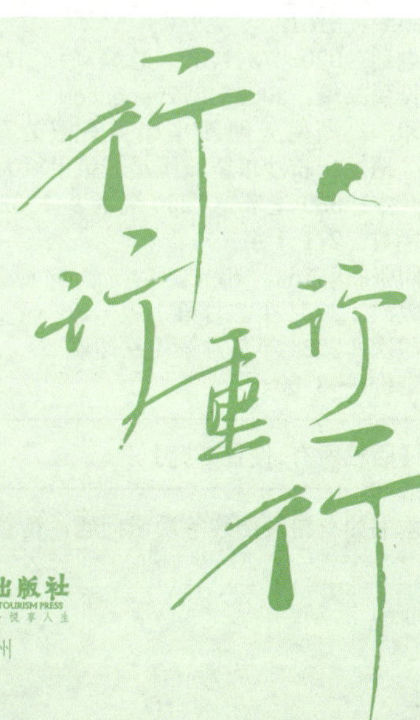

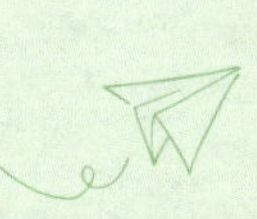

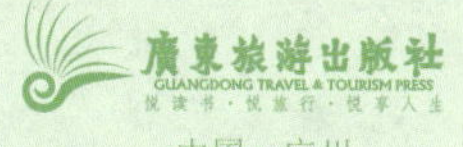

中国·广州

图书在版编目（CIP）数据

行行重行行 / 大风不是木偶著. — 广州 : 广东旅游出版社，2024.7

ISBN 978-7-5570-3266-1

Ⅰ. ①行… Ⅱ. ①大… Ⅲ. ①长篇小说－中国－当代 Ⅳ. ① I247.5

中国国家版本馆 CIP 数据核字（2024）第 055820 号

行行重行行

XINGXING CHONG XINGXING

出 版 人：刘志松
总 策 划：曾英姿
责任编辑：梅哲坤
责任校对：李瑞苑
责任技编：冼志良

广东旅游出版社出版发行
地址：广州市荔湾区沙面北街 71 号首、二层
邮编：510130
电话：020-87347732（总编室） 020-87348887（销售热线）
投稿邮箱：2026542779@qq.com
印刷：湖南天闻新华印务有限公司
（地址：长沙市望城区星城镇星城大道湖南出版科技园 电话：0731-88387578）
开本：880 毫米 ×1230 毫米 1/32
字数：271 千字
印张：9.75
版次：2024 年 7 月第 1 版
印次：2024 年 7 月第 1 次印刷
定价：48.60 元

烤鱿鱼

目录

Contents

我这辈子从没这样狼狈过，可我根本顾不上其他了，我脑海中只有一个念头：如果这次没有留住他，那大概就真的是永别了。

即便前路艰难，但我们还是决定，
软弱地坚守。

第一章

今天通京真冷，明明才十月，凉冰冰的风却直往骨头缝里刮，哪有金秋的影子。

缩着脖子走出地铁口的时候我想起严行，很久之前我以为严行是个不怕冷的人——谁叫他正月里飘雪的时候也露着脚脖子。后来我才知道，他怕冷着呢，只是比起怕冷更臭美。

这小子。

那会儿我经常念叨他，把你那脚脖子遮住行不行，穿条秋裤行不行，你这样年纪大了肯定关节疼……

现在我们年纪都不小了，不知道他的关节怎么样。

我叫张一回，这名字是我妈起的，她生我的时候是剖宫产，她说麻药劲儿过了伤口特别疼，疼就算了吧，后来她肚子上还留了长长一道疤。

所以她给我取名张一回，一回就够了，可别二回三回的。

别的小朋友名字多潇洒，子轩啊，宇昊啊，听着就很爷们是不是。

我这名字……反正从小到大，不少人问过我，你的名字是什么意思啊？

我总是摇摇头，说不知道。才不告诉他们呢，不得被笑死啊。

说到名字，我和严行第一次说话也是因为名字。我为什么记得这么清楚——因为我们说话之前我就注意到他了。原因有二，第一，他是我室友；第二，他实在太好看。

那是大学开学的第一天，我们上午整理内务，下午就要开始军训，严行到宿舍的时候已经是中午十一点多。当时我和其他两个人已经收拾好东西坐在桌前寒暄，他们俩一个叫唐皓，一个叫沈致湘，唐皓和我一样是本地人，沈致湘是滨城人，老家在楚南，所以叫致湘。

严行推开门走进来，他穿着深蓝牛仔裤，浅绿的T恤。他冲我们三个笑了一下，并没有说话。

于是我们也冲他笑笑。

严行拉着一只刚到他膝盖的小箱子——我忍不住盯着他的箱子看。开学报到，新生们都是又拉箱子又扛包的，这人怎么拉一只这么小的箱子？这么小，能装下什么东西？

我沉默地看着严行。他从箱子里取出一块崭新的抹布，把床和桌子擦干净了，然后又取出一张还没拆包装的小毯子——那可真是小毯子，目测也就严行头顶到腰的长度。严行把小毯子铺在光秃秃的床板上，接着从箱子里拿出几件衣服，他将衣服一件件叠好了，放进柜子。

——然后就没了。

没有床单，没有枕头，没有暖壶，没有盆，没有……不是，这哥们真打算住这儿吗？

严行踮起脚把空箱子推进门上方放行李的台子，他抬起双手的时候，浅绿的T恤也被带起来，露出一截很瘦很白的腰。

这时唐皓站起来，问我和沈致湘："我去吃饭，你们去吗？"

沈致湘也站起来，说："去，一起。"

我的目光在背对着我们的严行的背上一晃，鬼使神差地说："你们先去吧，我……还不太饿。"

他俩走了，宿舍里只剩下坐得屁股发麻的我和刚刚坐下的严行。

正在我犹豫着要不要主动打招呼的时候，宿舍门被推开。

来人是个高高壮壮的男生，拖着硕大的编织袋，说："127是吧，你们的军训服。"

“哦哦，”我连忙站起来，“谢谢师兄啊！”

“不客气，”男生笑笑，“每套军训服上面有标签，写着你们的名字，看清名字。”

我捧着一沓沉甸甸的军训服，我的、唐皓的、沈致湘的，然后我看见了严行的名字。

“呃，你的名字是……严 xíng 还是严 háng ？”

严行像是正在发呆，猛地回过神来，目光躲闪了一下，说：“行……行走的行。”

“噢，”我把衣服递给他，“你的军训服。”

“谢谢。”严行接过衣服。

我刚要转身，严行开口了。他说一口标准的普通话。

“你叫什么名字？”

“张一回。”

“一回？”

“一个的一，回来的回。”

“张一回，”严行低声重复了一遍，说，“我记住了。”

很多年之后每每回想起这个场景，我总忍不住想，如果当时我和唐皓他们去吃饭了，是不是就——就不会有后来，以及后来的后来？

但“如果”是没有意义的。一切都发生了，就算别人不知道，我自己一清二楚。

我在一本小说里看到这样的话：如果这些故事在我三十岁的时候还无处倾诉，它就会像一扇黑暗中的门，无声地关上。那些被经历过的时间，因此就会平静而深情地腐烂掉。

今年我二十八岁。我不知道我是不是已经足够平静，但我知道我没办法让那些后来和后来的后来像黑暗中的门一样，无声关上。

下午开始军训，我们这届运气好，就在本校军训。

教官就是我们的国防生师兄，一共军训十四天，总的来说，这军训挺水。但只有一点要求严格——军训期间不许夜不归宿。

军训动员大会上，穿着军装的院长在台上三令五申，我坐在下面昏昏欲睡。

唐皓坐我左边，沈致湘坐我右边——严行？不知道他在哪儿。

“欸，张一回，”唐皓小声说，“那个严行什么情况啊？”

我摇头说：“不知道。”

“他也是本地的？看他那儿啥都没有，根本不准备住人吧。”

“噢，可能吧……”我是真的困。

“他放在床头那件T恤你看见没？莫斯奇诺的，两千多呢，”唐皓继续说，“还有他那双鞋，我开学前刚在专柜看见过，四千二。”

我陡然清醒过来，一件T恤两千多？四千二一双鞋？真有钱……这学校里的有钱人果然不少。

我是走了运才考上这所学校的。

别人都说通京学生沾光、通京学生占便宜，这跟我没有半毛钱关系。我家在丰平，我爸六年前病退，我妈在公交车上做售票员。我呢，是既没钱进好的私立学校，又不在公立重点高中的学区里。这年头，进不了好高中，基本就和重点大学绝缘了。我身边的小伙伴虽然和我一样有着通京户口，却少有人考上所谓的好大学。有的对学习上点心，离开通京去外地上学了，有的不上心，就读个职业学校，或者直接不上学了在外面混。

我是我们那片儿唯一考上“985”大学的，是我走运。

一下午净站军姿了，吃了晚饭又晚训。洗完澡回到宿舍，唐皓和沈致湘一动不动地趴在床上，只有嘴里还嘟囔着，长吁短叹。

我也累得够呛，靠在枕头上回了我妈一句“在学校一切都好”，就有点儿打瞌睡了，视野中灯管的光越来越模糊。

不知过了多久，沈致湘晃醒了我。

“张一回，你见严行没？”

“啊？”我迷迷瞪瞪，“严行？他——”

严行的床上只有那块毛茸茸的袖珍毯子，以及裸露出来的床板。

“严行去哪儿了？”沈致湘皱眉，“刚刚师兄来通知，十点半辅导员过来查宿。”

十点半？我摁亮手机，现在已经是十点十一分了。

“洗个澡也不能洗这么久吧？”唐皓跷着二郎腿坐在床上，“这人真行。”

我们的宿舍不是独立卫浴，洗澡要去学校的澡堂洗。

沈致湘叹气：“估计出去玩了吧，唉，也没他手机号。”

唐皓笑了一声：“他家看着挺有钱的，没准儿去酒吧街了，嗯，外地人来通京是该感受下那里的纸醉金迷……”

我是个有点儿迟钝的人，说白了情商略低——但这会儿我也感觉出来了，唐皓够阴阳怪气的。

沈致湘不吭声，他也是外地人。我心说其实我也没去过酒吧街……当然，我什么都没说。

这天晚上十一点四十分，严行回来了。

我们宿舍是十一点半就关大门的，我不知道他用什么法子让凶巴巴的宿管大妈给他开了门。总之他是回来了，顶着走廊黯淡的灯光。

那时我们都已睡下，他轻轻敲了一下门。

沈致湘吭哧吭哧地打呼噜，压根没醒。

我的床和沈致湘对着，都靠里侧。唐皓睡在靠门的位置，他对面是严行的床。唐皓的呼噜声停了，然后他响亮地“啧”一声，翻了个身。

门又被敲了一下，这一下敲得更轻，甚至要被窗外低低的蝉鸣盖去。

我掀开身上的毛巾被，下床去给他开门。

严行站在门口，抿着嘴冲我无声地笑，我觉得这个笑像是讨好——因为他的眼睛都没有动。

他也不急着进来，而是冲我做了个口型：“谢了。”

我点头。

走廊的白炽灯光经过半开的门，落在地板上。不知是不是灯泡上聚集了很多小飞虫的缘故，我总觉得这灯光暗得发灰。

这样看来他似乎比我还高一点，但他太瘦了，下巴尖得让我想起《哪吒传奇》动画片里，那只和商纣王一同葬身火海的狐狸。

严行进屋，几乎是毫无声响地爬上床。

可他床上不是只有一张小小的毯子吗？

那一晚我不知道他是怎么挨过去的。

第二天早上我醒得早，被冻醒的。

才五点四十，沈致湘和唐皓都睡着，我一翻身就看见严行穿戴整齐地坐在床头，手里捧着一本书。他的目光和我撞上，一顿，又收回去。

这人，昨晚不还说"谢了"吗？

我轻手轻脚地下床，换上军训服，去水房洗漱。

走出水房的时候碰上严行提着暖壶走进来，看样子是来打热水，我都不知道他什么时候买了暖壶。擦肩而过时我忍不住叫住他："严行。"

"嗯？"他看向我。

"昨晚辅导员查宿，"我说，"不过没查到咱们这儿，只查了一楼，听说下次可能查二楼。"

严行点头："我知道了。打扰你们休息了，真的对不起啊。"

可我是在说辅导员查宿啊？

"我不是这个意思，"我硬着头皮解释，"我是说……要不你把你手机号给我？辅导员查宿我提前通知你，你就赶快回来。"

严行像是愣了一下，随即掏出手机，说："好……谢谢你了。"

"不客气。"

我发誓，当时我要他手机号，真的是出于"都是室友，好好相处"的想法。

十四天的军训很快就结束了。

虽然严行把手机号给了我，但我并没有给他打过电话——那次之后他就没有晚归了。每天，唐皓和师兄站门口聊天的时候，他在看书；沈致湘抱着电脑和同学打游戏的时候，他在看书；我盯着宿舍白花花的墙壁发呆的时候，他还在看书。

所以他究竟哪儿来这么多书要看？这不还没开始上课呢？！

严行不在的时候，唐皓曾压低嗓音问我们：“严行天天看什么呢？他那本书……封面怎么还是英文的？”

“The Kite Runner，”沈致湘说，“《追风筝的人》，挺出名的小说。”

唐皓撇撇嘴：“还英文的，给丫牛的。”

我不作声，只在心里想，没听说过这本小说，改天去看看图书馆有没有。

然后就开始上课了。

高中老师为我们憧憬了一遍又一遍的大学生活，终于来了。

百团大战那天我去转了一圈，五花八门的社团一个挨一个挤满了学校的主干道。围棋社、轮滑社、动漫社……问了几个，都是要交社费的。

航模社一人五十块钱社费，五十块啊，五顿饭都有了。

犹豫两秒，我收回了拿报名表的手。

学生会竞选也热闹极了，校学生会的情况我不知道，但单是院学生会就吓了我一跳。

沈致湘报名了院学生会，面试那天他拖我陪他一起去，出门前他特地换了一身崭新的耐克。

到了面试的地方，我俩却一起傻眼。

耐克？别人穿的都是西装，领带一打，挺括又严整。

沈致湘瞪着眼睛，低声感叹。

面试的房间在院楼三楼，队伍竟然排到了二楼。

“怎么这么多人……妈啊，”沈致湘愣愣的，“军训的时候我都没感觉咱院人这么多。”

“是啊……”我也愣愣的。

一周后院学生会录取名单公布，沈致湘自然落选了，倒是唐皓竟然进了生活部。

又经过这么一番折腾，我的大学生活似乎才算是真正开始了。虽然这番折腾好像和我也没什么关系。

商学院课多，大一的课尤其多，唐皓加入学生会之后就常常见不着人，总是到了快熄灯的点儿才回宿舍。没过多久沈致湘参加了吉他社，除了每周五晚上去弹会儿吉他，就和我一样“无组织”了。

至于严行——我不知道他有没有参加社团，但可以确定他既没有加入院学生会，也没有当班委。说不上为什么，我总觉得他是个存在感极低的人，虽然他也天天在宿舍住着。

每天他起得最早，大概六点整？我不知道。只记得有一天早晨我被尿憋醒起床上厕所，那时天蒙蒙亮，我就见他背着书包出门了。到了晚上十点左右，他仍旧是背着书包，回了宿舍。

然后他下楼洗澡，回来，睡觉。

——兄弟，高中老师说的丰富多彩的大学生活，都被你过到狗肚子里了？！

不过，那句话怎么说的？哦，是金子总会发光。

开学一个月后，我和沈致湘在去食堂的路上被拦住了。

“同学，”拦住我们的女生扎着一对马尾辫，笑起来有两个酒窝，“我叫蓝茵，蓝色的蓝，茵茵绿草的茵。我是文学院的。”

“啊，”沈致湘猛地挺直了身子，“你好……呃，同学你好！”

蓝茵还是笑着，我发现她睫毛很翘。

她看着沈致湘，说：“你是沈致湘，对吗？”

“对！”沈致湘脸红了。

“那……”蓝茵微微低下头，有些不好意思似的，“你能不能把严行的手机号给我？”

沈致湘：“……”

我：“……”

她这轻轻柔柔的一句话，像唰唰唰使出一招葵花点穴手，猛地定住了沈致湘春情荡漾的脸。

场面十分尴尬。

“我没有……”过了好几秒，沈致湘才说，“我没他手机号。”

“啊？”蓝茵咬咬嘴唇，“可你们不是室友吗？”

“我们和严行……不太熟，”像是急于证明清白似的，沈致湘杵了我一胳膊，“你也没有严行的号码，是吧？”

我心虚地点头：“嗯，没有。”

于是蓝茵道过谢，走了。

沈致湘望着她已经消失于抢饭大军的背影，长叹一口气：“我——就——这——么——丑——吗——”

“没，”我安慰他，“是对手太强大。”

“哎，你说！”沈致湘右手握拳砸在左手掌心，“现在的审美是怎么了？怎么都喜欢那种的？这种审美趋势有问题啊我给你说！竹林七贤你知道吧，他们那个时候男人就是以阴柔为……”

得，这人悲愤得开始满嘴跑火车了。

晚上回宿舍，不知是不是受了刺激的缘故，沈致湘竟然主动和严行搭话。

其实他们俩也不是完全零交流，毕竟大家住在一个屋檐下，起码的打招呼点头还是有的。只不过，也仅限于打招呼点头了。严行从不参与我们的闲聊。

“严行，”沈致湘忽然开口，“你怎么这么白？”

严行刚洗完澡回来，头发湿漉漉的，发梢的水珠顺着白皙的脖颈滑进领子。

他从书本里抬起头，看了我和沈致湘一眼，淡淡地说：“有吗？我没注意过。”

他看书时戴着副黑框眼镜，细细的眼镜框包围着那双桃花眼，一瞬间，我忽然觉得他的目光有些凌厉。

但也就是一瞬间的事。

“哎……”沈致湘到底是憋不住了，“今天我和一回被一个女生拦住了，找我俩要你的手机号。”

“女生？”严行皱眉，“谁？”

“蓝茵，蓝色的蓝，草字头下面是因为的因的那个茵——你认识吧？”

严行仍然皱着眉，几秒后说：“昨天我捡到她的校园卡了，”他紧接着又问，“你们没把我的手机号给她吧？”

“我们没有你的号码啊。”沈致湘说。

严行看看我，没说话。

沈致湘又说：“那女生挺漂亮的，是不是看上你了？”

严行摇头说：“不认识。”

“你认识一下不就得了，人家都主动来找你了。”

也许青春期的男孩总是难以抵挡漂亮女生的魅力，即便蓝茵的目标根本不是沈致湘，沈致湘却还是忍不住一再提起她。

这次严行连头都不抬了，只低声说：“不用。下次她再找你们问我的事，你们不理她就行，谢了。”

沈致湘“哦”了一声，转过头来冲我耸耸肩。

几天后的周末，唐皓回家，沈致湘去港城找同学玩，我也打算回家。

临走前我提醒严行：“这周末我们三个都不在，你出门记得带钥匙啊。”

严行应下：“嗯，谢了。”

其实他从没忘带过钥匙——除了军训那次，当时我们整个宿舍还只有一把钥匙。

那我为什么要多此一举提醒他呢？我也不知道自己是怎么回事，也许是有些不好意思吧。我和唐皓都回家了，沈致湘出去玩，宿舍只剩严行一个人，总感觉有些亏待他似的。

周五下了课我就直接回家，转地铁再转公交。到家已经七点多了，肚子饿得咕咕叫。通京的秋天已经来了，飒飒秋风吹在身上，有一些冷。我想着我妈做的红烧肉，一鼓作气爬上四楼，敲门。

——没人应。

不应该吧，我周一就给老妈打了电话说要回来的。

“妈，你和我爸跟哪儿呢？”

“啊呀！”老妈叫了一声，“忘了你这星期回家了！”

她和我爸去了我小姨家。小姨家在燕平。

我只好在楼下小店里吃了份鸡蛋炒饭，又灰头土脸地滚回学校。

回到宿舍时已经晚上八点半了，严行不在宿舍。

九点半，严行没回来。

十点半，严行没回来。

到了十一点半，我坐不住了，拨了严行的手机号。

但他没接电话。

出去玩了？之前周末也没见他出去玩啊？不过周末宿舍没有门禁，晚归的学生倒是很多。

我没办法，只好洗漱睡觉。躺在床上，奔波一天的倦意却倏然散去了。

直到凌晨一点二十七分，走廊里响起脚步声。

那脚步声很慢，拖沓着。

不是严行，我想。

可下一秒我听见钥匙插进锁孔的声音。

随即，灯也亮了。

在寝室明亮的灯光下，严行的身影撞进我的视野。

之所以说是撞——因为他整个人是踉跄着摔进屋子的。

我连滚带爬，总算是接住了严行。

他身上的酒味浓得刺鼻，我忍不住皱了鼻子，使劲儿架着他：“严行、严行你没事吧？！”

我这才发现他穿着件又紧又短的T恤，T恤下摆紧紧箍在腰上，而他下身穿的又是低腰牛仔裤，一眼看去，白花花的腰和小腹都露在外面。

“我没事，”严行扒着我的胳膊试图站起来，但脚下一滑又扑在我身上，“别叫人，我没事。”

“你怎么喝这么多？”我把他小心地放在床上，想起小时候听过某远房亲戚喝酒猝死的故事，有些紧张，“真没事？你别硬撑啊，难受我就陪你去医院。”

“真没事，”严行脑袋一歪，竟然冲我笑了笑，“我是在宿舍吧？”

我心想这是喝了多少啊，说：“是宿舍，我是张一回啊——认得出来吗？”

“张一回……”严行轻声说，“认得出来。”

“嗯……”我看着醉醺醺的严行，手足无措。我爸由于身体的缘故不能喝酒，我是真没照顾醉汉的经验。

但事实证明我想多了，严行用不着照顾，他自个儿把鞋一蹬，睡着了。

我盯着他的睡颜，仍有些紧张，心说不会睡死过去吧？

好在，他的呼吸挺平稳，只是有些重。

我这才回过神来细细打量他。他穿得真少啊，通京的秋天这么冷，不怕感冒吗？

我凑过去为他盖毛巾被，双手抓着毛巾被覆在他肩上的瞬间，我目光一顿——严行的锁骨上，T恤半遮半掩的位置，有……吻痕。

我为什么一下子就确定了那是吻痕而不是虫子叮的？

因为——那是一连串。

那是一连串，红通通的，吻痕。

第二天早晨八点十分，严行猛地从床上坐起来。

倒不是我掐着表等他醒来，而是当时我妈打电话来叫我回家，我拿起手机时，恰好看见屏幕上的时间。

没记错的话，这应该是开学两个多月以来，严行第一次在这个时间出现在宿舍。

我一面应着我妈的话，一面看向严行。他脸色惨白，胸口剧烈地起伏，昨晚我给他盖上的毛巾被的一角耷拉在地上。他额头上有一片汗水，反射着清晨金灿灿的阳光。

挂了电话，我问他：“做噩梦了？”

“嗯……”严行用手背抹了把脸，“昨晚我喝得有点多，谢谢你了。”

“不客气。”我冲他笑笑。

严行也笑笑，起身收拾东西，下楼洗澡。

我叠好被子收拾好背包的时候，严行带着满身水汽回来了。他换了身新衣服，黑底白纹的衬衫，灰色运动裤，显得人很精神。但他的脸色仍不太好，眼底两个重重的黑眼圈。

“你回家？”严行问我。

“嗯，”我把地铁卡揣进兜，“走了啊。”

“拜拜。”严行在我身后，慢吞吞地说。

到家时刚刚十点，楼下的早餐摊还没散。老妈已经开始做饭了。

“怎么这么早？”

“这不是你回来嘛，”老妈边翻铲子边说，“盼你回来一趟可不容易哟。”

“太远了，”我叹气，“地铁里那个挤啊。”

十一点就开饭了，明明家里三个人，老妈却做了满满一桌子的菜：炸藕合、白菜丸子汤、腰果虾仁，还有买的半只烤鸭。

“妈，你这……”我没出息地咽了口唾沫，“也太夸张了吧。”

“多吃点，”老爸颤巍巍夹起一大筷子腰果虾仁，堆在我碗里，“一眼就看出来瘦了。”

“真的？”我挺高兴，“不会是长个了吧。”

老妈摸摸我头顶：“好像长了点，吃完量一下。”

边聊边吃，一家人都吃撑了，然后各回各屋午睡。床单枕罩都是老妈新换的，有一股淡淡的洗衣液味道，闻着很舒服。被子松松软软，盖在身上，像轻柔的云。

我忽然想起严行，这天气冷得要盖被子了，他的床上却还是单薄的毛巾被，真不知道他怎么想的。

第二天吃过午饭，我就该回学校了。老妈嗔怪我走得太早，我只好搂搂她，解释说就下午这会儿人少，吃了晚饭再走就该赶上晚高峰了。出门时老爸偷偷塞给我五百块钱，说：“拿去零花，有喜欢的女孩儿，请人家吃吃饭逛逛街。”

我小声说“爸您想多了”，但他执意把钱塞进我书包，压低声音：“这是我的——私——房——钱——”

到宿舍时，门上大锁没锁。

我开门，见严行床前并排摆着他的白球鞋。

“你回来了？”严行揉着眼睛坐起来，身上紧紧裹着毛巾被。

“嗯，”我把书包放下，“你怎么这会儿睡觉？”

按严行一贯的作息，这个时间他就不可能在宿舍。

“我，”严行嗓子有点哑，“困了就睡了。”

“噢。”我从书包里掏出被老妈包了三层塑料袋的保温盒，“我妈做的，来点吧？”

“啊？”

“红烧肉，我妈做这个一绝，”我走到严行床边，“他俩回来肯定挺晚了，你趁热吃吧。”

严行低头看着微微焦酥的肉，几秒后，伸手把保温盒接了过去。

我靠着柜子看严行。他大概没吃午饭吧，筷子下去就停不住了，米饭和着肉大口大口往嘴里塞。他的两颊鼓起来，吞咽的速度非常快，像我小时候在通京动物园看过的松鼠。

很快，大半盒红烧肉和米饭下肚，严行才猛地想起什么似的，抬头问我：“这是你的……晚饭？”

他嘴角还黏着颗米粒。我有点想笑，不然呢？专门带给你们吃的话，干吗还放米饭啊。

“没事，你吃吧，”我说，“我还带了面包。”

“我……”严行忽然站起来，手里还捧着保温盒，“对不起啊，张一回。”

我愣了愣，连忙摇头：“道什么歉，我在家吃好几顿了，你快吃吧。”

严行看看我，复又坐下，接着吃。

他低头时，头顶小小的发旋露出来，落进我视野里。我看着严行，视线从他的发旋，到他的肩膀，然后是胳膊、手腕——真瘦啊，怎么过了个周末感觉他更瘦了？那腕骨凸得很明显。

“严行，”我也不知道自己怎么想的，可能是那个瞬间脑子抽了一下，“我还有一床被子，你可以先盖着。”

我从行李箱里搬出那床五斤的厚被子，放在了严行床上。

“你不盖吗？”严行盯着被子，小声问我。

“我现在盖的那床也有三斤呢，够了，”我说，“不过过段时间降温了，你……”

“我会赶快买被子的！”严行连忙说。

“我是说，过段时间降温了，你得多穿点。你穿得太少了。”

“啊，”严行点头，顿了一下，略略压低声音，“真的谢谢你了，张一回。”

“不用这么客气。”我被他谢得脸有点烫，至于吗？多大点事。

犹豫了几秒钟，我又说：“你下次，还是少喝点儿吧。那么晚了，呃，虽然现在治安还行吧，但还是……你一个人，还是不太安全。”

说完我就立马后悔了，也许人家是有人送回来的呢？他脖子上还那么一大串吻痕呢。

吻痕，对了，怪不得他拒绝了那个文学院的女孩子。他大概有女朋友，或者至少不缺女朋友。

严行把我的被子抱在怀里，低着头不知道在想什么。过了好一会儿，他点点头说：“嗯，真的麻烦你了，前天晚上。”

这个人真是，我没有怪他前天晚上给我添麻烦啊。

第二天沈致湘回学校，这家伙贼眉鼠眼，一把拽过我，恶狠狠道：“是不是哥们啊！上次借你件T恤你都不借！怎么把被子借给严行？！”

这家伙倒是眼睛够贼，我推开他，冷酷地回答：“废话，你一件衣服能穿半个月，我借你穿了我以后还穿不穿？！”

沈致湘一拍大腿：“我跟你说！我就把话放这儿了！我以后天天换衣服！”

我奇怪地问他：“你受什么刺激了？”

“被她嫌弃了，”沈致湘倒在床上，长长叹了口气，“嫌我衣服脏了，又嫌我发型不好看，我看她就是……哎，你说，她变心也变得太快了吧？暑假的时候还天天跟我聊天儿呢！这还不到一个学期！”

那悲愤交加的小模样，再蹙个眉，就直逼西子捧心了。

我没谈过恋爱，只好硬着头皮安慰他：“这个……旧的不去，新的不来嘛。”

“我对她很认真的！”沈致湘哀号，“你知道我喜欢她多久了吗？就我俩上课传的字条，这么厚一沓——”

我只得听他缅怀了半个小时的单恋岁月。最后，沈致湘说着说着，声音竟然有些哽咽了，一个一米八几的东北爷们，竟然哽咽了：“唉，其实我哥们——和她同专业的——都和我说了，她早就和同年级一个男的暧昧上了……”

很久之后想起这些画面，我才明白那时候的我们连忧伤都是轻飘飘的，那是世界上最快乐的忧伤。

第二章

临近熄灯的时候唐皓回宿舍了，一边走一边打电话:“哎，王老师，是我，小唐……嗯嗯，您看您那会儿有空吗？可以？那太好了……”

唐皓挂了电话，问我：“严行盖的是你的被子？”

怎么是个人都盯着严行的被子？那不就是一床被子吗？！

“啊，”我只好点头，“借他盖着，他没厚被子。”

“真行，”唐皓似笑非笑地说，“关系这么好。”

他说完，起身去洗澡了。

严行躺在床上背对着我们，大概是睡着了，没听到。我和沈致湘对视一眼，彼此都有些莫名其妙。

我的目光又落在严行身上。

他太瘦了，如果不是露出了乌黑的后脑勺，简直看不出被子里裹着一个人。

我又想起今天中午他捧着红烧肉狼吞虎咽的样子，难道这家伙都不按时吃饭的吗？

周一的早上总是兵荒马乱，早上八点的课，我和沈致湘一睁眼，七点四十了。

“完了，”沈致湘飞速往身上套衣服，叫道，“完了完了今天肯定没座位了！”

周一早上第一节课是高等数学，老师是个小老头。他坚持不用PPT，板书写得密密麻麻，坐在靠后的位置根本看不清。

我和沈致湘连滚带爬冲进教室，总算没迟到。但教室里果然已经黑压压坐满了人。

我俩认命地往后排走，去找座位，这时兜里的手机突然振动起来。我掏出手机，见来电人竟是严行。

“我在第二排，靠窗户这边，”严行说，“给你占了个座位，你过来吧。”

我挂掉电话，拍拍沈致湘肩膀，说：“你先找着啊，那个，我……去那边儿坐。”

沈致湘：“哪儿？”

“严行帮我占了个座位。”

沈致湘看我一眼，点点头，突然唱起来：“明明是三个人的电影，我却始终不能有姓名……”

“滚吧。”我笑骂。

我坐到了严行身边。

“你吃早饭了吗？”严行问。

“呃，没……起晚了。”

严行从课桌的抽屉里拎出一个塑料袋，那是肯德基的袋子。

“我点了个套餐，没吃完，”严行把袋子推到我桌上，“你吃了吧？我真吃不下了。”

“呃……”我打开系着的袋子，里面是一枚蛋挞、一个汉堡、两块鸡翅，还有一杯热豆浆。

我大概有四五年没进过肯德基了，不知道这些东西要多少钱，三十块钱够吗？一顿早餐三十块，好贵。

“怎么了？”严行问。

“这是……多少钱的？”我有些尴尬，“我给你钱。”

严行抬眼默默看着我。他有一双黑白分明的眼睛，清澈如深冬时玻璃上的冰凌，我在他的注视之下感到十分懊悔。

这样就太生分了，我明白过来。以严行这样的条件，一顿没吃完的肯德基算得了什么？我说给他钱，肯定会让他觉得我是故意不给他面子，或者，我没拿他当朋友。

但其实我只是不想占便宜，小几十块钱的一顿饭，对我来说挺奢侈了。

“是真没吃完，”严行开口，有点儿磕巴，“不用给我钱，我用优惠券买的，很便宜……你……你吃吧，要不就凉了，张一回。”

我连忙点头：“嗯嗯，谢了。”

汉堡是牛肉的，小小一个，牛肉的味道又香又醇厚，还有一点辣。

一整节高数课我都魂不守舍，余光瞟到严行在记笔记，便也跟着记笔记，实际上根本不知道老师讲到哪儿。

只有那汉堡的辣味儿，在唇齿间久久不散。

两天之后，学院里开始筹备艺术节。这是大一新生入学以来的第一个团体活动，唐皓是生活部副部长，自然也参与筹备工作。

他每天都西装革履地出门，手里拎一只黑色公文包，不像学生，倒像已经工作的职员。有一次课间，我在走廊里透气，恰好遇到唐皓，他正叉着腰训斥一个女生：“你怎么弄的？不是让你去和刘主席好好说一下吗？啊？你可好，你去完，人家刘主席直接让我们别管这事儿了！你干什么吃的啊，我真是服了，大小姐，姑奶奶，我知道你们女生脾气大，但你能不能为我们部门想一想……”

唐皓背对我，那女生面对我，她绷着嘴要哭不哭，表情十分难看。

我转身回教室，避开这尴尬的场面。

中午回寝室时，唐皓正在劝沈致湘：“你参加一下呗？男生宿舍每个宿舍出一个节目。”

沈致湘干脆地摇头：“我啥都不会啊。”

“你不是会拉二胡？”

“我那水平，可别了吧，太丢人了。”沈致湘笑着说。

开学时的班级见面会上，每个人都做了自我介绍，我才发现班里的同学真是多才多艺，有钢琴十级的，有在国家歌剧院唱过歌的，有爱好跳伞和潜水的……当时沈致湘也说了，他会拉二胡。

“随便拉个曲子就行！”唐皓仍在游说，“不用多好，咱又不是专业的，对吧？我觉得你很有那个范儿了。你没二胡，我给你借一个，我认识一音乐学院的妹子，也是拉二胡……”

沈致湘依旧摇头：“我拉得不行，你问问别人吧。”

说完，他转过身去，戴上耳机，开始听英语了。

唐皓长叹了一口气。

“张一回，你呢？”唐皓问我。

我笑着摇头：“我什么都不会。”

唐皓又叹一口气，转身出去了。

唐皓走了，沈致湘起身去把寝室的门关上。这时严行还没回来，寝室里只有我们两个。

“你也别搭理他，”沈致湘骂道，“狗眼看人低的玩意儿。”

“怎么了？”

沈致湘说：“我刚回宿舍的时候，在门口听见他打电话，他说‘我们宿舍这些人都太垃圾了，指望不上’，他厉害他自己上啊。”

我愣住，问：“他这么……说的？咱们没得罪他吧？”

“就是狗眼看人低，”沈致湘耸肩，“不用理他。”

到了晚上，唐皓又问严行能不能去表演个节目，严行拒绝得更加干脆简洁：“我不会。”

唐皓大概也没对他抱什么希望，“哦”了一声，上床睡觉了。

这本该是相安无事的一晚，然而躺下没多久，寝室的暖气呼啦呼啦响起来。

然后我觉得越来越冷。

唐皓和沈致湘此起彼伏地打着呼噜，我摸了摸自己的鼻尖，冰凉的。我哆哆嗦嗦下床，摸一把暖气片，才发现暖气竟然停了。怪不得这么冷。

我回到被窝里，黑暗中，放在枕头旁边的手机突然亮了。

是一条短信："你来我床上挤一下吧，我这床被子厚。"

发件人：严行。

我身上披着被子，轻轻爬上了严行的床。

单人床上躺两个男人，实在有些拥挤。严行为了给我腾出地方，使劲儿朝墙根缩。他向我敞开自己的被子，用气声说："把你的盖在上面吧。"

我把被子搭在严行的被子上面，钻进被窝。我嗅到一股清甜的香味，分辨不出是什么花的味道，玫瑰吗？

严行几乎是贴在墙上，问我："暖和点了吗？"

两床被子叠在身上，果然温暖许多。黑暗中我伸出手，把贴在墙上的严行拉到身边："你不用那么靠里……这样也躺得下。"

伸出手去捞他时我才发现，他的后背根本没裹住被子，直接隔着薄薄的睡衣贴住墙，很凉。

严行虽然比我高一些，但实在太瘦了。我们俩肩膀抵着肩膀，我能感受到他凸起的骨头，还有暖烘烘的热度。我忽然不怎么困了。

"是什么味道？"我轻声问他，"你被子里……有股香味儿。"

"嗯？"严行顿了顿，"是桂花。"

"桂花？"

北方桂花极少，我没去过南方，并不知道桂花是什么味道。

"嗯……我的沐浴液是桂花味儿的。"严行说。

"很好闻。"

"睡吧。"严行裹了裹被子。

没过多久，他就睡着了，而我还醒着。冬天的夜晚一片静谧，连沈致湘和唐皓都成了静谧的一部分。严行睡着睡着弓起了身，他的呼吸轻轻地，一下一下，如夜间的海潮，规律而平静地舔舐沙滩。

第二天早上，沈致湘气哼哼地瞪着我："张一回你行啊，偷偷摸摸就跑别人床上了！"

身旁的严行还闭着眼，不知道醒了没有。

“昨晚暖气停了，”我小声说，“太冷了，我就……”

“哎，”沈致湘的关注点飞快跳跃，“严行今天怎么起这么晚？”

我看一眼手机，将近八点半了，早就过了严行平日里的起床时间。

“不知道……”

说话间，严行突然动了动。

唐皓已经出门了，沈致湘套上毛衣，翻个身又睡着了，严行还是没醒。

我深深换了一口气，僵硬地躺下。

一周之后，学院发出通知，艺术节晚会将在下周五举办。隔壁寝室的刘一晖过来借拖布，和沈致湘闲聊，问道：“你们寝室出什么节目啊？”

沈致湘摇头：“不知道，反正我们仨都没特长，可能唐皓会出个节目吧。”

“他？”刘一晖挤眉弄眼地笑了笑，“他才顾不上呢。”

沈致湘问：“为什么？”

“你们不知道啊？”刘一晖惊讶道，“就咱们现在的学生会主席，王玥，那事儿……估计唐皓要上位了。”

沈致湘皱眉：“真不知道。”

刘一晖继续说：“咱们院学生会的副主席，徐小康——也是大二的——他当时和王玥竞选主席的时候，据说就差两票，他就不甘心呗！然后前几天，就是前几天的事儿！他不知道从哪儿拿到了王玥的……一些私密照片。”

“我没看见啊，”刘一晖把声音压得更低，暧昧地眨眨眼，“但是听说是尺度挺大的……徐小康就把这个照片举报到学院里了，说王玥作风不正。然后王玥估计也被逼急了吧，又反咬徐小康一口，说他拿经费出去和女朋友吃喝玩乐。反正就是狗咬狗，这俩人都得完蛋。他俩一完蛋，学生会就要重新竞选，唐皓貌似希望挺大的，这几天正到处找学生会的人给自己拉票呢。”

刘一晖手机“叮”了一声，他连忙说：“我女朋友在下面等我，先走了啊！刚才的事儿你们知道就行了，别说出去——虽然大家都知道了，哈哈。”

刘一晖拎起拖布走了，我和沈致湘严行愣在原地，你看看我我看看你。半晌，沈致湘耸肩：“别人的大学生活都这么劲爆的吗。”

我无话可说……这简直像是另一个世界的事情。严行背上书包，问我：“张一回，走吗？”

“嗯。”我便也背上书包，和严行一起去图书馆自习。

大概是从我借给他被子开始，我们两个的关系不知不觉拉近了很多。最开始是严行给我买早饭，那顿KFC吃完之后，他说，他起得早，可以拿我的校园卡帮我带早饭。后来，必修的大学语文课留了课外作业，阅读鲁迅的《呐喊》和《彷徨》，每人写一篇两千字以上的读后感。我没想到向来用功的严行竟然会被一篇读后感卡住，他断断续续写了四天，然后拿给我，说：“张一回，你能帮我看看吗？”

他的目光落在地砖上，有些不好意思似的。

我接过，然后发现严行的读后感写得实在有些……

“呃，”我硬着头皮说，“是不是要适当地变一下语气？读后感，应该得书面化一些吧……”

看着满纸的“我觉得”，我有些疑惑，严行的高考语文作文难道也是这么写的？那他是怎么考上我们学校的？

严行抿着嘴唇从我手中接回读后感，薄薄两张纸被他攥得起了皱，白皙的脸颊上隐隐透出团浅红：“嗯，我再改改啊。”

又过两天，我们一起去上自习，走在路上，他问我：“你准备写哪篇小说的读后感？”

“《孔乙己》吧，”我问他，“你呢？还是《伤逝》吗？”

说实话，《伤逝》我没怎么读懂，我想不通，涓生既然爱子君，为什么最后还是抛弃了她？

“嗯，”严行紧了紧脖子上的围巾，“我想写……我觉得子君是被骗了。”

“为什么？”

“她是被涓生……塑造出来的，她和涓生在一起的时候其实什么都不懂，涓生说什么，她就信什么。因为她崇拜涓生，所以她相信涓生；也因为她相信涓生，所以才崇拜涓生——所以她，她其实是被涓生塑造出来的。我不知道我说明白没有……”

“呃……”我没怎么听懂。

严行摇摇头，自言自语道：“算了，我还是先想想怎么把话说明白吧……”

渐渐地，我开始和严行同出同入——真不是我抛弃沈致湘，而是这家伙被高中女同学伤了心之后，决定要发奋学习出国读研，因此天天学托福练英语，还要狂刷绩点，变得比我和严行都忙。

和严行待在一起的时间长了，便难免会有些尴尬的情况。比如吃饭，学校食堂的窗口分两种，一种是学校自营的，永远是固定的那几种菜，土豆鸡块、炒豆腐、糖醋里脊之类，虽然菜色单调，味道也很一般，但价格十分便宜，一份炒豆腐才八毛钱。另一种，是承包出去的窗口，品种各式各样，过桥米线、砂锅、麻辣香锅、卤肉饭，等等等等。这种承包出去的窗口虽然样式丰富，但价格就贵了很多。

我一个人吃饭，向来是在学校自营的窗口吃，一顿饭吃两三个菜，米饭可以免费加，汤也是免费的，算下来不超过四块钱。这大概是在学校里能吃到的最便宜的饭菜了。这样吃饭，我能把一天的伙食费控制在十块钱以内——偶尔还能买点香蕉橘子之类的便宜水果。

然而和严行一起吃饭，就有些尴尬。他显然知道我是为了省钱才去吃自营窗口，便什么都不说，一顿顿跟着我吃。时间久了，严行大概有些难以忍受，为了照顾我的自尊，又不好总是去买其他窗口的饭菜。有时候我们一起吃饭，我看他盯着盘子里的西红柿炒鸡蛋小口小口地吃，表情着实是难以下咽。

直到有一天的课间，严行说他去卫生间，我走出教室透气，正撞见严行捧着从教学楼自动贩售机里买的肉松饼，吃得腮帮子都鼓起来。

他也看见了我，瞬间瞪圆眼睛，露出惊讶混杂着尴尬的表情，有点像以前姥姥家养的那只爱偷吃的大黑猫。

我的心像被捏了一把，有些想笑，又有些惭愧。我走过去，轻声问他："中午没吃饱？"

严行急忙抹了把嘴角的肉松末，说："没，我……就是饿了，可能还在，长身体？"

他比我高一点，这副低着头急于解释的样子，让我有点想抬手摸摸他的头顶，说，没事的。

然而我看着严行平整柔软的羊绒围巾，看着他的无意被我瞥见标牌的五千三百块钱的羽绒服，一时间又说不出话了。

我不知道严行家究竟有钱到什么程度，也没问过，因为他和家里的关系似乎不太好——我从未见严行给家里打过电话。而严行又说一口标准至极的普通话，听不出是哪里人。

直到有一天晚上，严行去澡堂洗澡了，唐皓神神秘秘地对我和沈致湘说："你们知道严行是哪儿的人吗？"

我们两个摇头。

"生活部要统计学生信息，我才看着，"唐皓冷笑两声，"陕郡商都的，商都，你们听说过没有？"

商都。这是我第一次听说这个地方。

唐皓扫一眼严行放在桌子上的手表，语气轻蔑："我当他是哪儿的富二代……你们说，他那些东西，不会都是A货吧？哎，也不是不能理解，在他们小地方人的眼里，通京是大城市嘛，来了大城市，虚荣心就……"

"哎，"沈致湘知道我和严行关系好，连忙截住唐皓的话，"也许人家就是有钱呢，什么地方都有有钱人啊。"

"那倒也是，"唐皓的语气依旧轻蔑，"没准儿家里有矿呢。"

关于严行的话题就此揭过。老实说，严行虽然有钱又好看，但除此之外，他身上就没有什么话题了。而这所学校，当然不缺有钱又好看的人。

我在搜索框输入“商都”。商都，位于陕郡省东南部，是一个历史悠久的古都，石器时代即有先民聚居。严行来自那里，我并不觉得“违和”。严行身上有一种沉稳的气质，沉稳得甚至有些淡漠。也许这种沉稳，便是商都的悠久历史给予他的。

有时候我甚至觉得我才是那个处处显得“违和”的人，我不该出现在这里。这里的人，即便是每天和我一起吃饭上自习的严行，也比我优越太多太多。他不用每天计算饭钱，不用为是否去买老师推荐的高数习题集而纠结，不用暗自揣摩别人是不是话中有话。

没错，也许唐皓是在说我。生活部统计学生信息，是为了评定学生家庭的困难等级，发放助学金。我爸在轮椅上瘫痪好多年了，每个月吃药都要花很多钱，还时不时去医院，而我妈只是公交车上的检票员。我们一家住在四十多平的老房子里，房子的历史很长了，还是预制板的。我小时候，有一阵日子，大家都听说通京要发生地震，我妈无意感叹一句，要是真地震了，咱家房顶这预制板砸下来，咱们一个都跑不掉啊。

虽然我知道人活在世上各有各的烦恼，但是说实话，我还是很羡慕别人的烦恼：给女朋友选什么样的礼物，买球鞋把生活费透支了怎么办，要不要出国念书……这个世界，其实连烦恼都是有等级的。

很快就到了周五，学院的艺术节晚会当天。下午我和严行都有选修课，约好一起吃饭，然后去看晚会。严行穿一件挺括的黑色大衣，牛角扣衬得他的脸有些稚气，他下身穿一条深蓝色牛仔裤，款式简单，露出白皙的脚腕。

“你露着脚腕冷不冷啊？”我们在教学楼前分别前，我忍不住问。

“还行，”严行笑笑，“教室里有暖气，没事。你下课了就在教室门口等我啊。”

“OK，”我点头，“你快进去吧，别感冒了。”

严行朝我挥挥手，转身走了，高瘦的背影很快消失在我的视野里。

也许是因为下午的选修课实在太无聊，我总是听着听着就走神，一会儿想，商都的纬度比通京低很多，大概冬天会暖和一些？严行穿得太少了，通京的冬天这么冷，露着脚腕会感冒的；一会儿又想，吃饭的事儿该怎么和严行开口呢？其实他没必要和我吃一样的饭菜……课堂笔记记得乱七八糟，好在也许是周五的缘故，老师也一副身在曹营心在汉的样子，只是照着 PPT 念。

终于熬到五点半下课，下课铃一响，老师立马关掉 PPT，说："今天就到这儿，下课。"

不少学生已经提前收拾好背包，听到这话便鱼贯而出。

我站在教室门口等严行。

严行高高瘦瘦，穿得又少，在一群裹成球的学生里是十分显眼的。然而我在教室门口等了二十分钟，直到教学楼已经人声寥寥了，还是没有看到严行的身影。

我掏出手机给严行发 QQ 消息："你们还没下课？"

他没有回。

我不知道严行是在哪个教室上课，从一楼爬上五楼，但我在五楼转了一圈，发现所有的教室都下课了，也并不见严行的身影。我直接拨了严行的号码，电话响了五十秒，仍旧无人接听。

我挂掉电话，这时身旁的教室里正好走出一个女孩儿。她扎着双马尾，穿着粉白色羽绒服，面容令我觉得有些熟悉。

"哎，"她停下脚步，看着我，"张一回？"

我想起来了，她是蓝茵，那个文学院的女孩子。

"啊，是你，"我冲她笑了笑，"你……刚下课？"

"是啊，坐着玩了会儿手机，"蓝茵也笑笑，"你来自习吗？"

"我来找严行……"猛地想起她之前被严行拒绝过，我有些尴尬，"呃，但他好像走了。"

"严行不是早走了吗？"蓝茵疑惑道，"我和他是上同一节课，他上课没一会儿就走了。"

我愣住："啊？"

"三点半左右吧，"蓝茵想了想，又说，"看他走得挺急的，也没给老师请假，背着书包就直接出去了。"

“是吗……”我只好点头，“他可能有急事，没顾上和我说……我俩本来约好一起吃饭的。”

“嗯，那你给他打电话问问？”蓝茵把手机揣进兜，“我先走啦，拜拜。”

“好的，谢谢你了，拜拜。”

蓝茵走了，我还站在原地。严行早就走了？三点半……而现在已经六点多了，这么长时间，他去哪儿了？

我再次拨了严行的电话，他还是没有接。

他是主动走的，应该是有什么事儿——可他能有什么事儿呢？

直到七点艺术节晚会开始，严行仍旧毫无消息。

我在观众席里弓着腰穿梭，终于找到沈致湘，问他：“你下午一直在宿舍？”

我知道他周五下午没课。

“对啊，怎么了？”

“下午严行回宿舍没有？”

“没，”沈致湘小声说，“你俩不是一起上课去了吗？”

“他……好像有什么急事儿，我到现在也没联系上。”

“是不是出去玩儿了？”沈致湘语气平淡，“他不是偶尔出去玩儿吗？你记不记得咱们军训的时候，他……”

沈致湘的声音被舞台上陡然增高的乐声掩盖过去。

我知道沈致湘的意思，严行也许是出去玩儿了——他一个大男人，总不会在通京走失。其实不只是军训那次，还有我回家后又回宿舍那次，不都撞上严行出去玩儿？我又想起严行身上的吻痕，心想他大概玩得很凶。

对，周五晚上，第二天不用上课，严行出去玩很正常。这个和我们没有半毛钱关系的艺术节晚会有什么意思啊？也许严行只是忘了跟我说一声——其实这事儿也没必要和我说，毕竟他肯定也知道，我不会和他一起去。就像我们两个虽然一起吃饭、一起上课、一起自习，但他从没向我提起过，那些醉酒晚归的夜晚，他去了哪里，又做了什么。

这么想，我倒是没那么焦急了。

九点四十，晚会结束。唐皓作为学生会主席上台致谢，原来他已经成为新一任学生会主席了。

十点半，我洗完澡，坐在床上背四级单词。

十一点一刻，手机响了，是一个陌生号码，我接起来。

“你是张一回吗？”是一个冷淡的男声。

“啊？我是。”

“你来接一下严行吧，”男人说，“他让你来接他，他喝大了，打不了电话。”

男人给我的地址，是一个我从没听说过的地方。我以为严行会在酒吧街之类的地方玩儿，然而不是。那地方位于一个幽深的小胡同，出租车开到路口就没法继续往里开了，路太窄。

我只得下车，沿着窄小的胡同往里走，所幸这条路上的路灯很亮。走了大概十分钟，渐渐有嘈杂的声音从胡同深处传出来。

又走了十来分钟，我眼前出现一面双扇朱红大门。门前蹲着两只张牙舞爪的石狮子，一束明黄的灯光从大门顶端射下来，看上去气派极了。大门敞开一条缝，里面传出此起彼伏的钢琴声。

我想，难道就是这里？这是个……酒吧？酒吧开在居民区？不怕扰民吗？

我犹疑不决地敲了敲门。

很快就有人来开门，那是一个高高的女孩子，身上披一件驼色大衣，长发如瀑。

“你找谁？”她的声音有些含混，一说话，口中散发出浓浓的酒气。

“我找严行，”我说，“我来接他。”

“严行？”女孩儿看着我，确认似的问。

“嗯……呃，这是酒吧吗？”我心里打鼓，别是找错地方了吧？

“进来吧，他在里面。”女孩儿将我上下扫视了一遍，侧开身，为我让了路。

四合院里灯光明亮，雅致地排列着几张屏风。我回头看向开门的女孩子，以为她会带我去找严行。然而她倚在门口，“咔嗒”一声点了一支烟，没有动。

我只好绕过屏风，硬着头皮往里走。

迎面是一间很宽阔的厅堂，和外面古色古香的院落不同，厅堂的地面上铺着柔软的地毯，天花板正中央垂下一盏巨大的水晶灯，四面墙上都贴了深棕色壁布，水晶灯繁复的影子映在上面，显得暧昧而奢华。厅堂正中央，有一张很大的木质圆桌。

我看得愣了，心想，这也不像酒吧？

虽然我没去过酒吧，但图片总是见过的——这地方哪里像酒吧，简直像电视剧里的雍容华贵的别墅。

就在这时，一个男人从角落的楼梯走下来，他身形健壮，穿一身笔挺的黑西装。

“你来接严行？”男人问我。

“啊，是。”

“跟我来。”男人说完转身就走。

我连忙跟男人上楼。二楼是一条不算太长的走廊，走廊两侧各有三个房间，都关着门。地毯似乎更厚实了，脚踩上去，完全没有声音。我顾不上多打量，跟着男人走进了左手边第二个房间。

进了门，男人没有往里走：“你去把他带走吧。”

说完也不等我回答，男人就转身带上门，出去了。

空气里有一股淡淡的酒味，我想，大概是严行喝的？然后我发现这房间里又有屏风。

窄窄的四扇屏风，深棕色包边，每扇都绘着盛开的桃花，很多喜鹊展翅飞向桃树。

我绕过屏风，眼前赫然出现一张床，一张宽大的床。

严行躺在上面。他侧身面向我，膝盖缩在胸前，乱糟糟的棉被下面露出穿着黑白条纹毛衣的肩膀。严行睡着了，呼吸声很沉，眉头却轻轻皱起，看上去似乎不太舒服。

我无声地叹了口气，心想，严行怎么就这么爱喝酒呢？我没叫醒他，先去把他丢在地上的东西捡了起来。

然而抬起头的一瞬间，我愣住了。

那扇屏风，竟然，是双面的。

外侧是桃树喜鹊，内侧却十分香艳。

我的后背渗出密密麻麻的汗珠，鬼使神差地，我紧紧抓着严行的大衣，走到床头的垃圾桶前。

我盯着垃圾桶里的东西愣了好一会儿，才反应过来。原来是这样，我早该反应过来的，这地方哪里是酒吧。进门时那女孩子打量我的目光——那目光令我不舒服，因为太暧昧、太赤裸了。

严行来这里做什么，太明显了。我早该反应过来的。

我使劲儿推严行的肩膀："严行，醒醒。"

他紧闭的双眼一下子睁开。我被他的目光吓了一跳，拍拍他的胳膊："是我啊，张一回。"

"张一回……"几秒后，严行的目光松弛下来，"你……你来了。"

"嗯，"我把他的大衣放在床边，然后托着他的肩膀把他扶起来，"能走吗？"

严行抬手抹了把脸，看着我："你怎么来了？"

我愣住："不是你叫我来接你的？"

"啊，"严行垂下头，"那谢谢你了。"

他显然是喝大了，声音含含糊糊，还有点大舌头。眼前的严行和今天下午上课前那个招呼我下课后在教室门口等他的严行，简直判若两人。

我又问一遍："能走吗？"

"能……"严行掀开被子，把大衣披在身上，摇摇晃晃地下了床。

我连忙搀住他，另一只手提着他的书包。

我们走出四合院时，钢琴声仍在继续，也有隐约的说笑声，应该是从别的房间里传出来的。这时已经将近凌晨一点了，刚才给我开门的那个长发女孩子也不见踪影。

严行说是能走，但脚步歪歪扭扭，神志也不甚清楚。我把他的一条胳膊架在自己肩膀上，使劲儿揽着他的腰，他才不至于摔倒。

我们两个沿着胡同里的小路往外走，踉踉跄跄，走得很慢，深夜里的寒风一阵一阵地向领口里钻。走着走着，严行垂下脑袋，脸颊贴在了我的脖子上。他的脸很热。

我抬起头，看见路灯下的那一小片光芒里，满是纷纷扬扬的雪花。

竟然下雪了。怪不得我会觉得严行的脸很热。

雪越下越急，渐渐地，我感觉到脚底有些濡湿和冰冷，我知道这是因为我的运动鞋开了胶，融化的雪水浸入了鞋子。

"太晚了，今晚估计回不去了，"我低头问严行，"你知道这附近哪儿有宾馆吗？"

严行模模糊糊地"嗯"了一声。

我叹气，提高音量："严行！这附近哪儿有宾馆？"

严行睁了睁眼，看看我，愣了片刻才说："走到大路上……往北、往北有……"

于是我继续架着严行朝大路上走。不知过了多久，终于走到来时出租车司机停车的路口，按照严行的说法，我架着他朝北拐弯。

大路上亮堂许多，足浴店，便利店，关着门的蛋糕店……终于，我们在一家名叫"佳鑫"的宾馆前停下脚步。应该就是这儿了吧。

走进大堂，我却忽然想起来，我没带身份证。

严行十有八九也没带——他是从课堂出来的，上课总不会带着身份证吧？

我只好抱着一丝侥幸，问前台服务员："请问没身份证能开房吗？"

大概是值夜班的缘故，服务员一脸倦怠和不耐烦："不能不能，我们这儿必须有身份证。"

"就住一晚上，"我掏出学校发的饭卡，"您看，我俩都是学生，这是我的校园卡，实在是忘了带身份——"

"我带了，"一直挂在我身上的严行不知什么时候醒了，忽然开口道，"在我书包里。"

交完钱，拿钥匙，进屋。

这宾馆的地上铺着地毯，不知多久没清理过了，泛着一股明显的酸臭味儿，但这时候也顾不上这些。严行说完刚才那句话，又迷糊过去。我拖着这么一个比我还高的醉汉，实在费劲。

我把严行放在床上，为他脱了鞋，然后自己也脱鞋爬上床，直接和衣睡了。

再醒来时，已经天光大亮。

我看着天花板上的方形顶灯呆滞几秒才反应过来，紧接着，昨晚的事情悉数涌入脑海。

我坐起来，发现房里没人。

浴室有水声。

"严行？"

"嗯，"严行的声音从浴室里传出来，"我冲个澡，马上就好。"

我用力按了按太阳穴，掏出手机，看到已经十点一刻了。班级群里有一条消息，是班长发的通知，说明天开班会。沈致湘给我发了两条消息，一条是昨晚十二点半发的，问我接到严行没有，一条是今天早上八点发的，问我人在哪儿。

我回了沈致湘的消息，放下手机，脑子里乱糟糟的。

就在这时，严行推开浴室门，穿着毛衣和牛仔裤走出来。他脚上踩着宾馆的一次性纸拖鞋，头发湿漉漉地贴在脑门上，满脸水汽。

"一回，"严行冲我笑，"昨晚真的麻烦你了。"

他的声音清晰而平静，已不复昨晚的醉态。

"不客气。"我不知道该说什么。

"开房花了多少钱？"严行说，"我一会儿就去取钱。"

"一百八，你……给我一半就行。"

"不不不，"严行还是笑着，"那怎么行，你是因为来接我才——"

"严行。"我终于忍不住，打断了他的话。

"嗯？"

"你昨天是……"我咽了一口唾沫，那个词在喉咙里滚来滚去，几秒后，还是没能直说出口，“是我想的那样吗？”

我说完，严行就沉默了。

在逼仄的宾馆标间里，我俩面对面站着，宛如一场对峙。

其实话说出口，我就有点后悔了。

我干吗要问呢？严行不是那种死皮赖脸的人，我只要和他说以后不方便来接他，那么他一定不会为难我。说到底我和严行本来就不是一个世界的人，今天这事儿过了，他在校外玩他的，学校里我们俩还是好室友、好同学，这不是挺合适吗？

没必要问这么多，没必要知道这么多。

“对不起，”严行垂下眼帘，嘴角也微微垮下去，“我昨天……一个朋友突然来通京找我玩儿，叫我出去见面，我就去找他了，忘了跟你说一声。”

“哦哦，这样……没事，真没事儿，”我连忙摆手，“我就是以为你碰上什么急事儿了呢，没事就好，”

说完我转身往浴室里走，边走边说：“你等会儿啊，我洗个脸，咱们就可以回去了。”

“张一回！”严行一把抓住我的手臂。

“……”

“我……没……”他一字一句道，“那些……东西，是我朋友用的。”

朋友？是什么朋友？

我不知道严行的话有几分真假，但心里明白，以我们的关系，实在没必要追问下去。于是我迅速点点头：“嗯，好，那咱们回去吧。”

严行的手还攥在我的胳膊上，我感觉到他的手似乎极其细微地抖了一下。

严行垂下手：“嗯，走吧。”

我们两个坐公交车回学校，单人座一前一后，心照不宣地，谁都没说话。我坐在严行后面，愣愣地看着他头顶的发旋，开始回想高中时和同学们的相处。我们那个高中很烂，学生也是五花八门，有每天放了学去混社会的，有半天来上课半天去打工的……这些人在我的大学同学看来，一定都是另一个世界的奇葩，可是说实话，和他们相处的时候，我觉得很踏实。我们其实都是一种人——虽然我意外地考上了重点大学——我们都很穷，很渺小，没有征服世界的野心。在我们眼里，把高中和自己家连成一条线，取中点为圆心，画一个圆，这就是我们的全世界了。区别只在于有些人的圆半径稍长，有些人的圆半径稍短。

而我在大学里的这些同学，理所应当似的，和我不是一个世界的人。我们来自不同的地方，以后也会去往不同的地方——沈致湘要出国。严行，就更不用说了，我甚至不知道他在那些独自外出的夜晚究竟去做了些什么。至于唐皓，算了吧，他几乎不像我的同学，而更像一个面目模糊的领导。马克思说人是社会关系的总和，我现在渐渐明白了这句话，我活在这个世界上，类似于坐标系里的一个点，要说明我是谁，需要一些参照。比如，高中时的张一回，是丰平区 ×× 中学的学生，是高三理（2）班的劳动委员，是龙璐璐的同桌，是徐汉勇的哥们……那现在的张一回呢？除了一张 ×× 大学的校园卡，似乎就找不到别的参照了。

我和我的同学，和这所大学，都隔着很远很远的距离。

转过三次公交车，终于回到学校。宾馆里的尴尬仍然萦绕在我和严行之间，于是我说我去吃午饭，严行点头，说，那你去吧，我先回一趟寝室。

他走了，我一个人到食堂吃饭，总算没那么不自在了。

吃过午饭，回寝室，沈致湘和唐皓都不在。严行坐在床边看书，见我回来了，状似无意地说：“张一回，昨晚开房的钱，我放你桌子上了。”

“啊，行。”我点头，也不知道该说什么。

严行说完就上床睡觉了，我朝书桌上扫一眼，上面放着三张粉色人民币。

开房一百八十块，打车去接他五十九块，他给了我三百块。

大概这就是我们之间的距离。

周日，开班会。

班长是个辛川女孩儿，个子小小的，人很精干。她在图书馆提前预约了一个自习室，把全班同学召集过去。

“第一件事，是我们这学期有一次团日活动，”班长说，“我和团支书一起选了几个地方，大家投个票，或者你们有别的想去的地方，也可以提出来。”

一个男生说：“班长，这些地方估计大家都去过啦。”

班长点头：“是……不过我的想法是，咱们班级活动，最好还是选一个费用低、安全性高的地方，大家觉得呢？”

男生说：“要不问问咱班的通京同学？”

唐皓接着说：“行啊，那我先说吧，我觉得咱们可以去烧烤。我知道一个地儿不错，在郊区，来回两天吧，那边也有宾馆，晚上可以住一晚。”

班长笑了：“两天可能不行哦，学校规定不许夜不归宿的。”

她这么一说，我忽然有些心虚，昨晚我和严行……

“哎，”唐皓点头，“也是。啊，咱班还有谁是本地的？推荐推荐呗。”

他说完，就转过头来看着我。

我被他看得脑子一蒙。从小到大，我去过的景点无非是众所周知的免费景点——要说熟悉，那我大概对医院最熟悉。从我爸生病到现在，大大小小的医院，我真的去过不少。

“张一回，”班长微笑着看向我，“你有什么推荐的地方吗？”

“我……”我嗫嚅道，“其实通京也没什么特好玩的……我去哪儿都行，你们定吧。”

班长“嗯”了一声，没说别的，转头又去问其他同学了。

我垂下眼帘，僵硬地坐在椅子上。我不知道别的同学会怎么看我，一个通京人，连一个推荐的景点都说不出来。这感觉真是如芒在背。

他们还在讨论，我什么都听不进去，脑海中一遍遍重复刚才自己的回答。这个谎太牵强了。这之后的一个多小时里，我甚至不敢抬头看其他人，只能盯着手机屏幕，装作在玩手机。

总算开完班会，我逃命似的快步走出图书馆，随便找了个教室上自习。

直到晚上十点多，我才磨磨蹭蹭地回了寝室。

寝室里，唐皓坐在桌前打电话，沈致湘戴着耳机打游戏，严行竟然躺在床上，面朝墙背对着我们。

没一会儿唐皓挂了电话，闲聊似的对我们说："唉，去什么 798 呀，不知道她们这些小姑娘怎么想的。"

沈致湘不咸不淡地应道："去呗，正好我没去过。"

"那地儿没意思，"唐皓跷起二郎腿，"是吧张一回？去 798 还不如去海洋馆呢。"

"呃，"我点头，"都行吧。"

其实我没去过 798，也没去过海洋馆。

闲聊几句，我拿着换洗衣服去澡堂洗澡。再回宿舍时，就快熄灯了。

唐皓和沈致湘都已经爬上床，严行仍然背对着我们躺在那里，连姿势都没变过。

我也爬上床，裹紧了被子。下雪不冷化雪冷，这两天没再下雪，却比周五晚上我去接严行时还要冷。

十一点寝室熄灯，过了一会儿，我听见严行沉沉咳嗽两声，他的呼吸声有些滞重。

不知过了多久，在我快要睡着的时候，严行又开始咳嗽，他咳得撕心裂肺，连他的床板都跟着"吱呀"作响。我听见唐皓含糊地"啧"了一声。

寝室里黑漆漆的，什么都看不清。但我还是忍不住望向严行的床。

他还在咳嗽，但应该是把头埋进了被子里，咳声变得又闷又小。

我掀开被子，又盖上。

唐皓的呼噜声再次响起，我终于还是没忍住，下了床，轻轻走到严行的床前，低声问他："你怎么了？"

严行的脑袋从被子里钻出来："没事……有点感冒。"

他的声音嘶哑得像嗓子里塞了一块砂纸。我蹲下，想要伸手摸摸他的额头，我怀疑他是发烧了。

果然额头是滚烫的。

“我好像发烧了，”严行闷闷地说，“好难受。”

第三章

我用手机打着灯，从衣柜深处翻出开学时老妈给我准备的药箱。

严行量了体温，38.7 摄氏度。

沈致湘迷迷糊糊地问：“你们干吗呢？”

我压低嗓音回答：“严行发烧。”

“哦……”沈致湘说，“我这儿有退烧药。”

“没事，我也有，你睡吧。”

我说完，沈致湘“嗯”了一声，接着睡过去了。唐皓的呼噜声停了，想来也被吵醒了，但他什么都没说。

严行的水杯是空的，暖壶也是空的，我有些无语地想：这个人到底怎么回事，嗓子哑成这样还不多喝点水？

我只好把我的杯子拿过来，把药片放进严行滚烫的手心里：“喝我的水吧，你那儿没水了。”

严行虽然高烧，人倒是很清醒：“不……感冒会传染。”

“别管这么多了，”我捏捏他的肩膀，“先吃药。”

严行仰头，咕咚咕咚吞了两口水，咽下退烧药。

“再多喝点水，你嗓子哑了。”我说。

严行没再说什么，乖乖地把我杯子里的水全部喝完。

药也吃了，水也喝了，我想大概没什么事儿了——严行虽然瘦削，但总归是个男人，发烧而已，不必太紧张。

刚要起身，严行却忽然轻声说：“张一回。”

“怎么了？”

“你……过来点。”他的声音轻得几乎听不清楚。

我把脑袋凑过去：“嗯？”

“有点冷，”严行用气音说，“你能过来一点吗？”

我只好把我的被子抱过来，盖在严行身上。大概因为发烧，严行冷极了，他整个人蜷缩在被窝里，轻微地打着寒战。

“张一回，”严行闷声闷气地说，“这个药多久能见效啊？”

“一两个小时吧……”我硬着头皮回答，“我也不太清楚。”

“哦。”严行又往被窝里缩了缩

他的身体又热又薄，像一张被烧红的铁片。

严行说：“张一回，你家在哪里？”

我愣了一下：“丰平。”

“离学校很远吗？”

“嗯……挺远的。”

严行像是极轻地笑了一下：“我家也离学校很远。”

我坐在他身旁，正有些恍惚，又听见严行说：“我家离通京真的很远，离安西也很远，离市区也……我如果回家，要先坐飞机，再坐火车，再坐汽车，再走很远的路……”

我笑：“你家是在郊区吗？”

严行沉默了几秒，说：“嗯，郊区。”

“严行，”我忍不住在他的后脑勺上轻轻摸了摸，他出了些汗，头发湿漉漉的，“真的，少喝点吧，你……这么个醉法，不太好。”

严行顺从地点头，说：“好。”

后来我们又说了些什么，我已经记不清了，只记得严行没多久就睡着了，药效上来，他的呼吸渐趋平稳。窗外是安静的冬夜，偶尔有一声鸟鸣，也不知是乌鸦还是麻雀。这冬夜静谧得好像全世界只剩下严行的呼吸声。

周一，严行退烧，新的一周开始。

我和严行仍然一起上课、一起自习、一起吃饭，那天晚上的事情算是翻了篇，谁都没再提。就这样相安无事过了一周，到周末，严行说要去津沽找同学玩儿，问我去不去。

我当然是不去的，一来没钱，二来……我不知道严行去找的同学是什么人，如果是上次那个，还是算了吧，和他实在不是一路人。

严行大概也只是客气一下，我说不去，他便点点头："嗯，我回来给你带特产。"

我说："别了，麻花太油了。"

严行笑了笑，背着书包离开。

晚上，沈致湘做完一套托福英语听力，被虐得有气无力。他蹬了蹬我的椅子，说："出去走走吧……唉，我不行了。"

"行啊，"我问，"去哪儿？"

"南门吧，我饿了。"

学校南门出去是一条小吃街，大概每个学校都有这么一条小吃街，食物品种丰富，价格便宜，卫生堪忧。

沈致湘出门时像只撒欢的野狗，然而他买了串糖葫芦没啃几口，就长叹一口气，又蔫儿了。

"你怎么了？"我问他。

"你看看，张一回，"沈致湘目光空洞，"你看看，这到处都是什么？"

"人？"

"唉！"沈致湘瞥我一眼，恨铁不成钢，"都是谈恋爱的啊！"

"哦，"我一看，还真是，"是啊。"

"为什么我身边是你？"沈致湘喃喃道，"没有鄙视你的意思啊，我就是——唉，我就是，比较躁动。"

我无奈："那你去找女朋友啊。"

"我找什么女朋友，"沈致湘叹气，"托福就是我女朋友。"

沈致湘一路走一路吃，把小吃街从头吃到尾，嚷嚷着"天涯何处无芳草"。我却忍不住想起严行，他应该已经到津沽了，他现在在干什么呢？他的感冒还没痊愈，最好不要喝酒了。

沈致湘吃完，我们两个慢慢溜达着回寝室。

这个时间，寝室楼下也满是情侣，一对一对，要么抱在一起依依惜别，要么头抵着头喃喃低语。我们两个目不斜视地往前走，刚要刷卡过门禁，背后响起一道清脆的女声："欸！你——"

我和沈致湘同时回头。

一个高个子女孩儿快步走过来，高跟鞋嗒嗒作响："你还记得我吗？"

我："……"

沈致湘不由自主地说了句粗话。

我记得她。

如瀑的黑发，高挑的身材——那天晚上我去接严行，是她给我开的门。

"小帅哥，咱们聊聊？"她看着我，笑意盈盈。

高个子女孩告诉我她叫苏纹，是随喜会馆的服务员。随喜会馆，便是那个胡同深处的四合院。苏纹介绍自己来自辛川西沅，今年二十二岁，喜欢喝可乐——我不知道她为什么要说这些。

我问苏纹："你找我有什么事吗？"

苏纹笑盈盈地回答："很多事啊。"

我只好把她带到田径场，宿舍楼下人来人往，实在太打眼。周五晚上的田径场，到处都是散步的情侣，以及三三两两围坐在草坪上聊天的人。今天一整天都在刮北风，此刻的夜空清澈而凛冽。

"你们学校真好，"苏纹环视四周，赞叹道，"大学真好，哎，你能给我拍个照吗？"

"呃，可以。"我有些尴尬，想问她究竟有什么事，但她的兴头这么高，我又不好意思打断她。

我接过苏纹的手机，那是一台白色名牌手机，被她贴满了亮晶晶的假钻。

苏纹靠着足球场球门的栏杆，一手比“V”字，一手抓着球门的网，冲我咧嘴笑。

拍好了，我把手机还给她：“不太清楚，晚上光不好。”

“没事呀，没事，”苏纹又把手机塞到我手里，“我第一次来大学里呢。”

她一面说着，一面又噔噔噔跑上看台，坐在塑料椅子上，向下面的我喊道：“这里再拍一张！”

一口气拍了十多张，苏纹才作罢，嘴里还小声说着：“下次我白天来。”

我问她：“你找我有事吗？”

苏纹把被风吹乱的头发绾在耳后：“我本来是想找严行的，”她笑着说，“结果严行有事，啊？”

“嗯……”我犹豫了一下，问她，“严行跟你说的？”

“我都快到你们学校啦，严行才告诉我他不在学校。我心想，来都来了嘛，打车花那么多钱，不能就原路回去吧。”也许是刚才上蹿下跳，跑热了，苏纹解开扣子，露出大衣里面的豹纹毛衣。

“你是他朋友，我记得你，”苏纹继续说，“那天晚上是你去接他的，对吧？”

“嗯。”

“你们这些大学生，真好，我羡慕死了。”

“就……就那样吧。”

“我像你这么大的时候，刚从家里跑出来，”苏纹从大衣口袋里摸出一包烟，“我去买西沅到蓉都的火车票，当时只有软卧了，我身上的钱不够，我就问售票员，能不能给我便宜点，我可以和别人挤一张床。”

她说完就笑起来，笑得大衣的毛领都跟着身体抖动。

我笑不出来，只好问：“那后来你怎么去蓉都的？”

“搭车，”苏纹止住笑，轻声说，“搭了一个星期，才到蓉都。”

“噢……”

冰凉的夜风卷起苏纹大衣的衣摆，也把她的豹纹毛衣吹得猎猎鼓动，苏纹突然扭头看向我，眨眨眼："你看什么？"

"啊？没什么。"我迅速收回目光。

苏纹笑了笑，掏出打火机，问我："这儿能抽烟吗？"

"学校里禁烟……"

"好吧。"苏纹轻快地说。

她把烟和打火机揣回兜里，拢了拢头发，扣上大衣的扣子："你们学校有没有咖啡馆？"

"没……有个奶茶店。"

"也行，带我去买一杯吧。"

学校里有一家叫"遇见明天"的奶茶店，我只进去过一次，是早课前陪沈致湘去买热牛奶的时候。

天气冷，奶茶店里的队伍从柜台排到了门口。苏纹歪着脑袋，伸手戳戳我的肩膀："人好多啊。"

"嗯，可能是因为……太冷了吧。"

"你帮我去排队行不行？"苏纹缩了缩肩膀，"我在旁边等你。"

我只好去帮她排队，这一排就排了半个小时。终于轮到我，我问苏纹："你喝什么？"

苏纹站在我身边，低头看柜台上的饮品单。在狭小的奶茶店里，她离我这么近，我不受控制地闻到了她身上的香水味。那是种不好形容的味道，不像严行被子里清甜的桂花香，而是一种复杂的香味，好像带一点玫瑰味儿，又若有若无地带一点烟熏火燎的味道。

"蜜桃牛奶，加珍珠，"苏纹说，"多少钱？"

"美女不好意思，只能刷校园卡哦。"奶茶店小哥说。

"啊，"苏纹愣了一下，扭头看我，"你……"

"刷我的吧。"我连忙说。

"对嘛，"奶茶店小哥给苏纹一个露齿笑，"刷男朋友的嘛。"

苏纹也冲他笑了一下，没说话。

苏纹捧着奶茶和我并肩走出奶茶店，说："他以为我是你女朋友哦。”

“呃，你别在意，”我尴尬地说，“他就是随口一说……”

“挺好的呀，”苏纹轻笑，“我要是有个读大学的男朋友，高兴死了。”

我被她说得脸颊有些热。

“我回去啦，”苏纹说着，举起手里的奶茶晃了晃，“算你请我的，行不行？下次来不知道什么时候了，我们拍张照好吗？”

“嗯……没问题。”

苏纹于是把脸凑过来，手机摄像头对着我们俩，拍了一张照。

“嗯，不错。”

苏纹把手机递给我看。

因为是夜晚，照片不甚清晰。但看得出苏纹很白，她将奶茶贴着自己的脸颊，笑容中透出几分狡黠。我站在她身旁，比她高一些，但目光没有找准镜头，显得呆头呆脑。

送走苏纹，回到寝室，沈致湘一把揽住我的肩膀：“你是不是有情况？啊？！”

“哪儿跟哪儿，”我解释道，“她来找严行的，来了才知道严行不在。之前我俩见过一面，我就陪她在学校里逛了逛。”

“行啊你，”沈致湘紧追不舍，“这都一起散步了，进展很快啊！”

“我俩真没什么。”

“哎，说真的，那妹子好漂亮啊，你可以努力一把嘛。”

我无奈道：“我俩真的没什么，基本上就是陌生人。”

“行吧，”沈致湘耸肩，“怎么老有漂亮妹子找严行？”

又闲扯几句，沈致湘去洗澡，我坐在书桌前，手里攥着手机。

我在犹豫要不要给严行发个短信，或者打个电话，告诉他有人来找他。但转念一想，苏纹说她在来的路上得知严行不在学校，那说明苏纹已经和严行联系过了，用不着我传话。

我又想，严行现在在干什么？不会又在喝酒吧？降温了，要提醒他加衣服吗？

还是算了，这点小事，没必要。

然而就在我将要放下手机上床睡觉的一瞬间，手机突然振动起来。

严行。

看到来电显示，我的心狠狠一跳，接起电话。

“严行？”

“你在哪儿？”严行语速很快地问。

“啊？我？”我被他问蒙了，“在……寝室啊。”

“苏纹去找你了？”严行又问，“你搭理她干吗？”

“她说她来找……”

“她就是个神经病，”严行怒道，“你看不出来吗，张一回？”

这是我第一次从严行嘴里听到脏话，而且是对一个女孩子。

或者说，这是我第一次见到严行如此激烈地表达自己的喜恶。

我被严行的话弄蒙了，一时间捏着手机竟然不知该说什么。

苏纹是个神经病，他说。

我怎么会看得出来呢？苏纹来学校是为了找严行，只不过在宿舍楼下偶然碰见我。严行不在，她不想白来一趟，于是和我在学校里逛了逛，没待太久就走了。

“她都和你说什么了？”严行追问，“她是不是对你投怀送抱？”

投怀送抱？这是什么八竿子打不着的问题。

我实在搞不清状况，愣愣地解释：“没说什么……都是闲聊，她就说她家是辛川西沅的，她搭车到蓉都……哦，还说她是随喜会馆的服务员。”

“服务员，”严行笑了一声，语气讽刺，“她骗你的，知道吗，她不是服务员。”

“……”

“她从西沅到蓉都搭车倒是真的，但你知道她怎么搭的车吗？跟人睡觉换汽油费。她家本来是西沅县城开烧烤摊的，她十三岁的时候有人在烧烤摊上打架，她爸去劝架，被打残了，她妈跟人跑了，那个时候起她就开始……”

“严行，”我打断他，攥着手机的手在微微打战，“她说，她是来找你的。这些……你都是怎么知道的？”

严行忽然沉默了。

“她爸被打残了，她妈跟人跑了，她……其实比我强，你知道吗？”我感到喉咙发哽，滞重得几乎开不了口，“我爸也是被人打残的……我拖累着他和我妈，一直拖累到现在。”

我挂了电话。

2003 年那时候，我爸是一个货车司机。他喝醉的时候偶尔会说起那时候的事，他说做货车司机很累，但只要肯出力气，钱还是好赚的。

在 2003 年一个下小雪的冬夜，他开着货车，在一条小路上和一辆私家车发生剐蹭。私家车上下来三个男人，把他拽到野地里，发疯般殴打了三个小时，然后他们开车扬长而去，不知所终。

我爸被打得奄奄一息，早晨被过往的人发现时，身上涌出的血都凝固了。

这之后，他就一直坐在轮椅上，身体也越来越虚弱，糖尿病、肾结石……大大小小的病都出来了。

严行那样的家庭，是不会让他有机会体验什么叫“贫穷”的——如果可以，谁愿意一顿饭吃五块钱的，谁愿意用身体付汽油费？

他大概不会理解我为什么挂掉电话。

我没有很愤怒，我只是很失望。

我的失望，一部分源于严行的冷漠和尖利——尽管我知道这世界上其实根本不存在所谓的“感同身受”，但我还是十分幼稚地以为，或许严行和其他人不一样。更多的，则源于我自己的期盼的落空。虽然我早就明白严行和我不是一个世界的人，但我还是有过那么一丝丝、一丝丝的动摇，我想也许我们可以成为很好、很亲密的朋友，也许在这所大学里，严行可以成为定位张一回的坐标。

没过多久，沈致湘洗完澡回来了，紧接着是唐皓，他进门时正在打电话，语气冷淡：“嗯？明天我没空，后天下午两点之后吧……不行，那时候肯定不行，法学院主席要请我吃饭……到时候再说，好吧？我这段时间是真的忙。”

唐皓挂了电话，冲我和沈致湘一哂：“女的真麻烦，哎，怎么就不懂事呢。”

沈致湘皮笑肉不笑地说：“我不知道啊，我没谈过。”

我没接话，疲惫地捏了捏鼻梁，爬上床去睡觉。

我以为这一夜会在浓重的失望中慢慢挨过去，然后天亮了，又是新的一天，再天黑，再天亮，严行回来了。或许他会道歉，然后我会说没关系，或许他什么都不说，我也什么都不说，装作无事发生，无论怎样，我们终究会慢慢地、心照不宣地彼此疏远。就这样吧，夏虫不可语冰。

然而我没想到——

这一夜，酷寒的冷空气自西伯利亚而来，裹挟着纷纷大雪，肃肃北风。凌晨三点半，寝室的门被打开。黑暗中，忽然有人靠近我。

我惊醒：“谁？！”

一张冰凉的脸，埋在了我的手心里。

严行声音嘶哑着说：“对不起，张一回，真的对不起……你别生我的气，行吗？”

我愣了十多秒，才说：“你怎么回来了？”

“你别生气，我……不是故意的，我不是故意那么说，你为什么不接我的电话？吓死我了，张一回，你……别生气，原谅我行不行？张一回。”

他颠来倒去就是这么几句话，我几乎以为他又发烧了。我伸手摸摸他的额头，是冰凉的。

可以想象他是顶着怎样的寒风和大雪回来的。

我坐起来，轻声说：“我没生气……”

严行闷闷地咳了两声，问：“那你原谅我了吗？”

“没怪你，”我只好说，“我就是想起我爸……心里有点难受。”

严行沉默，他的面孔陷在黑暗中，我不知道他在想什么。半晌，他很轻、很认真地说：“一回，对不起，你原谅我吧。”

其实我并不知道他为何如此在意我是否原谅他。

我只能说：“没关系啊。”

“嗯，好……那你接着睡吧，一回，”严行退后一步，声音有些嘶哑，“我还有点事……我走了。”

他说完，也不等我回答，落荒而逃。

走廊里慌乱的脚步声渐渐消失，没一会儿，唐皓的呼噜声又响起来。我坐在床上，呆呆地盯着寝室的窗户。原来外面又下雪了，大风大雪，凌晨三点半，严行是从津沽赶回来的吗？那他又要去哪儿呢？

我坐在床上，想得越来越远，不知道过了多久，天空甚至已经有些泛白。夜里严行回来过吗？我甚至有些恍惚，觉得自己是做了场梦。其实严行并没有回来又离开，他还在津沽，和他的朋友在一起。

我终于倒回床上，沉沉睡去。

我再醒来的时候，天已经大亮了。

沈致湘坐在桌前背单词，见我醒了，一屁股坐到我床上：“哎，一回，昨晚严行回来了？”

我的脑子乱得像团糨糊，他回来了，我却希望他没回来。

“是吗？”我沉默几秒，说，“不知道啊。”

“我就说啊，”沈致湘翻了个白眼，骂了一句，“唐皓脑子有病吧，大早晨起来就在那儿跟我叨叨，非说严行昨晚回来一趟又走了，说严行打扰他休息，他要和生活部反映这个情况，说得跟真的似的……你说他是不是有毛病？”

“啊……”我不知道该说什么。

沈致湘抱怨一通，又回去背单词了。我洗漱完穿好衣服，摁亮手机看了一眼，已经十点多了。

此外，手机上有十一个未接来电，从凌晨一点零二分到凌晨两点四十八分，全都是严行打的。

我心虚得不敢看沈致湘，更不想等中午唐皓回寝室了被他质问，于是随便收拾几本书，慌慌张张去了自习室。

我一直在自习室待到晚上十点半。

再不回去，澡堂就关门了。

这时我才掏出手机——手机被我调了静音。手机上只有一个未接来电，是老妈打来的。

我拨回去：“妈？”

“一回啊，”老妈问，“怎么之前没接电话？”

“我在上自习，手机没开声音。”

“哦！”老妈笑了，“这是刚回宿舍？”

“还没到宿舍，刚从自习室出来。”

“我儿子真努力，”老妈说，“周六也不和同学出去玩啊？”

“嗯……也没什么好玩儿的。你和我爸这段时间怎么样？”

“好呀，你爸身体不错，我班上发了奖金，小一千呢！”老妈笑着问，“你什么时候回家？妈给你做好吃的。”

“快期末了，事儿有点多……我找个时间回去吧。”

“好嘞，那你在学校多买点好吃的，啊。”

“嗯，行，妈你不用操心我。”

走到宿舍楼楼下，我深吸一口气，上楼。

我不知道该怎么面对严行，但冥冥之中也许已经做好了准备。

寝室的门半敞着——这是男生宿舍的常态。看着那扇熟悉无比的门，我的心重重跳了一下。

推门，寝室里只有唐皓和沈致湘。

“张一回！”唐皓见我回来了，立马从椅子上站起来，“来来，你说说，昨晚严行是回来了吧？你俩还说话来着。他回来干什么，啊？大半夜的，他就不考虑考虑别人怎么休息？”

沈致湘瞥唐皓一眼，面露不满：“大哥，咱能唯物主义点吗？昨晚我又不是不在宿舍，我压根就没醒过，一点声音没听见，哪儿来的人啊。”

“他绝对回来了！”唐皓走上前来，看着我，“是吧？张一回？我真不知道严行他丫的在搞什么，军训的时候他出去喝酒喝到半夜，好嘛，现在人家半夜回来一趟，搅得大家都睡不好觉，又一声不吭走了！我真是服了，人家富二代是不管咱的死活哈。”

沈致湘烦了，冷冷回一句“我昨晚睡得挺好”，戴上了耳机。

我看着唐皓阴阳怪气的脸，想了想，说：“我昨晚没醒，不知道严行回来没有。”

“你说什么？”唐皓歪着头，“张一回，昨晚我可还听见你说话了。”

“说梦话吧，”我实在没力气和他纠缠，转过身去，“我去洗澡了。”

第二天是星期日，严行没有回来，也没联系过我。寝室里的氛围变得有些微妙，唐皓没再提周五夜里严行回来的事——准确地说，他像什么都没发生过一样，笑嘻嘻地来借我的水卡洗澡。

晚上熄灯后，我攥着手机在床上辗转反侧，我不知道是不是应该给严行打个电话——他又去津沽找朋友了吗？还是，他只是不想回来？

可给他打电话又能说什么呢？说“你回来吧”？明天周一要上课，他自然是会回来的。

除此之外，我就无话可说了。

最终我还是放下了手机。

周一上午的早课是西方经济学，平时总是提前到教室占座位并给我带早饭的严行，没有出现在教室里。

我脑子里不受控制地浮现出种种猜测。严行是那种学习很认真的人，西方经济学是专业课，他不会无故缺课的——他不会遇到了什么意外吧？或者，难道是因为我……

不至于吧。

不至于吧？

一整个中午我都坐立难安，看着严行空荡荡的床铺，午觉也睡不着。实在没办法了，我想，如果下午的思修课严行还不来，我就给他打电话。我愿意……向他道歉，为我那天夜里的冷漠和鲁莽。我也愿意当作什么都没发生过，当作他什么都没说过。

思修课的老师很严格，每节课都会点名，旷到一次扣五分，旷到三次直接挂科。我想严行总不会连思修课都不来。

思修课四点开始。

三点五十七分，严行没有出现在教室里。我像一只使劲儿伸长了脖子的乌龟，目光在前门和后门间转来转去。然而严行始终没有出现。

四点整，铃声响起，老师开始点名，点到严行的名字时，我的心重重跳了一下，那一瞬间我想也许严行进来了，只是我没看见。然而，无人应答。

“严行？”老师又点了一遍。

仍是无人应答。

点名结束。我坐在座位上深深换了一口气，我想，再等等，也许严行会迟到几分钟——总有学生会迟到的。

然而一直等到四点半，严行也没出现。

四点四十五分，下课铃响了，这是一节大课中的小课间，我走出教室。我受不了了，我不能再等了，这简直是一种折磨——原来时间可以这么慢。一分一秒，都像齿轮，在我身上一寸一寸地碾过去。

我拨了严行的手机号，等待接听的时间里，我的心狂跳不止，周五晚上的那一幕又回放在眼前……

十五秒后，电话被接起来：“喂？”

“严行，是我。”心跳声像火车过隧道时轰隆隆的声音。

“我知道是你，”严行语气如常，“怎么了？”

“你……今天怎么没来上课？”

“还在我朋友这儿，”严行笑了笑，“我说我要回来上课，他非让我再陪他玩两天。”

“是这样？”

“嗯？”严行有些疑惑似的，“怎么了？”

“没、没怎么，”我感觉大脑一片空白，“那，我先挂了。”

“好的，对了，思修又点名了吧？”

“点了。”

“唉，点就点吧。我挂了啊，拜拜。”

“拜拜。”

严行挂了电话。

我呆滞地盯着手机屏幕，上面显示的是通讯录页面，“严行”两个字近在眼前。

我想，我为什么要给严行打电话呢？哦，对了，是因为他没有来上课。

电话打通了，严行说，还在陪朋友玩，所以没来上课。好的，确定了他没发生意外或遭遇不测，就行了。反正，差几节课而已，也不是什么大事。

我的目的达到了，OK，这件事结束了。

我回到教室，很快上课铃响起来，我开始认真听课，认真看PPT，甚至在思修书上记了一整页笔记。

晚上回寝室，沈致湘问我：“严行还没回来？”

“他说和朋友在外面玩。”

“噢，”沈致湘点头，“那就行，以为他有什么事儿呢。”

唐皓噼里啪啦敲着电脑键盘，什么都没说。

周二，严行还是没有回来。他错过了商务英语、市场与市场营销、大学体育。

周三上午，班长在群里发通知说，周四晚上八点在院楼302开会，全班同学都要到场，学院已经完成了学生家庭贫困等级的评定，将公布助学金评定结果。

这条消息令我的心再次悬起来，我可以想象出那个画面——台下坐着乌泱泱神情各异的学生，我在众目睽睽之下走上台去，接受助学金的名额。老师会清清楚楚念出我的名字——张、一、回。不知道这次评上的是什么等级的助学金？

周四晚上，严行还是没有回学校。

八点整，我和沈致湘一起到了院楼302。

“坐后面吧，”沈致湘说，“一会儿散场的时候走得快。”

“呃，”我尴尬道，“你坐这儿吧，我……坐前面去。”

“啊？行。”沈致湘没有多问，坐下了。

我独自坐到了第一排。这件事我有经验——与其坐在后面，然后在被点到名字时穿过一整个教室，在众人的目光中走上讲台，还不如直接坐第一排。这样，起码在上下台时不用承受那么多目光。

班长和团支书一起宣布国家助学金名单，先是生存型，刘晨娟。然后是发展型，邱甲、徐小诚……台下鸦雀无声，我甚至没有回头看，那些与此事无关的同学们，是正在聚精会神地听，还是百无聊赖地玩手机？

然而，令我意外的是，直到名单念完，我都没有听到自己的名字。

没评上？不会吧。

高中的时候年年有我。

“好的，那就这样，耽误大家的时间啦，”班长亲切地笑着说，“为了公开透明，学院要求这个名单必须在班会上公布，所以只好把大家都叫来。大家可以回去了。”

同学们起身往外走，我连忙拦住班长：“班长，我想问一下。”

“问什么？”班长笑盈盈地说。

“我想问一下……”我想我的脸一定涨红了，我的左手揣在兜里，已经捏成了一个拳头，“我的情况……不够评助学金吗？”

“啊，不好意思，我是真的笨，”班长的语气有些尴尬，“你叫什么名字来着？”

“张一回……”

“啊，你是张一回……呃，”她皱了皱眉，“你……被取消了评选资格……你不知道这件事吗？”

“什么？”我愣住，“弄错了吧……为什么取消？没人告诉我啊！”

“学院规定，有违纪记录的学生，是没有评选资格的，你……之前被生活部通报过，夜不归宿。”

第四章

唐皓不在寝室，我问沈致湘："你知道院学生会的生活部……每周都有通报批评吗？"

沈致湘正在打游戏，偏过半边脸："啊？啥？什么生活部？"

"没什么。"

班长说，生活部每周通报学生违纪情况，十五日的通报里有张一回，原因是彻夜不归。

我感觉像听到了什么天方夜谭："通报？我……我怎么没见过？"

"就在五楼，院学生会办公室对面的黑板上挂了一个白皮本子，上面记的是每周的通报情况……你去看看就知道了。"班长尴尬地笑着说。

"好……我去看看……谢谢你了。"

"啊，不客气不客气，"班长连忙摆手，"你要是有什么不清楚的，再来问我。"

我一口气从三楼跑上五楼，五楼静悄悄的，学生会办公室铁门紧锁。我找到了那块黑板，黑板上粘着五颜六色的便利贴，上面写着各种待办事项。黑板旁果然挂了一个白皮笔记本，从九月份新生入学，一直到现在十二月，每周生活部都会在本子上公布违纪通报名单。

十二月十五日那天的本周违纪名单通报里，只有"张一回"一个名字，通报原因是简短的两个字：外宿。

就是我去随喜会馆接严行的那次。

往前翻，连着好几页都是“本周无违纪人员”，一直翻到十月份，才出现一个名字——马莉，通报原因写着：马莉同学使用大功率吹风机导致寝室跳闸，宿管处罚马莉同学所在寝室断电 24 小时。马莉同学的行为影响了寝室其他同学的正常生活和学习，违反了我校学生宿舍管理条例。

这么长的一串通报原因。

而我的通报原因，只有短短的两个字——外宿。因为这两个字，我失去了一学年的助学金，两千块，三千块，或者四千块。

临近熄灯时唐皓才回到寝室，边进门边打电话：“哎，我肯定不是故意的啊，宝贝儿，我真的是忘了……今晚我们班开班会啊，公布那个什么助学金的名额……嗐，我这人你还不知道吗？那你去问我们班的同学，行了吧？宝贝儿……啊？你们班助学金名额没开班会公布吗？那是你们班班干部不负责，这种涉及钱的问题，肯定得向所有人公布啊……哈哈，是有骗助学金的，我跟你说宝贝儿，社会就是这样，你见多了就习惯啦，我们班还不是嘛，没法说……”

直到熄灯，唐皓都在打电话。过了好一会儿，他挂掉电话，在黑暗中笑了笑：“哎，正好说起这个了，咱们在宿舍里悄么声地说一下啊，你们觉得这个助学金评得公平吗？”

不待我和沈致湘回答，他继续说：“我就觉得不公平！咱这么说吧，填的那个家庭情况表，怎么能保证是真实的？村委会给盖个章就行啦？谁知道是不是电脑 PS 上去的啊！而且这个东西吧，学校说会核实，其实根本没人管。我看这个家庭情况，完全能凭空编出来。”

沈致湘淡淡道：“也不至于吧，毕竟还是有风险的，如果造假被学校查出来，是要受处罚的。”

“关键就是没人查啊！”唐皓的语气十分愤愤不平，“这种造假的太多了，唉，你们不在学生会不知道，我之前就听辅导员说过类似的事儿……现在的学生，怎么说吧，我觉着是有点儿没志气，一年差那两三千块钱能饿死吗？出去做点兼职，一两个月就能赚这么多，对不对？为什么非要占小便宜呢？”

“你……”沈致湘顿了顿，语气一转，“算了，睡吧，挺晚了。”

黑暗中，我睁着眼默默地想，两千块钱够我将近三个月的花销，够我爸去医院做一次复查，够……

太多了。

两千块钱可以用很久。

第二天又是周五，严行还是没有回学校。

我平静地上课，下课，吃饭，自习。

周六，出太阳了，我打算去找个兼职——我妈以为我一定能评上助学金，然而我没评上，所以我得自己赚下个月的生活费。

就在我穿好鞋准备出门的时候，寝室门把手“咔”地响了。

门被推开，严行站在门口。

他穿一件黑色长款羽绒服，肥大的运动裤，一只脚穿皮鞋，另一只脚穿的竟然是拖鞋。

他又瘦了，下巴颏尖尖的，半掩在羽绒服的领子后面。

“张一回。”

严行低声唤我的名字，声音嘶哑。

“你怎么了？”我惊讶地看着严行的脚，“怎么穿成这样？”

“右脚扭了一下。”严行在我的椅子上坐下，离得近了，我才发现他穿拖鞋的那只脚的脚踝有些发红，高高肿起来了。

“怎么弄的？”我蹲下，下意识想伸手碰一碰，刚要伸出手却又堪堪忍住。

“没怎么，就是……爬山的时候，扭了一下，”严行把右脚向椅子底下收了收，仿佛在回避我的目光，“真没事儿。”

“哦……”我站起来，“那就好。”

其实我有一肚子疑问，严行走的时候穿的是一双系带的靴子，哪那么容易扭脚呢？爬山，津沽有什么山可爬？我没去过津沽，但也没听说过有什么可以爬山的景点。而且就算是爬山扭了脚，那也不能就这么随便地穿着拖鞋回来吧——天这么冷，他竟然光脚穿拖鞋。

甚至，严行穿着的肥大的运动裤也不是他上周出门时穿的裤子。我怀疑严行遇上了更严重的事故。

然而严行显然不想多说，我也只好不再追问。

严行脱了羽绒服，背对着我站在衣柜前。他羽绒服里面穿的是一件浅棕色毛衣，吊牌从领口处耷拉出来，随着他的动作晃来晃去。

我觉得严行真的又瘦了，他不仅下巴更尖了，脊柱甚至从毛衣下面凸起来。

虽然扭了脚，但严行的动作倒是很利索，他收拾好换洗衣服，拎上沐浴露和洗发水，一瘸一拐地向外走去。

我连忙起身："严行，你去洗澡？"

严行的手已经扶在了门把上，他背对着我，没有回头："嗯。"

"那……需要我帮忙不？"

严行仍旧背对着我，温声笑了一下："不用，谢了啊。"

说完，他就拉开门走了出去。

严行回到学校了，同时我发现，他开始避着我。

准确来说，并不是"避"，因为我并没有纠缠他。用"疏远"应该更合适一些，严行不再和我一起上课、一起吃饭，也没再帮我占过座。他又恢复到刚开学时的生活作息，早早起床，很晚才回寝室，回来了便洗澡睡觉。我和严行之间的交流，也随之恢复成"回来了""嗯"之类的只言片语的寒暄。

如此四天之后，沈致湘悄悄问我："你和严行吵架啦？"

"啊？"我摇头，"没啊。"

"那怎么……感觉你俩有点尴尬，"沈致湘挠挠头，"而且之前你俩不都一起吃饭吗？"

"没吧，你想多了，"我干笑两声，"严行起得早嘛，我……我过两天开始做兼职，就不和他一起吃饭了，时间赶不到一起。"

"噢，你去做兼职？"沈致湘的注意力很快转移，"一个小时多少钱？"

“一次俩小时，一百二，一周一次。”

“在哪儿啊？”沈致湘有些心动的样子。

“挺远的，到屋山了。”

“哎，”沈致湘感叹，“那确实太远了，不过我也挺想赚点零花钱的。”

我心想，不是“也”，我赚的不是零花钱。

“嗯……那你可以在学校附近找一找，还有那种大学生兼职群，你进去勤看点消息，兴许就找着了呢。”

沈致湘点头：“行，我有空看看吧。”

屋山区确实离学校很远了，但两小时一百二，出价算是比较高的。一周一次，一个月四次，也只能赚四百八十块。四百八十块，刨出来回路费和杂七杂八的费用，能剩下四百五。我就是再节省，四百五十块也不够一个月的生活费。

我还在离学校十站地的一家餐馆做收银员，兼职时间晚上七点到十点，一周去三次，一个月七百块。

这样加起来，一个月的收入不仅足够我的开销，还能攒下一点。快过年了，我想给老妈买件好点的羽绒服，她那件梅红色羽绒服已经穿了不知多少年，到处破洞，总有细小的绒毛从衣服里飞出来。

我开始忙着打工，每周四、五、六的晚上去餐馆收银，周日下午去做另一家兼职。大一专业课多，要修的选修课也多，除了上课和打工，我还要挤出时间学习——这学校的学生都是学霸，图书馆里总是人满为患，别人都在学，我自然不能落下。

就这样忙忙碌碌过了半个月。餐馆的老板是个豪爽的东鲁大叔，对我挺不错，总叮嘱我去餐馆前不要吃晚饭，到了餐馆他请。另一处兼职的老板得知我是大学生后，也对我很大方。

忙碌归忙碌，一切都算是顺利。

只有某天晚上，我从餐馆回学校，走进宿舍楼的时候，和严行面对面遇个正着。那时候将近十一点了，严行背着包往外走。

也许是因为天气太冷了，往常站在楼下缠缠绵绵的小情侣们全都不见踪影，夜风凛冽，唯有我和严行无声地对视。

严行上身穿了件黑色夹克，下身是上次那条肥大的运动裤，脚上一双白色运动鞋。他黑色夹克的拉链只拉到胸前，大喇喇地露出白皙的脖颈。

“呃，你……出去啊？”我有些尴尬地开口。

“嗯，”严行直直看着我，一双眼睛黑白分明，“拜拜。”

“拜拜。”

严行干脆地走了。

我这才反应过来，原来已经过了这么久，他的脚都好了。原来已经这么久，我没有和他好好说过话，没有好好看过他。

我转身，望着严行高瘦的背影，直到他的背影消失在夜色中。

我对自己说，这样很好，就该这样。

快期末了，市场与市场营销课程的老师布置了一个小组展示作业，他直接对着点名册把全班学生分成了六个小组。点名册上，我和严行的名字中间只隔了一个沈致湘，我们三个便自然而然被分到了同组。

虽然已经上了将近一学期的课，但大家都是一副彼此不熟的样子，推脱来推脱去，最后沈致湘成了小组组长。小组里除了我、严行和沈致湘，还有一个戴黑框眼镜的男生、一个短发女生、一个额头有一小块绿色胎记的女生。

“那咱们先分配下任务吧，”沈致湘拿出笔和纸，“上台展示的同学也做PPT，可以吗？我觉得展示的同学想按什么思路讲，就按自己的思路做PPT，这样比较方便。”

黑框眼镜男点头：“嗯，行啊。”

“好，一个人上台展示、做PPT，然后还需要做文献综述、案例分析，再写成一个调查报告，一个人做文献综述，两个人做案例分析，两个人写调查报告，这样吧？”

众人都点头无异议。

“那咱们分配下任务？”

"我可以做文献综述。"短发女生率先说。

额头有胎记的女生说："那我可以上台展示。"

"你们呢？"见两个女生都选完了，沈致湘看向我们三个男生。

黑框眼镜男扶了扶眼镜，说："我做案例分析吧。"

"那你俩写调查报告，我和他一起做案例分析？"沈致湘问我和严行。

"我都行。"沈致湘大概觉得我和严行关系好，所以把我俩分到一起，我欲盖弥彰地看着课桌上的《市场与市场营销》教材，不去看严行。

我说完，过了四秒，严行说："可以。"

一，二，三，四。这四秒在我脑海里是掷地有声地数过去的，仿佛午时三刻斩首，而我是严行的囚犯，沉默地、胆战心惊地等待着他行刑。

他可以说"我想做案例分析"，或者更直白一点"我不想和张一回一起写报告"，或者……总之，拒绝的话有很多。然而在种种话语里，他偏偏挑了两个再简单不过的字：可以。

"OK，"沈致湘说，"那我建个QQ群吧，大家在群里记得改一下备注哈。"

很快，沈致湘建好了QQ群，我们加进群里。其他人都走了，沈致湘问我和严行："一起吃晚饭吗？"

"你们吃吧，"我看向沈致湘，仍然没有看严行，"我得去打工了。"

沈致湘"啊"一声："我给忘了，那你快去——没晚吧？"

"不晚，我先走了啊。"我背上书包。

"拜拜。"沈致湘说。

我起身，逃似的往外走。

我不知道严行是什么表情——冷淡的？平静的？疑惑的？我太没出息了，我甚至不敢看他的脸。我怕在他脸上看见事不关己的神情，却也怕在他脸上看见悲伤的神情。

我匆匆往外走，距离教室门还有几步之遥的时候，身后忽然传来一道平平的声音："张一回。"

我猛地停下脚步，下一秒——或者半秒——又继续往前走。

教室里还有别的小组在讨论课堂展示的事情，乱糟糟的。我想我听错了。

我越走越快，几乎是三步并作两步地小跑。

"张一回！"

肩膀被人从身后狠狠扣住，那是股很大的力道，我的身子甚至歪了一下。

"我叫你，"严行一把抓住我的领子，恶狠狠地说，"你没听见吗？"

他比我高一些，此时居高临下地看着我，目光像铺天盖地的潮水涌向我的脸。

我不得不与他对视，我这才发现，他的眼下挂着两个重重的黑眼圈，一张脸瘦得颧骨都显出来了，下巴上也满是凌乱的胡楂儿。

"你去哪儿？"严行的嘴唇在发抖，他像是在极力克制什么，"去哪儿打工？"

"餐馆……"

严行看着我，半晌，松开了抓着我领子的手，却站在原地没动。

教学楼的走廊里人来人往，已经有人朝我们两个这边打量，我只好低声对严行说："我们出去再说吧。"

严行点头。

于是我俩一前一后地下楼，彼此都沉默着。

天已经黑透了，夜空中悬着一弯黯淡的月亮，这几天雾霾有些重，没什么风。

我和严行走到一棵银杏树下，好在这时正是饭点，没人注意到我们。

"我找了个兼职，"我解释道，"就是去餐馆收银。"

严行垂着眼帘，不说话。

我只好问："还有什么事儿吗？"

"你在躲我，"严行开口了，语调低低的，"为什么？因为那天晚上……我说的话吗？"

“没躲你，”我勉强地解释，“就是最近忙一点儿，我找了两个兼职，除了这个收银的，还有个家教。”

我希望这个解释能令严行满意，这样他就不会再提起那天晚上他说的话。

然而严行充耳不闻，重复一遍：“因为那天晚上我说的话吗？”

我的心一紧，我干巴巴地说：“严行，我……”

我想说严行我把你当朋友，真的，你是我上大学交到的第一个朋友。

然而严行打断我：“我那天晚上喝了点酒，以为你生气了，心里着急，就赶回来了……那天我晚上喝得有点上头，脑子都不清醒了……后来我又想起我说的话，真的就是喝醉了瞎说，张一回，你别往心里去。”

“啊，是吗，”我呼出一口白气，“其实我也没往心里去，你不用想太多。”

严行看着我，点点头。他的肩膀垮下去，头也低下去，整个人忽然显得有些委屈。

“那就好，”严行轻声说，“那我们……还是朋友吧？”

“嗯，当然是。”

“好……那就好。”在教学楼里狠厉地抓着我的严行顷刻间消失不见了，眼前这个严行乖顺而小心翼翼。

去餐馆的路上，我想，是这样——应该就是严行说的这样。

起码我们还是朋友，太好了。

晚上在餐馆，老板问我：“小张碰上啥喜事儿了？”

我惊讶道：“啊？没……没什么。”

“还没什么呢，”老板娘笑呵呵地说，“你今天一进门我就看出来了，心情不错啊。”

是，确实心情不错——我已经很久没有这么高兴了。

虽然助学金没拿到，但总算和严行把话说开，能不再尴尬不再彼此躲避继续做朋友，这太好了。

十点钟，小餐馆里只剩寥寥几位客人，老板娘端着盘子走过来：“来小张，吃点东西，饿了吧？”

我感激地接过筷子，夹起一块糖醋里脊送进嘴里，来时没吃晚饭，确实饿得够呛。糖醋里脊有点儿凉了，但酸酸甜甜很合我的胃口，我吃着里脊，想着一会儿回寝室终于可以和严行闲聊几句，满心舒畅。

就在这时，手机响起来。是沈致湘。

“喂？”我暗自疑惑沈致湘怎么会在这时候给我打电话。

“你快回来！严行把唐皓给打了！好像是因为你——我也不清楚到底咋回事！现在辅导员都来了！”

我没有回寝室，直接去了辅导员办公室。

一进门，就看见辅导员和班长、沈致湘站在屋里，辅导员拧紧一双秀眉，脚上还穿着棉拖鞋。沈致湘朝我使个眼色，说道：“老师，您本科研究生都是咱学校的学生，对吧？那您肯定也清楚，咱们这个校规……其实夜不归宿是没人管的，我们学生宿舍有时候晚上都不锁门……”

“那是宿管的事儿，”辅导员打断沈致湘，摇头，“但学校的制度就是制度。”

“但生活部要查夜不归宿，也不该就只查张一回吧？”沈致湘温声说，“这明显是针对张一回的。”

辅导员神色疲倦地叹了口气，看向我：“张一回，你过来，我有些事要问你。”

严行把唐皓打了。

晚上将近十点的时候唐皓回了寝室，他一进门，严行就说：“张一回的助学金是你给取消的，对吧？”

唐皓一脸惊讶：“啊？你说什么呢？”

严行转过身去，不再说话。

唐皓嘟囔：“什么跟什么呀，这个不能瞎说啊……”

“我当时都蒙了，”沈致湘说，“我也不知道严行为什么突然说这个——我都不知道你的助学金被取消的事儿。唐皓嘟囔完，好像是要去洗澡，这时候严行突然就跳起来踹了唐皓一脚。”

我目瞪口呆，无法想象那画面。

“唐皓那体形，不太灵活，一下子就被踹倒在地上了，”沈致湘看看辅导员，看看我，继续说，“严行扑上去打唐皓，我回过味儿来赶快去拉架，拉不开，严行……太凶了，我赶紧喊人，王帆他们过来，我们才一起把严行拉开。”

“唐皓现在在校医院休息，还好情况不是很严重。严行在院长办公室，”辅导员看着我说，“张一回，严行说唐皓故意让你被生活部通报，取消了你评国家助学金的资格，所以他才打唐皓。现在这儿只有咱们四个，班长参与了你们班助学金名额的评审，沈致湘目睹了今晚的事情，我呢要对你们直接负责，你能不能跟我们说说，这到底是怎么回事儿？”

这一瞬间我几乎想要夺门而出，因为我一个字都不想说。关于申请助学金，关于严行为什么打唐皓，我一个字都不想说。我讨厌别人知道了我的家庭情况之后露出的那种怜悯与关切兼而有之的神情，那种把自己当作一个富有同理心的能对痛苦感同身受的人的自我感动。这个世界上根本没有“感同身受”这回事，痛苦与痛苦各不相同，然而这个世界上却有着太多自以为能做到感同身受的人。

“我家条件很一般……我爸生病没法上班，我妈是公交车售票员，我高中的时候一直拿助学金，”然而我还是别无选择地开口，“这次评助学金，我本来应该能评上……但是因为有一次违纪记录，所以被取消了评助学金的资格。”

辅导员问：“是那次被生活部通报的夜不归宿？”

“嗯。”

“为什么会夜不归宿？”

“我……出去找同学玩儿，”我不知道沈致湘是什么表情，只能在心里疯狂祈祷沈致湘别说话，“然后住同学家了。”

“然后那周你被生活部通报了夜不归宿？”

“嗯，但我不知道，”我想起那个白色的小本子，以及当我在本子上看见自己名字时的错愕，“直到助学金的名额下来，我才知道我被取消资格了，然后班长告诉我我被通报过，我才去看了生活部的通报记录。”

辅导员扭头问班长：“是这样吗？”

“是的，老师，”班长点点头，说，“我们在评审的时候，是生活部的部长跟我说，张一回有违纪记录，要取消资格。我去看了通报记录，也确实是这样。可我当时确实以为张一回是知道的……”

“老师，”这时沈致湘开口了，“说真的，别说张一回了，我都是刚才跟着你们去看那个通报记录，才知道有这东西——根本没人告诉过我们有这个每周通报，而且，通报记录就写在一个小本子上，挂在他们学生会办公室门口，我们普通学生谁没事儿去学生会门口晃？”

辅导员叹气：“所以你们寝室都认为是唐皓向生活部举报张一回夜不归宿？”

沈致湘连忙摇头：“我可没这么说啊，但是……”

他顿了顿，略微压低声音：“我们生活部部长是个女生对吧？张一回夜不归宿，肯定是有人告诉她的。我们寝室，严行和张一回关系很好，应该不是严行，所以只剩下唐皓和我。”

沈致湘耸肩：“老师，我直到今天才知道，张一回评助学金的资格被取消了。”

辅导员抱着手臂想了想，说：“沈致湘，你和金晓怡先出去等会儿。”

辅导员把我带到更靠里面的一间办公室，轻声说：“张一回，我都打算睡觉了，被这事儿叫出来。”

她笑了一下，指指自己脚上的拖鞋，说：“鞋都没顾上换。真是吓我一跳，我在这学校读了六年书，然后留校当辅导员，这是第七年了，就见过一次男生打架的事儿，那两个男生是情敌。”

我连忙道歉：“老师，因为我的事儿给您添麻烦……”

“不，这就是我的工作嘛，”辅导员说，“我是想告诉你，打架，当然是很严重的事情，尤其你们都是成年人了，你们必须为自己的行为负责。但如果真的有学生干部利用自己的权力损人利己，那我们学院是绝对不容忍的，并且这也不只是你们学生之间的矛盾，这件事涉及国家助学金，这是非常严肃的一件事，你明白我的意思吗？”

我说：“我明白。”

“那你告诉我，你知不知道是谁把你夜不归宿的事情告诉生活部的？”

我沉默两秒，摇头：“我不知道。”

“那严行为什么会打唐皓？”

“我……不知道。”

“好吧，”辅导员捏捏眉心，“咱们去院长办公室。”

辅导员让沈致湘和班长先回寝室了，我跟着她，上到七楼。院长办公室有一扇厚实的红棕色防盗门，辅导员轻敲了两下，敲门声很闷。

很快，一个中年女人把门打开。

首先映入眼帘的是一张很宽大的木质办公桌，桌前坐着个穿黑色西服的中年男人，有些胖，也有些秃顶。

“刘院长，这是张一回同学。”辅导员对中年男人说。

“啊，好，这么晚了，你也辛苦了，大家都坐吧。”院长指指办公桌旁边的一排沙发。

然后我就看到了站在角落里的严行。

他站在墙根的一大盆观音竹旁边，身姿笔直得就像那暗绿色的竹子。他的头发乱糟糟的，好几缕碎发挡在眼睛前面，我看不清他的眼睛，但清清楚楚地看见他紧绷着的嘴唇，那线条几乎透着肃杀之气。

“唉，”院长叹气，对严行说，“你也坐吧。”

严行坐下。

我们两个分别坐在沙发的最两端，中间隔着辅导员和刚才开门的女人。

“严行，你说你打唐皓是因为他针对张一回，取消了张一回评助学金的资格，”辅导员的语气比刚才严厉了很多，“但是连张一回自己都不知道是谁告诉生活部他彻夜不归的事。”

我默默攥了攥拳头，在心里不断告诉自己，冷静、冷静、冷静……

严行不会那么冲动的……

“是生活部部长自己说出来的，唐皓找到她，向她举报张一回夜不归宿。”严行平静道。

“到底是不是唐皓，这个呢有待核实，”院长发话了，“但张一回确实是违反了校规校纪，唐皓不一定是针对他呀，可能是张一回影响唐皓休息了，是不是？你不能因为这个就说唐皓在针对张一回。”

我的心一下子悬起来，我一遍遍默念：严行，别说了、别说了、别说了——你已经动手打人了，没必要再在另一件事里把自己搭进去！

“那天晚上张一回夜不归宿，是因为，”严行停了一秒，然后不紧不慢地继续说，“我在外面喝酒喝多了，他去接我。”

我想，完了。

“那天晚上我们两个都夜不归宿，”严行说，“唐皓为什么不举报我？”

辅导员扭脸看了看我，但没有说话。

“我说的都是真的，我们寝室楼门口有监控，楼道里也有，可以去查。那天我先走，晚上十一点左右打电话给张一回，让他去接我一下。那天晚上雪下得很大，我们两个就没回学校，在外面住了一晚上。

“我今天才知道张一回没评上助学金，我有个同学认识生活部部长的朋友，听部长的朋友说，当时是唐皓找到部长举报张一回夜不归宿的。唐皓是学生会主席，他特意叮嘱部长，要通报张一回。”

院长和辅导员面面相觑。

“这些事情肯定还要再核实的，”这时中年女人开口打圆场，“院长，这么晚了，您明天不是还要去沪城开会吗？这样，这事儿就交给我和小胡吧，您看怎么样？”

院长皱眉道：“要不是我今晚正好加班，还赶不上这事。打架要严肃处理，助学金的事情更要严肃处理。”

“是的是的，”女人连连点头，“一定都会严肃处理的。”

辅导员也跟着说：“刘院长您放心，我们肯定会负起责任，把这件事查清楚的。”

此时已经十一点多，院长走了，女人——原来她是教学秘书——也走了，辅导员疲惫地对我和严行说：“你们两个明天上午八点半到我办公室。唐皓今晚睡在校医院。”

严行这时才露出些愧疚的神色，说：“麻烦你了，老师。”

“唉，我们那会儿上学，哪来这么多乱七八糟的事儿啊，搞不懂你们这些孩子了。”辅导员叹道。

再之后，辅导员骑着电动车走了。

夜深人静，校园里变得空旷。我和严行站在院楼楼下。

“你为什么打他？”我忍不住质问严行，“你打他你捞得着一点好处吗？”

“因为你，”严行低声说，“给你出口气。”

我无奈地反问：“这能解决问题吗？”

严行不说话了，低着头站在我面前。半晌，他说：“我就是不想看你被欺负。”

多感人的理由啊，不想看我被欺负。可你知不知道，因为你那愤怒的几拳，学院里的老师学生就都知道了张一回家里很穷，张一回没拿到助学金，张一回是个懦夫，要靠别人帮自己出气。

我简直不知道该说什么，人与人的不同，就是这么血淋淋。像严行这种衣食无忧的人，当然是想伸张正义就伸张正义，他不会明白，对有些人而言，尊严比正义重要。

“说到底，是因为我，”严行的声音越来越小，语气也变得柔软，“那天晚上你去接我才会……夜不归宿。”

我烦躁地说：“这是两码事，助学金没了就算我倒霉吧。”

“你别去兼职了，太辛苦了，”严行的手轻轻攥住了我的手臂，语气近乎恳求，“我把助学金的钱补给你，行不行？”

他的话让我愣了几秒，然后我心里涌起一股巨大的耻辱感。最低档的助学金是两千块钱，两千块钱，我要冒着寒风奔波很久很久才能挣来。

而对于他，不过是揍唐皓几拳，不过是，一句轻飘飘的“补给你”。

我忍了又忍，终于把那股怒火咽下。我挣开严行的手，干脆道："不用。"

严行看着我，目光和我一相触，却又躲闪开去，他急急地说："我没有别的意思，一回，我就是……"

你就是可怜我，对吗？你就是觉得张一回对你还不错，所以想抬抬手指帮个小忙，对吗？

"我知道，"我打断严行，"真的不用，谢谢你的好意。"

严行："我——"

"唐皓的事儿，别再闹下去了，"我继续说，"对咱们两个都没有好处。我那天确实是夜不归宿了，学院要取消我的评选资格也是合情合理。"

"那就让唐皓这么欺负你？！"严行的音量陡然拔高，"他是什么东西也敢——"

"我又是什么东西？！"我吼道。

严行被我吼得身形一颤，不说话了。

"我就是个普通学生，严行，我家里没钱也没关系，你说唐皓针对我，因为他没举报你，你想过为什么吗？因为你不用评助学金啊！"我感觉脑门一裂一裂地疼，空旷而安静的冬夜里，我被自己的声音震得心跳加速，"我就想当懦夫？我就想任人欺负？我要是像你一样打了唐皓我是不是要赔钱？我哪来的钱赔给他？！"

我吼完，大口大口喘粗气。

严行的表情明显是错愕和慌张的，他不说话，就这么愣愣地看着我，甚至不敢像刚才那样来抓我的手臂。

我有点后悔了，严行毕竟是好心帮我。

"我没有怪你的意思，我就是，不知道怎么和你解释，"我疲惫地抹了把脸，"你也太让我……措手不及了，其实没必要，真的，严行，我知道你为我好……但没必要这样。"

"对不起……张一回，对不起，我就是想对你好点，我们不是朋友吗？"

他声音又闷又小："我们好不容易才和好，我不知道该怎么才能让你……高兴一点。"

这个人。我简直没办法了，忍也忍不了，脾气也发不起来——像是我欺负他一样。

"好了……我没怪你，"我只好拍拍严行的背，"真的。"

严行垂着眼帘不看我，路灯的亮白色光芒落在他的下巴上，我看见他抿着的嘴唇，那样子像只委屈巴巴的小狗。

"走吧，回寝室了，"我说，"挺晚了。"

严行跟在我身后，走了几步，又小声说："张一回，咱们和辅导员说说，换个寝室吧。"

"咱们？"我无奈地回答，"两个人一起换寝室？你觉得辅导员会答应吗。"

严行又不说话了。

回到寝室时，已经熄灯了。我轻轻打开门，就见沈致湘还坐在书桌前，桌上亮着他的充电小台灯。

"我以为你们俩今晚回不来了呢！"沈致湘站起来，看看我，又看看严行，有些紧张地问，"院长他们没怎么你们俩吧？"

"没，"我说，"就说事情要继续调查。"

"哎，那就好、那就好，"沈致湘坐下，忽然爆了句粗口，骂道，"唐皓也太阴了，我就不懂了，都是一个屋住的，谁也没得罪他，他干吗要针对你呢？没处显摆了？"

我摇头："我也不知道。"

这时严行开口了，一改刚才的委屈巴巴，语气十分郑重："沈致湘，谢谢你了。"

"呃，不客气，"沈致湘摆手，"其实我也挺烦唐皓的。"

第二天，我和严行一起去了辅导员办公室。

事情真的调查起来是很快的，生活部部长很干脆地承认，是学生会主席唐皓让她通报我夜不归宿。

"你没核实一下吗，比如，究竟是几个人夜不归宿？"辅导员问。

“唐皓都这么说了，总不会骗我吧，”生活部部长义正词严地说，“而且宿舍楼都是有监控的！”

我和严行默默对视一眼。

严行满眼愤怒，而我则只感到无力。可能两三千块钱对他们来说实在不算个钱，所以也不必核实什么真假，学生会主席发话了，那就通报——记个名字而已。

辅导员走出办公室打电话，没一会儿回来了，说：“严行，唐皓的爸妈过来了，要求见你家长。”

严行淡淡地说：“我爸早死了，我妈不在国内。”

辅导员和我都吓了一跳，半晌，辅导员说：“那你有什么可以对你负责的家人能来吗？你打人，虽然事出有因，但根据我们学校的规定，还是要请你家长来的。别的不说，现在你要赔偿唐皓，你家长不露面不行。”

严行皱起眉，不说话。我在一旁暗自心惊肉跳，不受控地想，原来严行他爸早已经去世了？怪不得之前他说起苏纹父亲的事情，那么冷漠……原来是因为……他没有爸爸。“早死了”，他爸爸大概是去世很久了。

刹那间我心里难受得要命，我想起当时严行一遍遍地向我道歉，那时我想这是夏虫不可语冰，严行这样衣食无忧的大少爷怎么会懂我爸和我家受到的苦。

可真相竟然是这样吗？

我又想起严行从没给家里打过电话，他妈妈在国外——那也就是说严行在国内是无父无母的，怪不得他不给家里打电话。周末和节假日，在我回家的时候，严行能去哪儿呢？

我心里一阵酸一阵疼，莫名的情绪涨满胸腔，心尖上好像被蜜蜂狠狠蜇了一下。

“我……舅舅在通京，”严行说，“他可以来。”

“好吧，那也行。这个赔偿问题呢，等你舅舅来了，再和唐皓的家长协商啊。”

严行点头。

很快我见到了严行的舅舅，一个穿着笔挺西装的中年男人，略微发福，寸头。

"胡老师，啊，您是胡老师吧？您好您好，孩子给您添麻烦了，哎，真是太不好意思了！"严行的舅舅和严行完全是两个极端，他十分热情，看上去也十分通情达理。

"不麻烦，我们辅导员就是解决学生的问题的，"辅导员有些为难似的，冲他笑了笑，"刚才我在电话里也跟您把情况说了，现在那孩子还在校医院住着，他爸妈过来了，你们两方家长肯定是要协商一下赔偿的问题——虽然就是皮外伤，但该做的检查还是得做。"

"没问题、没问题！"严行的舅舅使劲儿点头，"赔偿不是问题！我们家严行这孩子嘛，脾气比较倔……我们家长肯定会好好配合您工作！您说怎么解决就怎么解决！"

辅导员客气道："那就太好了。"

严行的舅舅："应该的应该的！只要这事儿能好好解决，别影响孩子以后的学习生活，那就行！"

严行略微低着头，一动不动地凝视着脚下的瓷砖。那样子就像他舅舅和他是陌生人。

辅导员让我先回去上课，我只好先走了。临出办公室前我回头望了一眼，正好和严行对视。他的目光像此刻他的人一样，有种微妙的疏离感，这目光让我心头一紧，总觉得好像严行和屋子里的他舅舅也好、辅导员也好，都没有半毛钱关系。他只是望着我，无声地，请求我把他也带走。

但我只是这样想一想，严行什么都没说，我也什么都做不了。

中午，严行没回寝室。

下午上课时，沈致湘在QQ上给我发来消息："我听说严行家赔了唐皓一万五，怎么这么多？"

我盯着手机，也愣了。

一万五？开什么玩笑？

辅导员说了，唐皓没什么事儿，只是一点儿皮外伤。沈致湘也跟我说了，严行揍唐皓虽然揍得狠，但没打几拳就被他们拉开了。

唐皓在校医院做检查，住了一晚上院——能赔一万五？！

我连忙给严行发 QQ：“解决了吗？”

等了半节课，严行才回复：“解决了，赔了点钱，现在还在辅导员这儿。”

他说还在辅导员办公室，我只好按下心里的焦急，没再给他发消息。终于熬到下课，我和沈致湘直奔院楼，结果刚走到楼下，就和严行脸对脸碰上。

“没事吧？”我问严行，“唐皓家没怎么你吧？”

严行面色如常地笑了一下：“没事了，就赔了点钱。”

“赔了多少？”我追问。

严行不回答，冲我温和地笑。

沈致湘把我和严行拉到院楼侧面的车棚旁边，才小声说：“听说你家……赔了一万五？”

严行语气无奈：“差不多吧，反正能让他滚蛋，一万五也值了。”

我讶然：“滚蛋？”

“唐皓换宿舍了，”严行说，“以后宿舍就我们三个。”

沈致湘欢呼：“太好了！”

我却高兴不起来，我想，梁子还是结下来了，无论是对严行，还是对我，都不好。其实，如果助学金这事儿就这么过去，如果严行不打唐皓，我们和唐皓的关系也不至于恶化到这个地步……唐皓的人品虽然不怎么样，但也没到必须和他决裂的程度……

可想到严行做这一切都是为我，我又没法怪他了。胸口像晃荡着一汪热水，温暖而饱涨。

“张一回，”严行凑过来，问，“你怎么了？”

他一双黑白分明的眼睛看着我，语气轻快，像是把糟心事儿都忘掉了。

“没怎么，你吃饭了吗？”

“没呢，饿死我了，”严行在自己的肚子上拍了一下，“这会儿食堂没饭了，我去买泡面吧。”

我和沈致湘陪严行去买了泡面，然后沈致湘又顺道去超市旁边的理发店推了推头发。

待我们三个回到寝室，唐皓的东西已经都被搬走了。

看着唐皓光秃秃的床板，我才反应过来，沈致湘突然要去理发店，大概是为了避开唐皓。

“哎，爽，”沈致湘把东西搬到了唐皓的桌子上，“终于不用听唐主席谈学生工作了，唐主席一路走好。”

严行坐在我身边等泡面泡开，我们两个对视，他无声地勾了勾嘴角。

两天后，学院公布两张处分，一张是严行的，殴打同学，记大过，取消本学年一切评优评先资格；一张是唐皓的，滥用职权，被降职为学生会干事，两学年内不许参与其他职位竞选。

我是在和严行一起去上课的路上看见处分的，白纸黑字盖了鲜红公章，贴在院楼的公告栏里。

我愣愣地问严行：“不是赔钱就行吗？”

严行漫不经心地说：“不就是记过嘛，无所谓。”

无所谓个屁啊无所谓，我是最清楚严行学习有多认真——除了逃课的时候，只要他在学校上课，无一例外都坐在第一排，仔仔细细地听课做笔记。我甚至记得严行的那篇读书报告，写《伤逝》，他磨来磨去，最后竟然得了全班最高分，被老师请上台朗读那篇读书报告。

我记得那场景，严行站在讲台上，他穿了件藏蓝色外套，衬得他的脸白皙而肃穆，我坐在第一排最侧边的位置，清清楚楚看见他半垂着的睫毛和干净利落的下颌线条。

“涓生对于子君的‘启蒙’，与其说是一种先进对蒙昧的‘开悟’，不如说是一种价值观对另一种价值观的侵略……他们处在不同的环境里，背负着不同的痛苦，理所应当有不同的价值观，无所谓哪种价值观更高级……”

严行读完，全场寂静，有人没听，有人听了却没懂——比如我。

只有上课的女老师自顾自地点点头，然后问严行：“所以你觉得涓生爱子君吗？”

严行沉默片刻，说：“老师，我不知道。”

女老师又问：“那子君爱涓生吗？”

这次严行笃定地回答：“爱。”

他说出那个“爱”字的时候，有长长的凉风从窗户吹进来，吹得教室的蓝色窗帘鼓起来，像鸽子张开的翅膀。紧接着，教室的门被风“嘭”一声吹上，把我吓了一跳。

而严行一直站在那儿，侧脸宁静得宛如无知无觉。

严行学习很努力，但是大一学年，他没有评优评先的资格了。我知道他根本不在乎那几千块钱的奖学金，但奖学金……总归是对一个学生的肯定。

而严行已经拽着我离开公告栏大步向前走，他后脑勺对着我，声音带了笑意：“明年我的排名要是能拿奖学金，你奖励我顿饭吧？”

当然可以，我问：“你想吃什么？”

“红烧肉。”

“啊？”

“就上次你妈做的红烧肉啊。”

“就吃这个？”

“嗯……”严行扭头，轻轻瞥我一眼，“那咱们再出去玩一趟？”

“行。”我笑着答应。

我和严行的关系又恢复成之前那样，每天一起上课，一起吃饭。但还是有什么东西变了。

那天是个雾霾天，严行也不知怎么弄的，把满满一杯水淋在了被子上，当时已经快熄灯了。严行把被子烤在暖气上，扭头看看我，然后不轻不重地嘟囔一声：“今天暖气不热啊？”

我盯着手里的单词书，实际上已经什么都记不进脑子了。

严行把被子规规整整烤在暖气上，自己则坐在床边，眼巴巴看着我。但我硬是没作声。

直到将要熄灯时，沈致湘打完游戏去洗袜子，晾袜子时看着铺满棉被的暖气，惊讶地问："谁的被子？"

严行说："我的，洒上水了。"

沈致湘瞅瞅严行的床："啊，那你没被子盖了？"

严行点头。

"哎，我也就一床……"沈致湘挠挠头，"要不你今晚多穿点睡？"

严行笑了一下："嗯，行。"

还有两分钟熄灯时，我把一床被子抱到严行床上："你盖吧，我那儿还有一床。"

严行小声说："你不冷吗？"

我硬着头皮回答："不冷。"

"噢，"严行抱着我的被子，垮了一下嘴角，"那好吧。"

一晚上我冻得哆哆嗦嗦，严行的床板隔一会儿就响一声，大概他也冻得哆哆嗦嗦。

第五章

时间一晃就到了期末，一月二十日上午，考完最后一科经济学导论，我和严行挤在拥堵的人群里慢慢挪出教学楼。

“最后那道题好难，”我问严行，“魏阿姨划重点的时候说了吗？”

魏阿姨是教经济学导论的老师，一个亲切和蔼的小老太太，她让我们不要叫奶奶，叫阿姨。

“没啊……”严行叹气，“她就没说有英翻中，那个人名我都是乱翻的。”

这时我听见有人遥遥喊我：“哎！张一回——”

是沈致湘，隔着密密麻麻的脑袋，他伸长脖子，抬手指向教学楼门口的方向。我意会，和严行走到教学楼门口的银杏树下，等着他。

没一会儿沈致湘出来了，身后跟了个娇小的女孩儿。这女孩儿看上去最多一米六，扎着马尾辫，皮肤很白。

“呃，这我同学，杨璐，化院的，”沈致湘一副此地无银三百两的样子，“一起吃饭去？”

“走啊。”我冲他意味深长地笑了笑。

“嗯。”严行也笑。

沈致湘使劲儿推我的肩膀：“走走走，赶紧走！”

他身后的杨璐脸有些红。

期末考结束了，学校附近的餐馆里都是黑着眼圈庆祝解放的学生，天气冷，沈致湘提议去吃火锅。我们到了学校南门的小渝都火锅店，上一次来是沈致湘过生日请客，三个北方人都不吃辣，所以直接点了个番茄锅。这次沈致湘故作漫不经心地说："来个鸳鸯锅。"

我问："你吃辣啊？"

"不，"沈致湘轻轻看了杨璐一眼，"杨璐吃辣，她家蓉都的。"

我："哦。"

严行："哦？"

沈致湘表情崩溃地看向严行，然后把菜单塞到严行手里："你来点、你来点。"

严行一手托着下巴，一手攥着铅笔，像个认真的小学生。

"一回，你想吃什么？"严行问。

"我都行啊。"

"牛肉还是羊肉？"

"呃，牛肉吧。"

"极品牛肉卷还是草原肥牛卷？"

"草原肥牛卷？"

"嗯，五花肉吃吗？"

"吃。"

"鸭肠来一份吗？"

"行啊。"

"哎，"沈致湘打断我们两个，"你俩这说相声呢？一捧一逗的还挺齐活。"

严行笑，把菜单递给杨璐："你们两个点吧。"

杨璐小声说了句"谢谢"，接过菜单，偏过脸看沈致湘："致湘，你想吃什么呀？"

啧，致湘。

沈致湘和杨璐商量着点菜，我和严行就默默打量他们俩。一个东北壮汉，一个蓉都妹子，竟然意外地挺般配——不知道这是不是传说中的夫妻相。

沈致湘平时也算五大三粗，现在当着杨璐的面儿，整个人都翩翩君子了，连那感染力极强的东北腔都收敛不少。

没一会儿服务员把我们点的菜端上来，有一盘莲藕放不下了，沈致湘勤快地把桌子上的盘子挪来挪去，终于腾出一小块地方，他对服务员说："就放这里吧。"

若是在平时，他说的是："你搁这儿放吧！"

一顿饭下来，我憋笑都憋饱了。

吃饱喝足，杨璐说要和室友去逛街，便没和我们一道回学校。杨璐走了，沈致湘盯着杨璐的背影，直到她走进地铁站，才长长吁出一口气："哎呀妈呀，累死我了。"

我和严行不约而同地笑出声。

"笑笑笑，别笑了！"沈致湘说着，自己却也笑了，"很好看吧？"

"嗯，好看，"我问他，"你们怎么认识的？"

"我们俩一起上体育课，"沈致湘表情有些羞涩，"我那个体育课是国标舞嘛，我们俩正好一组……这星期考完试了，我就跟她说，搭档了一学期，吃个饭吧。"

严行精辟地评价："有戏。"

"我也没想那么多啦，"沈致湘一脸壮汉的娇羞，"试试吧。"

这一天无风无雪，午后阳光明媚，天空明净得像宫崎骏的动画。我们三个吃得肚子圆滚滚，说笑着往宿舍走。这一刻时间变得好慢，大学生活还有三年半，悠长得如同一辈子。

回宿舍，我倒头就睡。期末复习那两周，实在太缺觉。

再醒来时，天色已经有些发暗了，沈致湘开着电脑打游戏，严行还在睡。我迷迷瞪瞪地走下床，喝了口水，然后走到严行床边坐下。

大概是还没睡醒，我根本不知道自己在想什么，只是看着严行睡在那儿，乖顺地闭着眼，就忍不住伸出手，捏了捏他的脸颊。

严行皱了皱眉，没睁眼。

这段时间明明是水深火热的期末季，严行却胖了一点，面色不再像之前那样憔悴，两颊也像长大了的猫一样鼓起来，软软的。

“嗯？”严行总算半睁开眼，看了看我，眼睛又闭上了。

“起了不？”我叫他，“都该吃晚饭了。”

“嗯……”

严行翻个身，后脑勺对着我。

他的头发也长了，软软地散在枕头上。

我又叫一遍：“严行？起了。”

严行坐起来，揉着眼睛：“啊，还不饿呢。”

沈致湘不知何时摘下耳机，跷着二郎腿摊在电脑椅上：“哎，啥时候我能体验下这种叫醒服务？”

我被他说得有点别扭：“行啊，明天早上叫你。”

“大哥我错了，”沈致湘连连摇头，“你的温柔我承受不起，还是给严行吧。”

我哑口无言，我很温柔吗？也……没吧。就是闹着玩儿叫严行起床而已。

虽然知道沈致湘只是开玩笑的，但我还是突然感到有些别扭，我站起来，端起脸盆：“我去洗脸啊。”

我快步走进水房，就看见唐皓正在洗衣服。

他被调到了走廊顶端的一间寝室，离我们寝室很远，平时碰不到。

唐皓也看见我了，似笑非笑地瞥了我一眼。

我被他瞥得万分尴尬，俯身把凉水捧在脸上。其实我只是想拍点凉水清醒一下，可现在为了避免尴尬，只好不停往脸上拍凉水……可真冷啊。说实话，面对唐皓我是有点心虚的。他针对我，严行揍他，然后他搬出宿舍，严行赔他，这一系列的事情有来有往，按理说谁都没占到便宜。但我也听到了别的传言，说，严行花钱让唐皓滚蛋了，有钱的是大爷啊。

唐皓那边的流水声止住了，然后我听到他的脚步声。

经过我身后时，唐皓轻轻说了一句：“张一回，你也就狗仗人势吧。”

他说完，还笑了。

一月二十一日，学校正式放假。沈致湘本来早早买好了二十一日下午的火车票，但杨璐说想玩两天再回家，沈致湘便毫不犹豫地改签了车票。

严行问我："你还去兼职吗？"

我摇头："下学期再做，怎么了？"

"咱们出去逛逛吧，我还有好多地方没去过呢，"严行顿了顿，补充道，"就去后海啊南锣鼓巷什么的……"

我若无其事地说："行啊。"

其实我明白，严行之所以要补那么一句，是想告诉我，他说的"逛逛"花不了什么钱——后海、南锣鼓巷，都是不需要门票的地方。

沈致湘正捧着手机和杨璐在网上聊天，听到我和严行的话，问："你们准备去哪儿啊？看看咱们能一起不。"

严行："我和张一回跟着……不方便吧。"

我一想也是，沈致湘和杨璐正你来我往打得火热呢，我和严行跟着算什么事儿……

"没事啊！"沈致湘贼兮兮地笑了，"其实……唉……"

我："啊？"

"就，我准备……表白呢，"沈致湘面带羞红，"只有我和璐璐两个人，有点尴尬。你们俩跟着是不是稍微好一点？"

严行认真地说："是的，如果她拒绝了你，起码你们俩不会太尴尬。"

沈致湘："你别吓我……"

于是，我、严行、沈致湘和杨璐，一起去了南锣鼓巷。

南锣鼓巷，沈致湘和杨璐都去过了。我没去过，严行也许去过了，但他说自己没去过。

假期的南锣鼓巷人满为患——这地方，或许什么时候都人满为患。沈致湘和杨璐走在一起，我和严行走在一起，挤着挤着就走散了。没一会儿沈致湘给我打电话，说他和杨璐在排队买烤鱿鱼。

"他们俩在排队，待会儿再会合，"我问严行，"你想吃什么吗？"

其实我有点失望，南锣鼓巷不就是一条人很多的步行街吗……我不知道严行是不是真的没来过，如果他是不想让我花钱才提议来这里的，那实在委屈他了。

空气中弥漫着各种各样的食物的味道，炸鸡排的油香味，烤肉串的孜然香，棉花糖的焦甜……我暗想好在来之前吃了早饭。

“不饿，”严行说，“先逛逛吧。”

几乎是人推着人往前走，我怕和严行走丢了，便伸手抓住他的胳膊。严行任我抓着，也不说话，跟着我的步伐缓缓移动。

眼前、耳边，都沸反盈天，我和严行却忽然不说话了，也不知道为什么。

拐进人稍少些的小巷，我松开手。

严行的手一直揣在兜里，他踢了踢地上的落叶，说：“人真多。”

“嗯。”

“好像也没什么特色的小吃啊。”

“啊……是。”

“张一回，”严行突然拔高了声音，清清亮亮地问，“你想谈恋爱吗？”

我后背一麻。

“还……还行吧，”我硬着头皮说，“这也不能强求……”

“哦，我就是看沈致湘要谈恋爱了，”严行笑着说，“突然想问你是不是也想谈。”

我一点儿也不想和严行讨论恋爱不恋爱的问题，总觉得别扭，也说不清为什么，总之就是觉得和严行讨论任何和女孩儿有关的事情都很别扭。也许是因为上次苏纹的事吧。

我和严行继续往前走，好在严行没再说话了，一个人低着头不知道在想什么。

我们在茅盾故居前停下，我说：“累了吗？那儿有椅子，累了咱们就坐会儿。”

严行走过去坐下。我也坐下，和严行隔着大概一巴掌宽的距离。冬天的太阳暖融融的，我看见严行在阳光中闭上了眼。

远处传来悠长回旋的乐曲声，是古筝，不知道弹的是什么曲子。

一曲毕，沈致湘还没给我打电话。

我只好没话找话地问严行："你几号回家？"

可话一说出口我就后悔了，严行家的情况那么复杂——他爸去世了，他妈在国外，那个舅舅也和他不怎么亲近的样子，他去哪儿呢？

"不知道，"严行语气如常，"再看看吧……家里也没人。"

"噢。"我看着严行的手指，他的手指细细长长，绞在一起。

"严行，你……跟谁长大的？"我强迫自己不去看严行，胡乱地问。

"自己，"严行看看我，继续说，"家里没人管我，那天你也听见了。"

我连忙说："对不起，我没别的意思，我就是——"我就是说话没过脑子。

"没事啊，"严行的声音忽然变得很轻柔，"这些事告诉你，没关系的。"

我就接不上话了。

好在这时手机响起来，沈致湘问："你们在哪儿？"

"茅盾故居这儿。"

"啊，行，我们俩马上过来啊。"

十来分钟后沈致湘和杨璐过来了，两个人已经牵起了手，我心想沈致湘这进展很快啊。

杨璐手里拿着一串烤鱿鱼边走边吃。沈致湘手里攥着一把烤肉串，食指上还钩着一只塑料袋，里面装了杯奶茶。

"你俩尝尝，"沈致湘把烤肉串分给我和严行，"排了好久。"

杨璐冲我和严行笑笑，很不好意思的样子，但她一直和沈致湘牵着手，没有放开。

我们四个往后海走，路上经过一家咖啡馆，严行去买了四杯卡布奇诺。咖啡馆是英文名字，我认不出来，但门口坐了好几桌老外。那卡布奇诺盛在厚实精致的纸杯里，味道很香。

这下只有我还没掏钱请客，我的目光在街边扫视。烤红薯？太便宜了。关东煮？也不知道他们喜欢吃什么。稻香村倒是可以，虽然我没吃过，但这么有名的点心总不会难吃——就是不知道贵不贵。

“一回。”严行忽然小声叫我。

“怎么了？”

“嗯……你吃过山药豆吗？”他盯着不远处的糖葫芦小摊，目不转睛。

“呃，吃过。”

“好吃吗？”

“还行吧，挺甜的。”

我心里疑惑，严行怎么突然问这个？他不会没吃过吧？哎——严行没吃过？

“你想吃吗？”我问严行，“我去买。”

“嗯，”严行扭头问杨璐和沈致湘，“你们吃糖葫芦吗？”

“我还没喝完哪。”杨璐笑着举高手里的卡布奇诺。

沈致湘：“我要吃那个外面裹花生的！”

我买来三串糖葫芦，一串裹了花生碎的，给沈致湘；一串山药豆的，给严行；还有一串中间夹豆沙的，是我的。

严行嚼了几口山药豆，含含糊糊地说：“好吃啊。”

他又往我的手上瞟：“张一回，你的好吃吗？”

“你要尝尝吗？”

严行便低下头，咬下一颗山楂。糖葫芦是刚做出来的，在竹签上串得很紧，严行咬下那颗山楂的时候，连带我的手也跟着抖了一下。

我停住脚步，身后的沈致湘问我：“你怎么了？”

严行也看向我，脸颊还是鼓起来的，目光疑惑。

“没事……以为腿抽筋了。”我说。

“啊？”沈致湘开玩笑，“你没事吧？娇躯抱恙了？”

“我……没事，走吧。”

我继续往前走，但没再和严行并肩，而是跟在了沈致湘和杨璐的身后。

越过沈致湘的肩膀，我看见严行乌黑的后脑勺和挺拔瘦削的肩背。

我不敢看严行，只好低着头走路，这条路的地砖是淡黄色的，真丑啊。我的运动鞋是黑色的，鞋带已经起了毛边儿，这双鞋是我高二时买的，也可能是高一，我记不清了。给老妈买羽绒服，什么时候去买呢？年前商场里的衣服都涨价，如果年后去买肯定便宜不少，但新衣服，不就要过年走亲访友时穿出来，图个好看吗？其实我还想给老爸买件棉袄，他前年买那件棉袄也太老气了……

“一回，”严行突然走到我身边，“干什么呢？”

“啊？”我被他吓得一哆嗦，“我在走路呢。”

严行笑了笑：“我知道。”

高中的时候学校给我们订英语周报，我记得我在周报上看过一篇文章，讲的是如何判断人有没有说谎。其中一条是，如果你问了对方一个问题，对方用十分完整的句式回答了你的问题，那么这个人很可能在说谎。

比如说，严行问，一回，干什么呢？

张一回回答，我在走路呢。

如果张一回没有心虚，那么他大概率会回答，没干啥啊。

我在走路，既没单腿跳也没躺着，这条街上的人都看得出来。

“咱中午吃啥啊？”沈致湘扭头问我和严行。

严行：“我都可以。”

“我也……你们想吃点通京特色的东西吗？”我快步赶上去，和沈致湘并肩。

“行啊，吃什么？”沈致湘问。

“卤煮什么的……”严行被我留在身后，我不敢回头。

“卤煮我吃过一次，呃，我估计璐璐吃不习惯，”沈致湘说，“还有别的吗？”

我想了想，说：“铜锅涮肉？”

“璐璐你想吃吗？”沈致湘温柔地问杨璐。

杨璐点头：“行呀。”

“我知道一家，”我说，“就是离这儿有点远。”

杨璐轻轻“哎”了一声，然后扭头问严行：“你想吃铜锅涮肉吗？”

我尴尬地噤声。

我忘了问严行。

不，我本来就是想避开他，才跑来和沈致湘商量中午吃什么的。

严行是什么表情？他会难过吗？会用那种委屈巴巴的目光看着我吗？

“我都行。”严行的声音淡淡的，听不出情绪。

“OK，”杨璐笑着问我，“你说的那家店在哪儿？”

“坐二号线能过去……”

杨璐裹了裹围巾：“那还好吧，反正坐地铁也方便。”

沈致湘：“嗯，咱们一会儿逛逛后海，就过去吧。”

我说：“好啊。”

于是我们继续向后海走去，杨璐和沈致湘在聊各自专业的期末考试，我时不时插一句，和他们一起吐槽学院奇葩的考试时间。

严行跟在我们身后，默不作声。

其实那就是一家很普通的涮肉馆，只不过名字叫“老通京涮肉”，我去过两次，都是同学聚会的时候跟着去的。同学聚会，一群人乱哄哄地喝酒吹牛，菜到底好不好吃，并没有人在意。

杨璐真是个很温柔的女孩儿，她或许注意到了我和严行之间的异样——或者至少她发现严行落单了。于是她放慢脚步，等着严行走过来，笑眯眯地对严行说：“严行，你是哪里人啊？”

严行沉默了两秒，问：“怎么了？”

杨璐显然没料到严行会是这个反应，愣了一下，有些紧张地说：“啊？我就、就问一下……”

严行“噢”一声，说：“我是安西人。”

“安西啊，”杨璐把头发别在耳后，笑了一下，“西蓉铁路现在在修了，过几年蓉都去安西应该很方便啦。”

“是吗……”严行低声说，“那很好啊。”

我在心里疑惑，严行家不是商都的吗……为什么要说是安西？可转念一想，大概户口页上的只是出生地，严行家那么有钱，迁居到安西也有可能。

“我很想去安西啊，”杨璐笑着说，“听说那边的牛羊肉都做得很好吃。”

严行点头：“嗯。”

这天聊得，也太敷衍了吧。

我不知道严行是不是生气了，毕竟我只见过一次他生气，还是在电话里。严行对我好像总是温柔的，温柔得让我不知所措。

兜里的手机响了，是老妈。

我走远几步，接起电话。

“一回啊，还在学校呢？”

“嗯……”

“什么时候回来啊？妈给你做好吃的。”

“我……”我心头一动，猛地拔高声音，“好，我现在就回来。”

如我所料，老妈没听出我话里的不对劲，挺高兴地说：“好嘞，正好今天我休班！你几点到家？”

“一个小时以后吧。”

“哎，行，我现在去买菜，你路上慢点儿，啊！”

“嗯，好。”

我挂掉电话。二十秒不到的时间，出了一手心的冷汗。

“怎么了？”沈致湘问，“你要回家？”

我一脸愧疚地看着他和杨璐：“嗯，太对不起了，我妈叫我赶紧回去……家里来了个亲戚，好多年没见了，想见见我。”

“啊，那你快回去吧，没事儿！”沈致湘憨笑，“反正咱们以后有的是时间出来玩嘛！”

杨璐也附和道：“是呀，你赶紧回家吧。”

我掏出手机：“我把那个涮肉馆的地址发给你们啊……”

我回家了。

家里还是老样子，老妈在厨房做菜，老爸在客厅看电视。

“你的东西呢？”老妈见了我，惊讶地问，“落地铁上了？！”

我摇头：“没带……我过两天再回学校拿，不着急。”

“嗐，你这孩子，也不嫌麻烦，”老爸招呼我，“柜子里有沙琪玛，你先垫垫肚子，你妈一会儿就做好饭了。”

“没事儿，我不饿。”我走到老爸身后，为他捏肩膀。他每天除了睡觉就是坐在轮椅上，坐久了，颈椎就不好。

“学校的课难不难？”老爸问。

“不难，”我笑，“认真学都能学会，反正我这是商科，又不是物理、数学什么的。”

“那就好，嘿，我前天还碰着老赵他儿子了，那个德性哟。”

“什么德性？”

“染一红毛，大冬天，露着小腿，”老爸边说边摇头，“这孩子一不上学，就完全变样了，流里流气的，唉。”

“嗯……”我想起严行，他也冬天露着脚腕，要是老爸见了，大概也会摇头吧？

“我当时就想，还是我儿子好！听话，懂事儿，靠谱儿。”

“你这是王婆卖瓜啊？”老妈笑着从厨房走出来，手里端了一盘青椒肉丝。

这就是我家，像很多个平凡的家庭一样，没什么钱，但一家人和和睦睦。

我爸妈都是很普通的人，没上过大学，也没见过什么世面。在他们眼里，染个红毛，就是出格。

但他们都很善良，很爱我，尽他们所能地抚养我。

晚上，我给沈致湘发 QQ 消息，问他们铜锅涮肉怎么样。

沈致湘回复，后来严行说不想吃涮肉，请他和杨璐去吃烤鸭了。

我只得讪讪地说：“哦，好啊，下次有空我带你和杨璐去。”

在家躺了两天，严行没有联系过我。

又过一天，沈致湘在我们三个的寝室群里说：“开学给你们带酱肉！”

我问他："你要回家了？"

"嗯，今天下午走。"

"路上小心啊。"我说。

"没问题，放心吧。"

沈致湘要走了，那严行……他还在寝室吗？

思来想去，我还是忍不住给沈致湘私发了消息："寝室还有人不？我回去拿东西。"

沈致湘回："没人，严行前天就走了，你没带钥匙？"

"嗯，忘带了，我找宿管要吧。"

"好嘞。"

我几乎有些唾弃自己，为了圆一个谎，就要撒一个又一个的谎。我当然带钥匙了，我之所以问这些，无非是想知道，严行还在不在学校。

我不想回去收拾东西的时候碰上他。

严行走了，我便可以放心地回去收拾东西。当天下午我就坐上了回学校的地铁。

放了寒假，学校里空荡荡的。或许暑假还会有不少人留校，但寒假就真的没什么人了。到寝室楼下的时候已经五点多了，冬天的白天短，此时天色已经暗下来。我抬头，看见寝室楼的窗户全都是黑的。

走进去，我对宿管说："阿姨，我上去拿个东西。"

"校园卡给我看看，"宿管阿姨正在缩着脖子看电视剧，语气有些不耐烦，"你们这些孩子，放假了还不早点回家，唉！你们不走，我们就得跟着值班！"

"啊？"我愣了一下，"还有人没走吗？我刚才看见灯都是黑的……"

"有啊，每年总有那么十来个人不回家，放假了这些宿舍楼都要停水停电的，学校安排他们的住宿很费劲啊，"阿姨叹气，"给他们安排集中住宿，今年就排到我们这栋了！这不是开学的时候五楼寝室没住满吗？我就得跟着值班。"

原来是这样，我暗自松了一口气，是别的宿舍楼的留校学生被集中安排到了我们这栋楼。不是严行。

也对，沈致湘说得明明白白，严行前天就走了。

我上楼，走到寝室门口。

走廊里连灯都没开，只有一个“安全通道”的牌子亮着幽幽绿光。四下安静无声，我甚至能隐约听到一楼宿管室里阿姨外放的电视剧的声音。

寝室的门紧闭着，上面已经被贴了封条。

我小心地揭下封条，掏出钥匙开门。

寝室里黑乎乎的一团，什么都看不清。窗户竟然开着，夜晚的寒风一阵阵往屋里吹，吹得窗帘飞来飞去。

“谁……”

我膝盖一软，险些叫出声！

得益于从小到大的唯物主义教育，我哆嗦了一下，然后狠狠按下大灯的开关。

严行趴在床上，身上裹着被子。

“严行？！”我愣在原地。

严行极其缓慢地抬起头，看我一眼，然后又闭上眼。

我走上前去，才发现他的脸上一点血色都没有，嘴唇也是干裂的。

“严行？”我再次叫他，他却还是没有反应。

我抽抽鼻子，忽然在空气中嗅到一股铁锈味儿。

心中升起一股不好的预感，我伸手覆上严行的额头，滚烫。

“严行，能动吗？”我焦急地说，“我背你去医院，啊？”

“别……”他终于又出声了，却气若游丝。

我急得要死，严行不是走了吗？怎么会在寝室烧成这样？而且——寝室门的封条都贴上了，严行一个人在这儿躺了多久？！

我深吸一口气，扒下严行身上的被子，决定先把他背到校医院再说。

然而下一秒，我的手悬在半空，动不了了。

我看见了血。

严行小腿旁边的褥子上，有一块暗红色的血迹，与之相连，他腿上穿着的灰白色运动裤上，也有一块暗红色的血迹。

我颤抖的指尖触到了他运动裤上的血迹——冰凉的。

我的脑子已经跟不上这一切了。

差七分钟六点的时候，严行被送进了校医院的单人间病房。

“这小子命大，没烧傻，”中年男医生边摇头边说，“真不知道你们这些小孩儿天天在干什么。”

“他的腿……”

“你不知道？”男医生反问我，“不是你送他来的吗？”

“我是他室友，回寝室看见他躺床上，赶紧送来了，”我盯着严行缠满白纱布的小腿，焦急地问，“他腿上怎么回事？”

“这样么……”医生看着严行，表情有些复杂，“皮外伤，出了点血，你不用紧张……具体情况，他醒了你再问他吧。”

严行正在输液，他的上身被换上了病号服，下身只穿一条内裤，光着双腿。那两条修长的小腿上缠满了纱布，露出的膝盖又红又肿，触目惊心。

我完全想象不出严行经历了什么，他前天不是走了吗？他去哪儿了？被谁打的？难道是唐皓——不，唐皓那个胖子，怎么可能打得过严行。无论是谁打的，严行为什么不报警？他就那样一个人缩在宿舍里，他不怕死吗？！

一个护士走进来，她把严行输液的速度调慢了，然后说：“哎，你去护士站接杯温水给你同学擦擦嘴唇，都裂成这样了。”

我如梦初醒般站起来：“哦，好……他多久能醒？”

“退了烧就醒了，”护士安慰我，“你别担心，我们刚才都给他仔细检查过的，没什么大事儿……你要是一个人处理不了，就赶紧给你们老师、辅导员什么的打电话。”

“嗯，好，谢谢您。”

我接了一杯温水，用护士给的棉签为严行擦嘴唇。

他的嘴唇又干又裂，泛着灰白色。我把棉签凑上去的时候，手几乎在哆嗦。严行的嘴唇就像一层泡沫，我真怕稍一用力，就碎了。

严行的双眼紧紧闭着，给他擦嘴唇，他也没有反应。

一直到晚上八点多，护士为严行换上第二袋药液，我为他擦嘴唇也已经用掉两杯水。

严行终于皱了皱眉。

我停下动作，看着他的脸。几秒后，他微微睁开眼睛，浓黑的眼珠看着我。

“张一回？”严行嘶哑地说。

“嗯，”不知为何，我鼻子一酸，“是我。”

第六章

“怎么弄的？”我深吸一口气，强迫自己平静下来，“要不是我回寝室，你……发烧会烧出人命的你知道吗？！”

严行静静看着我，没有说话。半晌，他忽然笑了一下。

他一笑，嘴唇上开裂的口子就渗出细细的血丝。

我连忙用棉签为他把血丝蘸干净，慌乱地命令他：“别笑！”

严行就不笑了，但一双半睁的眼睛笑意盈盈。

“我没事，”严行的声音很轻很轻，“回寝室，睡着了，才……”

“谁干的？”我想起那些血迹，心头又是一震，“谁打你了？”

严行摇摇头。

我愣了愣，问：“不能告诉我？”

严行一动不动，眼睛里的笑意也倏然散去，大概半分钟之后，他说：“我舅舅。”

他舅舅。

一时间我竟然不敢相信——那个对辅导员毕恭毕敬、笑脸相迎的中年男人，竟然把严行打成这样？他凭什么这么打严行？！

“我也是……犯浑，”严行声音嘶哑道，“你不用担心。”

“你犯什么浑他也不能这么打你啊！”我看向严行的腿，在雪白的被子下，他的小腿缠满纱布。我没看到他腿上的伤口是什么样的，但流了那么多血，缠了那么多纱布，该有多疼呢。

“没事……真没事，”严行咳了两声，“我想喝水。”

我这才想起来还没给他喝水，连忙接了小半杯温水，扶着他半坐起来，然后把纸杯凑到他嘴边。

严行仰起头，我也抬起纸杯，让水慢慢地流进他的喉咙。

我不受控制地想起那天——也是这样，他去咬糖葫芦上那颗山楂，冬天晴日的阳光落了他满头满身，连他垂着的睫毛都染上淡淡的金色。

而现在，严行苍白的脸像是蝴蝶的翅膀，一触即碎。连他像小猫长成大猫一样终于微微鼓起来的腮帮子，也在这短短几天内又消瘦下去了。

喂完水，严行又闭上了眼。他闭着眼说：“张一回，你今晚在这儿陪我吗？”

“嗯，”我为他掖了掖被子，“大夫说你输完这瓶就没了，但是要观察一晚上。”

“哦……麻烦你了。”

“没事。”

我想起我还没为上次的不辞而别解释，可眼下这情况令我实在无心思考该怎么解释，我心里的不解和惶恐简直要溢出来了——严行他舅舅为什么打他？怎么能打得这么狠？这是第一次吗？

可严行似乎不想说。

我看着严行扎了针的手背，他的手真瘦，青筋显而易见地凸起来。刚开学的时候，有一天晚上我本来是要回家的，家里没有人，我便回了学校，对，就是那天晚上我撞上严行醉醺醺地回寝室，他身上有一连串吻痕。

而现在他身上有一连串的伤痕。

这个人就不能安安分分的吗？！

直到现在我才反应过来，从把他背来校医院到他醒来的这段时间里，我有多害怕。我连手都是哆嗦的。医生在换药室里为他包扎伤口的时候，我甚至想到，严行不会……死了吧。

不行、不行。我还欠他一顿红烧肉，还没向他好好解释那天为什么不辞而别，还没好好哄一下他。

过了九点，药液快输完了，我去护士站叫护士来为严行拔针，还没走到护士站，先听到一道中气十足的女声："你们是没见呀，唉，密密麻麻全是伤！崔大夫当时就跟我说，这是鞭子抽的！"

另一道较娇软的女声说："啊？怎么会是鞭子抽的？这孩子被爸妈打了？都这么大了，还打啊……"

"我看不是，"先前的女声说，"他病历本上有户籍嘛，陕郡的。爸妈从陕郡跑过来打孩子？我看不像……而且他是他室友送过来的，不只是鞭子抽呢，那俩膝盖都是肿的，一看就是跪了很久，唉，你说说……"

我觉得头皮发麻。

鞭子抽的，跪了很久。

严行到底经历了什么？

我攥了攥拳头，走到护士站："31 床要拔针。"

那几个年轻护士彼此看看对方，目光暧昧。随即，一个护士走出护士站："走吧。"

她给严行拔了针，叮嘱我："每两个小时给他测一次体温啊。"

"嗯，好……谢谢您。"

护士把输液的针管绕了几圈攥在手里，状似无意地问："你是他室友啊？"

我点头："嗯。"

"你怎么不早点把他送来呢？"护士说，"持续高烧要出大事的。"

"我……回寝室拿东西，才发现他在发烧。"

"噢，"护士点点头，"那你好好照顾你同学，对了，明天大夫来了记得找他给你同学开药。"

"嗯，我知道了。"

护士冲我笑了一下，转身离开。

严行没再发烧，体温稳定地维持在 36.2 摄氏度。

十一点零三分，我的手机响了。

一个陌生号码，所属地是通京。我接起来，听到沙哑的女声："严行和你在一起吗？"

这声音有几分莫名的熟悉，我问："你是？"

"我是苏纹，严行和你在一起吗？"

一整晚我都没有睡熟，频频在半梦半醒之间惊醒。

我喘着粗气坐起来，一身大汗。

窗外天光微亮，有三五只麻雀落在枯树枝上，叽叽喳喳。

我扭头向左看，严行躺在病床上，他身上的被子有点儿歪了，露出小半边肩膀。

我长长呼出一口气，总算从梦里彻底清醒过来。

我用冷水胡乱拍了把脸，然后下楼去食堂买早餐。想到严行腿上的伤和嘶哑的声音，我便给他买了两荤两素四个包子，一份白粥。

我回到校医院，走上三楼，就见苏纹正站在病房门口。

她穿得很少——这么冷的冬天，竟然只穿一件白色夹克，一条黑色皮裙。

"哎，"苏纹看见我，笑了，"你昨晚睡这儿了？"

"啊，是。"我没想到她会来，昨晚她给我打电话问严行是不是和我在一起，我说是，她又问我们在哪儿，我便回答在校医院。

没想到她这么一大早就找来了。

"你这是给他买早饭去了？"苏纹看着我手里的塑料袋问。

"嗯。"

"哈哈，"苏纹又笑了，耸耸肩，"你对他真够可以的。"

再见到苏纹，我不禁想起上次严行说她的那些话，感觉十分不自在。

这时苏纹透过病房上的玻璃向里望了望，几秒后收回目光，语气轻飘飘的："我看他当时也没什么事儿啊，怎么弄进医院了？"

我愣怔："你……你知道严行……怎么受伤的？"

苏纹头一歪，反问："你不知道？"

“我昨天回寝室，看见他……躺在床上，赶紧把他送过来了。”

“哦——”苏纹脸上什么表情都没有了，“我说呢，严行现在也学会顺杆子爬了啊。”

“什么意思？”我看得出苏纹的态度并不友好，但还是忍不住追问，“严行为什么被他舅舅打？他到底出了什么事儿，你知道吗？”

苏纹不说话，再次向病房里望去。

片刻后，她淡淡地说：“我走了，你要是想知道就直接去问严行吧。”

“你……”

我想挽留她再问一问，然而她转身走得很快。

可没走两步，她又折回来。

“你知道吗？”苏纹看着我，目光像屋檐下寒冷剔透的冰凌，“他是故意的，他不是昨天受的伤，他就是故意等你看见罢了。”

苏纹走了，我走进病房。

严行还保持着我离开时的睡姿，神情安详。我伸手隔着被子拍拍严行的胳膊：“严行。”

他眉头皱了一下，然后缓缓睁开眼。

“起来吃饭，”我说，“很饿了吧？”

严行动动脖子，慢慢坐起来，像是愣了一会儿，然后说：“我想洗脸刷牙。”

“嗯，”我把我的外套脱下来，“你穿着去洗脸，这儿没有牙刷……”

“没事，”严行的语气挺平静，“我漱漱口吧。”

病房里就有洗手间，严行披着我的衣服走进去，关上门。隔着门，我听见水龙头哗哗往外流水的声音，我不知道该不该再问一次，问严行，他舅舅怎么能这样打他，到底发生了什么事。

可严行显然不太想说。他不想说，我就算问了，他也未必说真话吧。

很快严行走出来，脸上湿漉漉的。他坐在床边，我把包子递给他：“你先吃，还有粥。”

严行点点头，接过包子，双手捧着一口一口地咬。

他吃饭，我看他，一时间病房里安静得只有他的咀嚼声，就连窗外的麻雀，也不知何时没了声响。

严行饿急了，狼吞虎咽，两三口就吃完一个大包子。他吃完包子，又大口大口喝粥，我看着他起起伏伏的胸口，心里越来越难受。

他饿了多久？这么个饿法，把胃饿出毛病怎么办？

严行仰头喝完了粥，问我："还有吗？"

"没了，中午再吃吧，你饿久了，不能一口气吃太多。"

严行点头，放下手里空了的纸碗。

"量个体温，"我把体温计递给他，"昨天医生说，没什么事儿的话，你今天就可以出院了，但是要按时来换药。"

严行垂眼盯着体温计，忽然轻轻笑了一声，说："本来也不是什么大事儿，一回，昨晚……谢谢你了。"

"还不是大事儿？"我心里的怒火一下子蹿起来，"我要是不回来，你没准儿就死了，你知不知道？！"

严行低着头不看我："不会的。"

"不会个屁！你昨晚烧到三十九度你——"

"我是说，"严行打断我，"你不会，不回来的。"

我一下子噤了声。

严行也不说话。

几分钟后，病房的门被推开，昨天的那个中年男医生走进来："退烧了吗？"

严行把体温计抽出来，看了看："三十六度二。"

"不错不错，"男医生又问，"腿上有没有什么感觉？"

严行摇头。

"恢复得挺快嘛，"男医生笑了笑，"昨晚还那么虚弱呢，把你同学吓死了。那行，今天输完液就可以出院了，但是按时来换药啊，我们上班到十四日。"

严行："好，谢谢您。"

医生查完房，病房里又只剩下我和严行了。

"张一回，"严行向我这边挪了挪，"你刚才发火了？"

我硬着嗓子："很惊讶吗？"

"好凶啊，"严行的语气有点软，"吓死我了。"

"我真的，很担心你，"我侧过脸看向严行的眼睛，一字一句地说，"你明白我的意思吗？"

严行又垂下头，低声说："下次不会了。"

"你舅舅为什么打你？"

"我也打他了，"严行说，"我家的事儿，说不清……算了吧，你听了也糟心。"

见他不想说，我也只好不再问。

"你一会儿去哪儿？不回你舅舅家吧？"我换了话题。

"我有地方去，放心吧。"严行笑笑。

"去哪儿？"

"就……"

"别骗我。"

"找个酒店住一下。"

我叹气，看着严行头顶的小小发旋，接着，又叹气。

"妈，"我拨通了老妈的电话，"我带个同学回家啊。"

严行跟我坐地铁，往我家的方向。

"一回，咱们才认识一个学期，"人挤人的地铁上，严行一只手扒着我的胳膊，小声说，"我就跟你回家了，会不会……太冒昧了？"

"不用想这么多，"我安慰他，"我爸妈都挺和气的。"

"我是不是应该买点礼物什么的？"严行又说，"你爸妈喝茶吗？下一站咱们下车吧，我买点东西再……"

我无奈地说："真不用，不用这么客气。你自己好好的就行了，中午吃红烧肉。"

严行眼睛一亮："就你上次带到寝室的那种？"

"嗯，你得悠着点，"我补充道，"刚刚护士不是说了吗，你现在要清淡饮食……"

我也不知道我怎么脑子一热就把严行带回家了。

其实仔细想想，他那么有钱，想必会去住高级酒店——总之比我家宽敞舒服多了。可我一想到他要一个人去校医院换药，一个人过除夕，一个人吃年夜饭，心里就很不是滋味。

苏纹说，严行是故意等我看见。

严行说，你不会不回来的。

好吧，我在心里暗暗对严行举起双手表示投降：既然你相信我会回来，那我就不辞冰雪为卿热，再把你带走吧。

我带严行回家。

他寸步不离地跟着我，走出地铁站，转公交，下车，再走大概七百米，就到了小区门口。公交五局家属院，进了门，是两堆即使在冬天也臭气熏天的垃圾。

这个小区太老了，居委会几近于无，更别提什么物业不物业。

严行被臭味刺得抽了抽鼻子，我忽然开始后悔，好好的酒店不让他住，干吗非要把他带回家呢？

我家那么小，那么旧。

上楼，进门，严行笑眯眯地向我爸妈打招呼："叔叔好，阿姨好，我是严行。"

他腿上裹着纱布，所幸穿的是宽松的运动裤，上身黑色羽绒服，衬得他面白如雪，乌溜溜的眼珠像两颗散着寒气的黑曜石。

"哎，严行，快来坐快来坐，"老妈热情地招呼他，手里还拿着锅铲，"咱马上开饭啊，饿了吧？"

"阿姨，我不饿，您不着急。"

严行说完，乖巧地坐下，甚至连双手都规规矩矩地并在膝盖上。

老爸不知从哪儿找出个果盘，里面盛着满满的瓜子，瓜子上三根香蕉，香蕉熟透了，泛出棕色的斑斑点点。

"一回这孩子，也不提前跟我们说你要来，这不，家里都没来得及准备，他妈要做饭，我这腿脚又出不去，"老爸掰了一根香蕉塞到严行手里，笑呵呵地说，"来，你先吃香蕉，一会儿吃完饭了让一回带你出去买好吃的。”

严行连连点头：“谢谢叔叔，谢谢……我吃香蕉就行。”

严行剥开香蕉的皮，小口小口咬着吃。

“我听一回说，你昨晚病了啊？”老爸问严行，“是怎么了？严重吗？”

“就是有点发烧，”严行笑得温和又谦逊，“没事的，叔叔。”

老爸点头：“哎，那就好，这冬天就容易感冒，可得注意着点。”

他刚说完，老妈就把红烧肉端上桌了。

我眼睁睁看着严行的鼻孔张了一下。

“小严，你是哪里人啊？”老爸问。

“陕郡的，”严行含笑回答，“安西。”

我心想，严行的身体是纹丝不动，但魂儿估计已经扑到那盘红烧肉上了。

“妈，”我冲厨房喊道，“啥时候开饭啊？”

“马上！”老妈的声音伴随着噼里啪啦的炒菜声，“还有两个菜，马上好！”

开饭了。

红烧肉，蘑菇肉丸汤，凉拌腐竹，醋熘白菜。

老妈的红烧肉一绝：三分肥七分瘦的五花肉切成方块，腐乳汁生抽米醋不需多说，但她习惯往红烧肉里放一些鹌鹑蛋，鹌鹑蛋吸油，使得红滋滋的肉没有那么油腻，而吸了油的鹌鹑蛋，又是另一番醇厚鲜香的滋味。

严行在我家吃起红烧肉很是矜持，丝毫不见在寝室那次的狼吞虎咽，我有点想笑，心说严行估计憋得挺难受——但这样正好，他还病着，确实不能吃得太油腻。

虽说不能吃得太油腻，但严行还是一口气吃了三碗饭。他吃完第一碗的时候老妈直接拿过他的碗：“小严，阿姨再给你盛点啊。”

他吃完第二碗的时候，我妈大概觉得他吃饱了，但出于客气还是问他：“小严还吃吗？”

严行睁圆了眼睛，一脸天真和无辜的表情："那……就再吃一碗吧。"

最终严行吃了三碗饭，还喝了两碗蘑菇肉丸汤。

他斯斯文文地放下碗，打了个嗝。

"你……还行吗？"我胆战心惊地问他，"胃还好吗？你……"

"还好，"严行平静地点头，"喝汤只是溜缝儿……"

我："……"

他还会通京话呢。

吃过饭，老爸老妈午睡去了，我洗完碗，问严行："困不困？"

严行揉揉肚子："不困，出去走走吧？"

我忍不住捏了捏他的肩膀，问他："消食儿？"

严行又打了个嗝，点点头："嗯。"

我带着严行出门，到了我的高中。正好是周日，学生不上课，保安是认识我的，很干脆地把我和严行放进去了。

其实我的高中很小很破，着实没什么好看的。但我家这片儿也没有公园或者景点，鸡零狗碎的菜市场、批发市场倒是不少。我看着严行崭新的运动鞋，决定带他去田径场上遛遛。

午后是一天中阳光最强烈的时候，通京的冬天如果没有雾霾，还是很漂亮的——天空呈现出纯净的深蓝色，细细长长的云飘在空旷的天空中，暖洋洋的阳光落在身上。

我和严行在田径场的跑道上慢慢踱步，太阳晒得身上有些发烫。

"张一回，"严行的声音懒洋洋的，"你以后有什么打算？要接着读研吗？"

"不了吧，"我笑笑，"赶紧上班挣钱。"

"刚才你去洗碗的时候，阿姨还问我学校竞争激烈不激烈呢。"

"啊？"我愣了一下，"她问这个干吗啊。"

"关心你啊，"严行的语气十分温柔，"她说担心你学习太累了，不跟家里说……还说你从小学习就很努力。"

"哪儿跟哪儿，"我有点不好意思，胡乱抓抓头发，"我妈就是……

啫，我们这高中的学生，考上大学的都没几个……我走运考上的，我妈就是，太激动了。”

严行摇摇头，轻声说：“不，我觉得你很厉害，咱们学校……确实很难考。”

“在陕郡分数线有多高？”我随口问。

严行却不说话。

“嗯？”我疑惑地看向他。

“没事儿，”严行笑了一下，淡淡地说，“我不记得分数线了。”

遛完回家，老妈已经为严行准备好被子和枕头。

我关上门，刚想随便说点什么，严行的手却忽然移到腰间，开始解运动裤的裤带。

我僵硬地转过身，装作在整理书桌：“呃，严行，你……喝水吗？”

“不喝。”

紧接着，身后传来“哗”的一声，是拉链被拉开的声音。

“咝——”严行倒抽一口气。

我飞速转过身：“怎么了？！”

严行的运动裤在他脚踝处团成一团，他两条又长又直的腿上，纱布白得显眼。

“碰到伤口了。”严行看着我，小声说。

“啊？疼吗？”我连忙转过身蹲下，紧张地打量严行的小腿。纱布白花花的，倒是看不出血迹。可我一想起那些护士说的密密麻麻的伤痕，我就……受不了。

严行的腿很好看，修长而结实，小腿上肌肉的弧线略微鼓起来，像迎风的长帆。

他舅舅怎么下得去手呢？

“没事……就是不小心碰了一下。”严行的声音从我头顶传来。

我说：“你先睡吧。”

“你呢？”严行语气如常。

“我……我去给屋里洒点水，暖气烧得太干了。”

“噢，好，”严行说，“那我先睡会儿。”

“嗯。”我拧开门，两步跨出屋子。

我一动不动地坐在饭桌前，桌子上还放着中午没喝完的蘑菇肉丸汤。我独自坐了很久，连午饭后的睡意都消散得一干二净。直到双手冰凉，我深吸一口气，起身，拧开房间的门。

严行把自己卷在被子里，身子弓成一只大虾米。

“一回，”他迷迷糊糊地叫我，“你不睡了？”

“不了，”我无奈地说，“你睡吧，我出去买点菜。”

我穿上外套，出了门。

我脑子一热把严行带回家，现在才发现这事儿做得多么欠考虑——严行说他妈在国外，他又被他舅舅打成那样，那他能去哪儿呢？寒假有四十多天，难道严行就在我家住四十多天？

心事重重地走到菜市场，路过水果摊时我想起来，中午老妈嘱咐我买点橙子。她说橙子虽然有点贵，但家里来客人了，尤其来的还是我的同学，一定要好好招待。

老妈还说，一回啊，以后你这些大学同学都是你的人脉呀，你可得好好珍惜。

最终我还是买了一兜橙子，花去三十多块钱，沉甸甸的橙子勒得我的手很疼。

回家一开门，我一眼就发现，严行的运动鞋不见了。

我如遭雷劈般定在原地，严行走了？他不是……不是还在睡午觉吗？他去哪儿？不会回他舅舅那儿吧？！

“哎，小严呢？”老妈惊讶地问，“他不是说出去找你吗？”

“没啊。”我连忙掏出手机，然而上面并没有未接来电。

“啊？这孩子去哪儿啦？”老妈接过橙子，指挥我，“那你赶快给他打个电话啊。”

“哦，好。”

我看着通讯录里“严行”两个字，一瞬间，愧疚感如潮水般将我淹没。

刚才还在想严行就这么在我家住四十多天不是个办法——可他能去哪儿呢？除夕一个人待在酒店房间里看春晚吗？一个人去换药吗？

严行为我打了唐皓，赔了钱，这些事我都不知该怎么和爸妈说，也许严行和他舅舅的矛盾，就是因为他替我出头……

严行对我那么好，我却担心这担心那，现在他真的走了。

天知道那等待他接电话的短短十几秒里我有多难受、多后悔。

“一回？”严行接起了电话。

“你在哪儿？”也许我的声音在发抖。

“我……一会儿就回来。”

“一会儿回来？”

“嗯，就一会儿。”严行保证道。

“好……你找得着路吗？”不，我的重点不在“一会儿”，在“回来”。

“找得着，”严行温柔地笑了笑，“先挂了啊。”

下午五点多，门响了。

我几乎是蹦起来去开门。

严行站在我家门口，微笑着看向我，那表情好像他就知道开门的一定是我。

他一手拎着一只白色纸箱，一手拎着一只红色纸箱。

白色纸箱里是一台加湿器，红色纸箱里是三十二个赣南脐橙。

“叔叔阿姨，”严行笑得很不好意思，“打扰你们了，这是我一点儿心意。”

爸妈自然连连拒绝，让严行起码把加湿器退回去，然而严行很干脆地说：“小票我随手扔了。”

他又诚恳地说：“张一回在学校经常照顾我呢。”

严行把加湿器组装好，立在我家墙角。湿润的水汽袅袅飘出。

趁着爸妈都不在的时候，严行冲我挑挑眉。他用小刀灵巧地削出一整个橙子，递给我，小声问：“你喜欢吃橙子吗？”

“喜欢……很喜欢。”我说。

老爸老妈已经睡了，我能听见老爸轻微的鼾声。家属院里静悄悄的，窗外偶尔有一声“咯噔”，那是电动车车轮经过地上凸起的减速带时发出的声音。

这冬夜安静而温柔，老爸老妈在，严行在，夜空清朗，明天又是晴天。这一刻我觉得好像全世界都是这么宁静平和，每一个夜归的人都平安到家，每一个流浪的人都有处可栖，没有痛苦，没有灾难。

想到这，我又觉得自己的臆想未免可笑。

“张一回，”严行轻声叫我，“你寒假都打算干什么啊？”

“就在家待着吧，不过要是能再找个兼职，也挺好的。”

“还赚钱啊？”严行语带笑意，“之前不是赚了不少吗？”

“那点儿钱，给我爸妈买两件衣服就没了。”我感慨。

“你不给自己买衣服吗？”

“不用，我的衣服都挺好的，不用买。”

“噢……”严行顿了一下，“我想买衣服，明天你能陪我去吗？”

“行啊。”我说。

严行轻笑一声，说：“那睡吧。”

第二天，我和严行起了个大早。我带他去吃早饭，出家属院左拐直走三百米有个菜市场，门口聚集着不少早餐摊。

我给我和严行一人点了一个布袋——这东西好像是冀州那边的特色早餐，也好像是东鲁那边的，总之很好吃就对了。

布袋的做法大致是把一块长方形面团放进油锅炸，在面团鼓起来之后敲开其一角，灌入一个鸡蛋，然后继续油炸。

炸好的布袋表皮酥脆金黄，咬一口下去，筋道的面和细滑软嫩的鸡蛋融为一体，油香、面香、鸡蛋香同时涌进口腔。

我问严行：“好吃吗？”

严行两个腮帮子鼓鼓的，使劲儿点了点头。

布袋毕竟是油炸的，有些干，所以再配一碗豆腐脑。北方的豆腐脑当然是咸豆腐脑，黏稠的卤汤汁浇在白花花的豆腐脑上面，里面有紫菜、虾皮和切得碎碎的腌萝卜丁。热气腾腾，一口下去，身体就暖了。

布袋偏甜，豆腐脑偏咸，口味正好中和。

喝完豆腐脑，严行满足地舔舔嘴唇。

我问他：“饱了吗？”

严行看着旁边的煎饼馃子摊，小声问：“那个好吃吗？”

于是我们俩又摊了个煎饼馃子。煎饼馃子加脆皮，加两个鸡蛋，加一点点辣椒，还奢侈地加了一根鱼肉火腿肠。煎饼馃子摊好了，黄色的面皮上覆盖了白色的鸡蛋，又点缀了翠绿的葱花，摊主大妈把煎饼馃子一切两半，露出刷了酱的里层，一股蒸腾的咸香味袅袅升起来。我和严行一人捧着一半，煎饼馃子太烫了，只能慢慢咬着吃。

一路吃一路走，走到公交车站，刚好吃完。严行在我身边打了个小小的嗝儿。

我们上车，坐一站地就下。

这是我家这边唯一上点档次的商场。早上出门的时候我问严行他准备去哪儿买衣服，严行半眯着眼睛问我：“这附近哪里有卖衣服的地方啊？”

我有些尴尬地回答：“我们这边……档次都太低了……”

“没事啊，”严行一副理所应当的语气，“衣服嘛，穿着暖和就行。”

我想起他的那些衣服，几千块一件薄薄的T恤……严行是为了照顾我的感受才这么说的吧。

这商场我小时候来过很多次——那会儿我爸还没出事，家里条件还可以。印象里最后一次来是初三的时候，模拟考我考了年级第一，老妈说要买双运动鞋奖励我。

结果我和老妈逛了一圈，灰溜溜出来了。老妈愤愤不平地骂：“现在这些衣服怎么这么贵啊？瞅那小姑娘的德性我就受不了，不给便宜就不给便宜呗，还非要说什么‘我们就这规定’，她摆的哪门子谱哪？！”

我说：“妈，咱不买了吧，我那双本来也还能穿。”

老妈就不说话了。我们两个没坐公交车，走着回家。快到家时，我听见老妈轻轻叹了一口气。

几年不来，这商场倒是变化不小，一楼的那些假珠宝店、假手表店都不见了，取而代之的是常常在电视上打广告的品牌：周大福、周大生、六福珠宝……装修也变了，明亮干净的大理石地板，宽敞的走道……果然和我去的那些批发市场不一样。

我和严行直接上到三楼男装区。

正对着电梯的就是一家知名品牌店，我和严行便走了进去。一面墙上都是鞋子，我看着标签上的价格暗暗吃惊——我清楚记得初三那次来买鞋，商场鞋子的价格大都是四五百，怎么现在动辄上千了？

就那么一双运动鞋，一千六？一千六我能在别的地方买十双运动鞋，一双穿一年也穿十年了，这双运动鞋能穿得了十年吗？坑钱吗这不是。

严行提着两件羽绒服走过来，一件是黑色长款，一件是黑色短款，都是很简洁的款式，只在胸口处有一枚小小的白色标志。

“你帮我试试，”严行说，“我看看穿上什么样，正好咱俩体形差不多。”

“呃，我试？”我有些不自在，“那边儿不是有镜子吗？”

“那个镜子会把照出来的人变高变瘦，”严行低声说，“不准的。”

“好吧。”我在心里暗暗惊讶，一面镜子都有这么多玄机？！

我先换上短款的羽绒服，严行绕着我看了看，又让我换上长款的。

“行了吗？”我问严行，“你看中哪个了？”

“再逛逛吧，”严行走到我面前，伸手为我把羽绒服的拉链拉开，“那边儿还有几家。”

于是我又和他一起逛了几家男装店，最后严行买了件长款羽绒服，纯白色，配上他腿上的浅蓝牛仔裤，干净又利索。

“辛苦你陪我买衣服了，”严行笑着说，“中午我请客。”

七楼是餐饮区，我俩转了一圈，严行想吃水煮鱼，被我否决了：他的病还没好，腿上又有伤，要清淡饮食。

最后我们去吃了广式煲仔饭。

吃完午饭，我们准备回家。还没走出商场，严行突然皱起眉头：“我去趟厕所啊，好像……有点儿拉肚子。”

“怎么回事？”我一下子紧张起来，“是不是那个腊肠不新鲜啊？”

“没事……我先去啊……你等我一下。”严行说着，小步往回跑。

我站在门口等他，心里七上八下，是那腊肠不新鲜吗？可我们两个吃的都是腊肠煲仔饭，怎么我没事？也对……我皮糙肉厚的，严行刚生了病，免疫力肯定差。

想到这儿，我愤怒得几乎想去质问那家煲仔饭的老板，可严行让我在这里等他，我只好站在这里干着急。

然而，几分钟后，我就看到了严行的身影。

他还是小跑着，手里提了一个纸袋。

“新年礼物。”严行双手拎着纸袋，送到我面前。

我一下子反应过来，在第一家店里，他让我帮他试衣服……

“不、不用，”我的第一反应就是拒绝，“我不能要，严行，太贵了，哎，不是钱的问题，我平白无故的——”

“不是平白无故啊，”严行笑了，“那天你要是不回宿舍，我真得出点什么事儿……而且过年了嘛，我明天就走，提前送你个礼物，不行啊？”

我愣住：“你明天走？”

“嗯，”严行说，“回陕郡。”

突然之间，我觉得很失落。

连老妈都做好了严行在我家过年的准备呢，昨晚她还问严行，他家那边过年都吃些什么菜。

“跟我还客气？”严行把纸袋的提绳钩在我的手指上。

第七章

距离除夕还有十一天的时候，严行回陕郡了。

他腿上的伤该换药了，我说我陪他去，他笑着摇摇头："行啦，天这么冷，你就别跟着我折腾了，我换了药直接去机场。"

我问他："几点的飞机？"

"下午五点，"严行围上围巾，"不晚点的话，晚上七点一刻到。"

"那要是晚点呢？"他会再回我家吗？

"现在通京和安西都没下雪，应该还好吧。"严行说。

"啊，那就好……"

严行拉着箱子走了，他甚至没让我把他送出门。我说我跟你去公交车站吧，他笑着伸手推推我的肩膀："不用，外面太冷。"

我只好站在原地，目送他拎起箱子下楼梯，很快，他的背影消失在我的视野里。

我关上门，无声地呼出一口气。

年前的时间总是过得很慢，我运气不错，在家属院里找到了活儿，辅导两个小学生写作业。

没事的时候，我在家打扫卫生——过年了，家家户户都要大扫除。高中的时候老妈不让我干活，她说我学习够忙了，好不容易放寒假，在家把作业做完了就行。于是她便常常晚上下班后再在家打扫卫生，今天洗抽油烟机，明天擦窗户，后天清理阳台，像一只辛勤的蜜蜂，一点一点构筑起蜂巢。

今年总算没有寒假作业，我一边干活一边和老爸聊天。平日里老妈去上班了，他就只能一个人在家，想必也很寂寞。

“爸，”我一边擦窗户一边问他，“你有没有什么……希望我做的工作？”

“我希望你做的工作？”老爸笑着说，“你自己的工作，问我干吗啊？”

“随便问问。”

“那要我说，合法就行。”

我无奈地嘟囔：“那不是海了去了……”

“那再加一条，”老爸补充道，“安全的。”

“哦……成。”

“怎么，”老爸问，“才上了半年大学就对以后的工作有想法了？”

“也没，我就是看见我有些学长学姐什么的，假期在找实习。”

“一回啊，”老爸忽然叹了口气，“你这孩子懂事儿，爸妈都知道，我们俩呢，这辈子也就这样了，我们最大的愿望不是自己能活成什么样，是你能活成什么样，明白吗？”

老爸的话听得我心里难受：“爸，你这话说得……以后我赚了钱，不就是你们享福吗？”

“是这么说，但是，一回，我和你妈没本事，不能像那些有权有势的父母一样给你铺路。我和你妈最大的希望就是别成了你的累赘，你以后想做什么工作，想去哪儿，首先得你自己愿意，明白吗？你不用为了我们怎么怎么样，我和你妈就像现在这样，过得也挺好的。”

“哎……”我的声音有些粗哑，“我知道了，爸。”

大年三十，老妈放假了。今年我来和饺子馅儿，猪肉大葱加一些香菇，香气扑鼻。

中午，老妈做了一桌子菜——红烧肉、牛肉炖西红柿、炸藕合、白菜丸子汤，还有提前做好的皮冻儿。

开饭前，老妈给我们俩倒上果汁，给老爸倒了薄薄一杯底的白酒：

“来，咱们三口好久没这么好好吃一顿了。”

“那是，”老爸举起杯子，“干一个，庆祝咱一回考上重点大学。”

老爸自从出事之后就很少喝酒了，尤其是这些年他的身体不断出现大大小小的毛病，更是被医生下了禁酒令。

只是很少很少的一点酒，老爸就喝得双颊通红，他大着舌头说：“咱家最有出息的就是一回！可比我大哥二哥家的那些个败家子儿有本事多了……”

之前因为给老爸治病，我们家向各路亲戚们多多少少借了钱，虽然后来也慢慢地还上了，但亲戚间的关系就这么淡了下去。再加上老爸瘫痪之后不愿出门见人，彼此间的走动来往便更少了。

晚饭是把中午没吃完的饭菜热了热，随便垫垫肚子。八点钟春晚开始，我们仨也开始包饺子了。

老妈擀皮，我和老爸包饺子。

老爸的技术明显比我好，我包的形状各异的饺子和他包出来的白白胖胖的饺子立在一起，简直是惨不忍睹。

电视里春晚的歌舞声分外热闹，窗外不时响起鞭炮和二踢脚的声音——那时通京市区还没禁放烟花爆竹。

“一回，你这技术可得多练练，”老妈麻利地擀出一张面皮，笑着打趣我，“以后跟媳妇回娘家过年，包饺子都包不好，不得被嫌弃啦？”

老爸点头：“就是啊，现在都是独生子女，你可不能指望人家女孩儿做饭。”

我无奈地说：“这还早着呢……”

“不早啦，回头你一工作，可不就该谈对象了。”老妈说。

“其实大学里也能谈，”老爸笑着看我，“有没有合适的女孩儿？”

我愣了一下，干脆地说：“没有。”

“真没有？”老妈接着问，“那你宿舍的同学都谈了吗？哦，对了，小严谈了吗？”

“他……我不太清楚。”我说。

话音刚落，窗外忽然绽开一朵烟花。

老爸望向窗户："嘿，开始放烟花了啊。"

一朵接着一朵，星星点点的紫色烟花、饱满的黄色烟花……一时间我们三个都没说话，目不转睛地看着那片璀璨夜空。

我脑子里冒出一个念头：严行现在在干什么呢？

他和谁在一起，或者，是自己一个人？他那边有烟花看吗？今天他吃饺子了吗？

这十一天里，他只给我发过一条短信，是他走的那天晚上十点多发的，他说，我到家了。

我回：那就好。

这之后我们就没有联络了——他为什么不联络我？

烟花放完了，我们继续一边包饺子一边看春晚。将近十一点的时候，饺子下锅。煮饺子得有人看着，时不时用漏勺搅动，以防粘锅。我便让爸妈都去看春晚，自己独自在厨房盯着饺子。

也就是这个时候，手机响了，是……严行。

我深吸一口气，接起电话。

"张一回，"严行声音如常，"新年好啊——我就提前说了。"

我想问他，你腿上的伤好了吗？你没再发烧了吧？你吃饺子没有？刚才那个小品你看了吗？我有好多话想对他说，可话到嘴边又如春水结冰般凝滞。

"新年好。"我说。

"在干什么呢？"

"煮饺子。"

"啊，"严行说，"我中午吃饺子了。"

"嗯。"

严行沉默两秒，问："没什么跟我说的啊？"

"你……"我觉得嗓子沉甸甸的，思来想去，说出口的竟然是——"你什么时候回通京？"

严行笑了："开学前两天吧，还有二十多天呢，张一回。"

饺子煮好了，很香，我给爸妈每人盛上一碗。电视里，春节晚会进行得如火如荼，临近十二点时，小区里陆续响起鞭炮声。老爸老妈端着碗，一边吃饺子，一边入神地看小品。

放在往年，除夕是一年中我最喜欢的一天，原因无他——我们一家三口，又一起度过了一年。

爆竹声中一岁除，电视里响起了倒计时的声音，窗外的鞭炮声震耳欲聋。岁岁年年常相似，可今年的这一夜，此时此刻，我竟然想，严行要是没有走就好了，我们可以一起吃饺子，一起看电视，一起在响彻天际的鞭炮声中发一会儿愣。

饺子吃完了，春晚结束了，老妈推着老爸回屋睡觉。我洗完碗，回到自己的房间。

关灯，爬上床，除夕已经过去了，四下里又恢复寂静。我按亮手机。

手机上收到了不少祝福短信，初中同学的、高中同学的、沈致湘的……还有严行的。我又点进通话记录，我和严行的通话排在最前面，时长二十一秒。

睡意全无，我回想着方才和严行的那通电话，忽然发现，严行在学校里，其实活得比我和沈致湘还像一个透明人——他不参加任何学生组织，也不参加社团，甚至在课堂上小组合作时都非常沉默。

有时我和严行走在路上，遇见隔壁寝室的同学，对方会十分热情地和我打招呼，却并不向严行打招呼。而严行也看都不看他们一眼。

严行唯一在学院里扬名，大概就是为我去揍唐皓那次吧。

是。是这样。原来他在学校里，除了上课做作业，就是和我相处。除此之外，没有别人。

我强迫自己把手机关机，没有回复严行的消息。

反正是在寒假里，学校并没有什么重要的通知。大年初一、大年初二、大年初三，我的手机都是关机。

直到大年初四，老妈要上班了，为了保持联络，我才不得不开机。

等待开机的几十秒，漫长得像炸弹爆炸前的倒数读秒。

QQ 上有四条消息，三条是除夕夜里严行发的。

严行："人呢？"

严行："张一回？"

严行："睡着了？"

第四条消息的发送时间是大年初一的中午。

严行："张一回，你生气了？"

这之后，他就没再发过消息，也没有给我打电话或者发短信。

一直到正月十五，我和严行都没有再联系。正月十六，沈致湘在我们三个的群里发了一条消息："终于有信号了！！！"

我问他："你去哪儿了，怎么没信号？"

沈致湘："回我姥姥家了，在极北！江对面就是R国！"

我惊讶："这么远。"

沈致湘："那是，我也是没辙了，下雪下得一点信号没有，年三十那天都没法给杨璐打电话！！"

我："哎，那你过年这么多天，也挺无聊的吧？"

沈致湘："闲出屁了啊，每天吃了睡睡了吃，这边也没啥蔬菜，早饭都是猪肉拌米饭……你们打算啥时候回学校啊？咱们是正月二十开学吧？"

我："嗯，我估计十八回去吧。"

沈致湘："哦，那我就买十九的机票。"

我："什么？"

沈致湘："你回去了打扫打扫卫生哈！"

我："……"

严行："我也十九回去。"

我手一哆嗦，手机险些从手中滑落。

我确实太没出息了，严行冷不丁说一句话，就能把我吓成这样——没办法，我对严行实在太愧疚了。

QQ群里，沈致湘说："哦，那你的飞机几点到啊，没准儿咱俩还能在机场碰头呢。"

严行："不知道，还没买票。"

沈致湘："啊，好吧。对了一回，你到寝室的时候辛苦一下打扫打扫阳台呗，给我拾掇出个干净点儿的地方。"

我："行啊，你要干什么？"

沈致湘："我带了好多肉干儿！还有酱肉！得放阳台上！回头咱们整个锅，直接煮肉吃，超级香！"

我："好啊，没问题！"

我和沈致湘说话时，严行就不说话了。

我忐忑地想，还好沈致湘心大，没有感受到我和严行之间的疏离和尴尬。

正月十八，我在家里吃完午饭，背着书包，手里拎一个行李袋，回学校。

临走前老妈絮絮叨叨地嘱咐了我很多：回去把柜子里的衣服拿出来晒晒太阳，被褥也要晒，晚上洗完澡赶快回寝室别感冒，早点睡，多喝水，少玩手机……我一一应下，跨出家门，向站在门口的老爸老妈挥手告别。

我不想回学校。

那所学校和我是多么格格不入，假期里我打开QQ空间，看到我的同学们在各种各样的地方过年。他们和我根本是两个世界的人。学校里的绝大多数人，和我都是两个世界的人。

虽然已经过了一个学期，可一想到回学校，我还是有种突兀的陌生感，心里一遍遍无声地重复着：那不是属于我的地方。

最快乐的其实是严行在我家留宿的那两天，我带他逛我的高中，带他吃我喜欢吃的早饭——他融入了我的生活。对，如此这般平凡得甚至有些无趣的，才是我的生活。

因为平凡，所以感到安心。

坐公交，转地铁，奔波许久，总算到了学校。走进宿舍楼，我疲惫地长长呼出一口气。

然而走到寝室门口，我的一口气又提起来了。

寝室的门是开着的，寝室的灯也是亮着的。

我心里“咯噔”一下，第一个念头是：严行回来了。

不会是沈致湘——那家伙还指望着先回寝室的人打扫卫生。

我的心脏怦怦狂跳，脑海中忽然浮现出上一次我回寝室拿东西看到的画面：严行奄奄一息地趴在床上……

我推开门，严行面向我站着，后腰靠在桌子上。

咔嚓，严行啃了一口手里的苹果。我感到背后一凉，无端觉得他看我的眼神也像在看一个苹果。

“你回来了。”严行说，嘴里嚼着苹果。

“嗯……”我尴尬地点头，“你……你什么时候到的？”

严行的声音听不出喜怒：“今天上午。”

“哦……”

我放下包，心虚地背对着严行，开始整理东西——其实根本没什么好整理的，无非是一本单词书、两套换洗衣服、一件严行送我的羽绒服。

严行送我的羽绒服。我的手已经攥住了那件羽绒服，准备把它从行李袋里拿出来，可想到严行就在身后，手就迟迟收不回来了。

那是严行送我的羽绒服，很贵，很好看，他对我这么好。可我躲了他半个多月。

“怎么不收拾了？”严行忽然说。

“没事……”我只好硬着头皮，把那件羽绒服拿出来，放进衣柜里。这一刻我万分后悔，我不该收下这件羽绒服的。我送严行去医院，他欠我人情；严行送我羽绒服，我欠他礼物。可其实人和人之间不能彼此亏欠太多，否则，就说不清了。

“收拾完了？”

“啊，”我愣了一下，“收拾完了……”

严行闻言，手腕一甩，把手里的苹果投进垃圾桶，发出一声响亮的“扑通”。

“张一回，”严行的声音低沉而缓慢，令我感到陌生，“除夕那天晚上，为什么不理我？”

我没出息地结巴了：“没、没有，我那天晚上……睡着了。”

说了不如不说，唉。

果然严行不信我的鬼话，语气冷淡地说：“那后来为什么不回我的消息？”

我实在不知道该说什么了，总不能从除夕夜里一觉睡到今天返校吧。窗外干枯的树干上停了几只麻雀，叽叽喳喳，像在嘲讽我漏洞百出的谎言。

窒息般的沉默里，我听见身后的严行沉沉叹了一口气。

然后他忽然走向我，我一下子屏住呼吸，整个人紧绷起来。严行是不是要揍我了？就像那天他揍唐皓一样？

“你知道什么叫做贼心虚吗？就是你现在这样，张一回。”

下一秒，我转身狠狠推开严行。

“我没有。”

我喘着粗气说。

严行被我推得后退几步，堪堪站稳。

他冲我笑了一下：“你就这么讨厌我吗？”

“……”

严行说：“张一回，你总得给我个理由吧。”

我沉默，背对严行，难受地闭了闭眼。

严行低声唤我：“张一回？”

“我们不是一路人，严行。”

我忐忑地盯着严行，心如擂鼓。

严行表情大变，刚才冷静的自信刹那间消失，取而代之的是一副愣怔的样子。

他愣愣地站在距我几步之遥的地方，过了足足有一分钟，才说：“张一回，我……我没想这么多。”

我看着严行的脸，心痛得几乎喘不上气：“严行，别逼我了行吗？”

严行气焰全消，看我的眼神像个无助的小孩儿：“我没想逼你，我就是、就是想和你做朋友，”他顿了顿，声音忽然变得很轻，“我知道你的意思了，你……你说得对，咱们是不一样的。”

我无言以对，低下头，不敢看严行的眼睛。

严行开始收拾东西，他从柜子里胡乱抓出很多衣服，塞进他的行李箱里。他的动作很快，就像急于逃避什么。

“你去哪儿？”我问他。

“你不用管我了，张一回。”严行把拉杆箱的拉链拉上，起身，将桌子上的钥匙手机揣进兜里。

严行拉着箱子走了。

寝室里只剩下我一个人，外面闹哄哄的，有不少学生已经返校了，正在热火朝天地聊天和打闹。

我站在寝室里，却突然觉得这寝室空荡荡的，好萧索。

第二天晚上，沈致湘回来了。

他拉着一只箱子，背着书包，手里还拎了一个鼓鼓囊囊的旅行包。

“哎，累死我了，”沈致湘把旅行包和书包一扔，整个人扑倒在床上，“晚点了三个小时，我坐得屁股都麻了……”

“没事吧？”我问他，“吃晚饭了吗？我这儿还有点面包。”

“在飞机上吃了。”沈致湘把脸埋在枕头里，有气无力地说。

他在床上趴了好一会儿才爬起来，慢腾腾地收拾行李。

“看，”沈致湘从拉杆箱里取出一大包白色塑料袋包裹着的东西，“我姥姥做的酱肉！”

我凑过去闻了闻，果然闻到一股浓郁的酱香味。

“璐璐说她有那种小锅，功率小，可以在寝室煮东西，”沈致湘得意地说，“明天我借过来，咱们把这个酱肉煮了。”

“哎，”他话音刚落，想起什么似的，朝严行的床铺看了看，“严行呢？他不是也今天回来吗？”

我硬着头皮说：“他……还没回来。”

“啊？这都十点四十了，”沈致湘拿起手机，“我问问他啊。”

“嗯……”

还好沈致湘没多想，直接就给严行打电话了——他只要多想一点儿，都会发现我的不自然，比如，为什么这么晚了，我没给严行打个电话问问。

很快电话就接通了，沈致湘直接开免提，扯着嗓子问：“严行，你的飞机也晚点啦？！”

几秒后，严行才回答：“没有……我今晚住我朋友家。”

原来是在朋友家吗？

“啊？”沈致湘愣了一下，“哦！那你明天就回来吧？明天我们吃酱肉啊！”

“明天……”严行语气犹豫，“我看看吧。没事，我要是不来，你们不用等我。”

“啊，那好吧，”沈致湘的表情有些遗憾，“老好吃了，你能回来就回来啊，反正后天报到了。”

严行：“嗯，好。”

沈致湘挂了电话，耸耸肩：“他要是不回来就只能咱俩吃了，璐璐也进不来男生宿舍。”

“嗯……”我心虚地应道。

沈致湘收拾好东西，把酱肉挂在阳台上。然后我们各自爬上床，关灯睡觉。

很快沈致湘就开始打呼噜了，我却睡意全无。

昨天严行拉着箱子走了，他去哪儿住呢？不会回他舅舅家了吧？应该不会……那大概是住在宾馆？

听他跟沈致湘说话的意思，他明天也不会回来。

可他难道就再也不回寝室了吗？为了躲我？那他总得上课吧，上课也是会见面的。毕竟我们在同一个专业，有太多相同的专业课。

越这么想，我心里越难受，像是堵了一块沉甸甸的锈铁。我想要是我能像严行那样潇洒和自由就好了。

以前我从没这么想过，我发誓。即便是我爸重病的时候，即便是去亲戚家借钱怎么也敲不开亲戚家门的时候，即便是一次次上台领助学金被同学们注视的时候，我都从没抱怨过自己怎么摊上了这样的家庭。

因为我太清楚了，这世界上有很多很多比我更惨的人，在荒僻的山区里，在城市的阴暗角落里……远的不说，我们家属院里就有一户，来自农村的一家三口，孩子得了白血病，父母带着孩子来通京治病，租住在家属院的一间地下室里。那地下室本来就阴冷，又没有暖气，冬天该多难熬啊。

所以我从来不抱怨，我是爸妈唯一的儿子，如果我都抱怨了，以后谁来撑起这个家呢？

可这一次我实在忍不住了。我真羡慕别人，无论是自由自在的严行，还是天真单纯的沈致湘。

第八章

第二天，通京开始下雪。天色阴沉，雪花纷纷扬扬地落下，一片一片清晰可见。这是一场大雪。

沈致湘从杨璐那儿借来了锅，还顺来一瓶酒，笑着感叹：“璐璐室友厉害啊，家里绍兴开酒厂的，送她们寝室每人两瓶桂花酒。”

我去食堂买了一份炒青菜，两份米饭，暂时放在暖气上。沈致湘往锅里倒上水，然后把酱肉放进去，盖上盖子，插电。

“来，咱俩先尝点，”沈致湘不知从哪儿弄来两个一次性纸杯，“璐璐说这酒一瓶三百多呢。”

桂花酒黄澄澄的，我低头，闻到一阵淡淡的清甜味儿。

我抿了一口酒，有一丝辣，但很香，唇齿间都是那种特殊的清甜，不腻，香得沁人心脾。

这种味道……

好熟悉。是在哪儿闻到过？桂花酒。

桂花酒。桂花。

我没见过桂花，也没有闻过真的桂花的味道。可这桂花酒的味道为什么令我如此熟悉……

是——是严行，是他的沐浴露的味道。

我突然想起很久以前，大概是高二的时候吧，我的作文不好，就去学校的图书馆随便借了本小说。之所以说是随便借的，是因为我既不了解那个作家，之前也从未听说过这本小说。我不过是随意翻了翻，发现这本小说的语言十分华丽，用了很多令人目眩的词汇，所以就决定借它。

结果当然是没看懂。

我没看懂，却一直记得其中的一句话：

“有一天男人用理论和制度建立起的世界会倒塌，她将以嗅觉和颜色的记忆存活。”

嗅觉和颜色。我低头，深深地嗅了嗅那桂花酒。

“哎？”沈致湘惊讶地说，“都辣出眼泪了？我咋觉得没多辣啊……”

我吸吸鼻子，仰头把杯子里的小半杯酒一口饮尽：“不辣，是我刚才想打喷嚏没打出来，憋得。”

沈致湘带的酱肉实在是很大一块，我们俩中午吃一顿，只吃掉不到四分之一。

“晚上接着吃！”沈致湘豪爽道，“这么多呢！哦，没准儿严行晚上回来，还能吃顿消夜。”

我其实也是这样想的，明天要报到了，也就是拿着学生证去辅导员那儿注册盖章。严行也该回来了吧？

然而晚上我和沈致湘又吃了一顿酱肉，一顿饭从八点吃到十点，严行还是没回来。

我洗了澡，又把寝室收拾干净，已经是十一点多了。严行还没回来。

“啊——”沈致湘打了个嗝，正在和杨璐通电话，“璐璐，我好撑啊。”

那边不知道说了什么，沈致湘憨笑两声：“这还不简单，明年过年跟我回东北吃。我们家，肉绝对管饱！嘿嘿，我们那儿的菌子也特好吃，还有米饭也好吃……”

我缩在被子里，盯着手机屏幕上我和严行的聊天记录。

我想发条消息问严行：天这么冷，你去哪儿了？

但我又强迫自己放下手机。

我和沈致湘一起去辅导员的办公室注册盖章，杨璐也在。

沈致湘和杨璐围了两条同款不同色的围巾，沈致湘的是黑色，杨璐的是粉色，连围巾的系法都一样。

辅导员看着他们俩，笑了："是不是该说恭喜你们俩呀？"

"谢谢您。"沈致湘挺不好意思地抓了抓头发。

"好啦，"辅导员在他们俩的学生证上盖了章，看见我就在他们身后，便开玩笑地说，"张一回，严行没和你一起来？"

我吓了一跳，整个人都紧张起来。

"没，他没和我一起。"我说。

"哦，"辅导员倒是没再说什么令我胆战心惊的话，给我的学生证也盖了章，"那你们互相提醒着来注册啊，我怕有人不看群里的通知，就忘了。"

"好……"

走出辅导员办公室，杨璐牵着沈致湘的手，说："就是呀，你们寝室那个帅哥呢？"

沈致湘一脸悲愤，举起被杨璐牵着的手："你牵着我，却想着别的男人？！"

"哎呀，"杨璐笑了，在沈致湘胳膊上砸了一拳，"我就随便问问嘛。"

沈致湘："我不管，你太过分了，我心里难受了……"

杨璐笑眯眯地说："好啦好啦，帅又不能当饭吃，你最可爱了……"

当天晚上，严行还是没回寝室。

"他搞什么，"沈致湘疑惑道，"不会又像上次那样吧，一个星期不带上课的……"

"呃，我也不清楚。"

沈致湘是无论如何也想不到严行其实在他之前就回过寝室的，他撺掇我："你给严行打个电话问问吧？你俩不是最熟吗，明天第一节是老杨的课啊，我听学长说老杨贼吓人，第一节课点名不来，就直接挂科。"

我只好掏出手机："那我问问他。"

“嘟……嘟……”电话响了四十多秒，没人接。我的手心都湿了。

“没接，”我说，“一会儿我再打一个试试吧。”

其实我紧张得要命，也许严行是故意不接我的电话吧。

沈致湘：“哦，行。”

他刚要起身去洗澡，我的手机忽然响起来。看见屏幕上“严行”两个字，我几乎是小小地颤抖了一下。

“喂，严行。”

“嗯，怎么了？”严行的语气很平静，“我刚才没看手机。”

“哦，没……也没什么，就是，明天第一节是杨老师的课，沈致湘说，他很严格……如果第一节课不去，会直接挂科。”

电话那头严行沉默了几秒，说：“好的，谢了。还有别的事吗？”

我犹豫道：“没了……”

于是严行干脆地挂了电话。

我和沈致湘都愣着。

半晌，沈致湘说：“你们俩吵架了？”

我尴尬道：“没……”

“那严行是怎么了？感觉怪怪的，”沈致湘一脸疑惑，摇摇头，“算了，帅哥的世界我不懂。”

开学第一天，在杨老师的课堂上，我见到了严行。他的头发剪短了一些，露出白皙饱满的额头，身上穿着和我一起买的那件纯白色羽绒服。

一般人穿白色不好看，但严行身材高挑，皮肤也白，外加现在剪短了头发，整个人被白色羽绒服衬得利索又精神。

严行照例坐在第一排靠边的位置，见了我和沈致湘，淡淡地打了个招呼。

沈致湘遗憾地说：“你昨天咋不回来啊？唉，酱肉都吃完了。”

严行笑笑：“我过两天回寝室一趟。”

沈致湘：“啊？”

我也疑惑，什么叫“回寝室一趟”？

“我租了个房子，”严行还是笑着，不紧不慢地说，“以后不住寝室了。”

“什么？”我忍不住问，“你租房子了？你——”

一阵清脆的上课铃打断了我的话。

“你下课别走，”见杨老师已经走进教室了，我只好匆忙地对严行说，“我有事问你。”

一整节课我都魂不守舍，心里一遍遍地重复着：严行租房子了？他竟然要搬出寝室？开什么玩笑，我们只是闹了些矛盾而已，他也不至于——不至于要直接搬走吧。

他有必要把事情做得这么绝吗？

好在学期初的第一节课是不讲内容的，老师只是大概地介绍一下这门课程和教材。

下了课，沈致湘和杨璐约了一起吃午饭，便先走了。严行倒是没走，坐在座位上，正低着头玩手机。

教室里的人陆陆续续走光了，我深吸一口气，走到严行面前。

严行抬起头看我一眼，然后收回目光，放下手机。

“怎么了？”他的声音冷淡至极。

“你要搬出去？”我急切地问，“是因为我……”

“嗯，”严行痛快地承认了，“就是因为你。”

“为什么？我……我们虽然……但这和你住在寝室没关系啊！”通京的房价我是知道的，严行虽然有钱，但也没必要这样浪费吧。况且……他这种三天两头生病受伤的人，一个人住，能行吗？

而且，最重要的，如果他是因为我才搬出去，因为我才要多付那么多房租，我又怎么可能不愧疚呢？

“没关系？”严行扯起嘴角笑了一下，“怎么可能没关系呢。”

他说完，起身，把桌子上的书塞进背包：“我走了，你回去也和沈致湘解释一下吧，就说我要和朋友合租。”

“严行……”

严行脚步一顿，但到底没回头，径直走出了教室。

我站在只剩下我的教室里，忽然觉得这教室好大好空旷，我意识到，严行离开了。

是那种“物理”上的离开。上课的时候没人再提醒我这里该做笔记，吃饭的时候没人再坐在我对面，走路的时候我偏一偏头，也看不见他那双好看的黑白分明的眼睛。

这之后，每天我都自欺欺人似的，从早到晚除了上课时间，就一直待在自习室里。直到四天后，晚上睡觉前，沈致湘说：“哎，今天严行回来拿东西了。”

我的心脏好像轻轻抽动了一下，我看向严行的柜子，才发现他的柜子敞着一条缝，我把柜门打开，看见里面空荡荡的。

沈致湘：“严行说，要是有啥放不下的东西，都可以往他那儿放。”

我的心一寸一寸沉下去：“哦……好。”

沈致湘忙着谈恋爱，倒也顾不上对严行搬出去的事儿发表什么看法，只是感慨了一句：“有钱就是任性啊……”

我把严行的柜门合上，然后走到严行床前。他的床铺也收拾过了，床单铺得异常平整，我借他的被子也方方正正地叠好了，放在枕头上。

“哎，对了！”沈致湘说，“我差点忘了，严行还说，你的被子他不用了，那个被罩他已经干洗过，你可以直接用。”

“哦，”我俯身把被子抱起来，“谢了啊。”

“客气啥，”沈致湘笑笑，正抱着手机和杨璐聊天，“严行也是看得起我，让我记这么多要转告的……”

是的，我想，什么都让沈致湘转告我。严行连话都不想跟我说了，就连发两条 QQ 消息也不愿意。

晚上睡觉，我把那条被子搭在最上面，被一股淡淡的橘子香环绕。是橘子香，不是桂花香。

“有一天男人用理论和制度建立起的世界会倒塌，她将以嗅觉和颜色的记忆存活。”（摘自朱天文《世纪末的华丽》）

对，这个世界有很多理论很多制度，我反抗不了这些悠久而顽固的理论和制度。我只能凭着那么一点点熟悉的味道，沉默地构筑自己的记忆。

然而现在，连味道都没有了。

新学期开学，课多，事情也多。

专业课比上学期增加了三门，再加上一些公共课，我一周有十八节课。人一忙起来，时间就过得快了。

当我意识到严行从我的生活里彻底消失的时候，已经开学半个月了。

那是一个傍晚，我下课吃完晚饭，回到寝室。

这个时间我一般是在自习室的，但那天图书馆的自习室没有开门，门口贴了告示，说要进行清洁和整理工作，请各位同学谅解。

我回到寝室，站在上锁的门口，透过门上的悬窗看见寝室里一片黑暗。也对，沈致湘和杨璐谈恋爱谈得热火朝天，晚上经常一起自习，或者出去玩。

我掏出钥匙，开门，开灯，对着空荡荡的寝室，忽然感到一阵陌生。

是的，虽然寝室并不大，但好歹是个四人间，现在只剩下两个人，就宽松得多了。沈致湘鞋柜放不下的篮球鞋，不必再挤到桌下，而是放到了严行的鞋柜里；严行的床铺上只有一层褥子和一条床单，看上去光秃秃的，无限空旷。

奇怪，那只是一张单人床，我怎么会觉得空旷呢？

我开始不受控制地想，在此之前，这个时间，我在干什么？

哦，想起来了，可能是吃了晚饭，和严行在田径场上散步；也可能是和严行一起在自习室自习；又或者是马上要去兼职，严行强硬地往我书包里塞一块士力架，说超市买一送一的。他傻乎乎的，每次都说超市买一送一，什么超市会把这种活动连着做几个月啊……

我躺在床上，觉得手软脚软力气全无，记忆像盛夏暴雨倾泻而来，我整个人不过是地上一块石头，躲不开。

严行现在在哪儿？

越是回想那些事情，我心里就越是感到煎熬，严行现在在哪儿？他租的房子在哪儿？他在学校吗，还是已经回了他租的房子？那地方离学校远吗？

寒假跟我回家的时候还乖乖跟在我身后，现在竟然已经半个月不见面了，严行这人手起刀落，真是干脆。

第二天，上中级微观经济学的课。上课前我走到讲台上，对老师说："老师，我可以看一下点名册吗？我……看看我有没有选到这门课。"

其实选课系统里就能看，点击"课程表查询"那一项，自己选了什么课便能看得清清楚楚。然而教这门课的老师是位头发已半白的老教授，对教务系统并不了解，听了我的话，便欣然把点名册给我："哎，那你快看看，可别上了一个学期的课，结果走错课堂了。"

我就是猜准他这一点，所以才卑劣地撒了个谎。我接过点名册，说："谢谢老师。"

这门课的教室是能容纳两百人的大教室，乌泱泱一片人头，我看不到严行。

但还好，我在点名册上看见了他的名字。严行，看见这两个字的时候我有种心脏又落回胸腔的感觉。

两天后，又是中级微观经济学的课，我到得很早，在门口坐下。

天气还冷，没人愿意坐门口——门一开一关，留不住暖气。

二十分钟之后，我看到了严行。之所以是"看到"不是"见到"，是因为只是我看他，而他没有看我。

严行穿着件黑色大衣，步履匆匆，以至于我只看清了他的黑色大衣。

他还在学校，还和我一起上课，我趴在桌子上，紧绷的心终于松弛下来。其实理智地想想，他怎么会不在学校、不和我一起上课呢？不就是在外面租房子吗？在外面租房子的学生多的是。我问自己，至于这么紧张吗？

严行、严行，可他这人简直就像一阵露水，看见的时候是清清楚楚地看见，看不见的时候，就忍不住惶惶然——他去哪儿了，他还在这里吗？

患得患失，庸人自扰。

我开始越来越频繁地看到严行，在教室里，在去食堂的路上，在下楼梯的时候……

有一次我下楼，他上楼，正是刚下课的时候，我们俩直直对上，周围人太多，没有别的路可回避。

严行脖子上围着一条围巾，我认得，是他跟我回家那天上午围过的。

目光相接的那一秒，我忍不住想跟他打个招呼，我想哪怕严行只是冲我说一声“是你啊”也可以。

然而严行只是扫我一眼，不待我说话，就侧身快步上楼。

他那么清瘦。我扭头，只看见他的背影闪入人群。

晚上回寝室，我问沈致湘：“你知道严行在哪儿租的房子吗？”

沈致湘想也不想地说：“不知道啊，你都不知道，我咋可能知道。”

我沉默。

晚上睡觉我做了个梦，梦见严行又跟我回家了，是夏天。他穿着短短的牛仔裤，一件明黄色 T 恤。他在我家吃了很多红烧肉，吃得肚子都微微鼓起来了。然后他躺在床上，眯着眼睛晒太阳。

我对严行说，你不是不理我吗？吃肉倒是吃得挺痛快。

严行笑眯眯地说，没有不理你呀。

然后我就醒了，清晨六点十七分，天亮了，窗外有麻雀的叫声，严行不在。

中午回寝室睡午觉时，沈致湘正在床上跷着二郎腿和杨璐打电话，他温柔地安慰着杨璐：“哎，璐璐，不怕啊，就是个噩梦，哪来那么多虫子啊，都是假的。

“我们北方没有会飞的蟑螂，真的，我用人品保证……通京肯定也没有啊，通京离东北也没多远吧，真的你相信我……”

沈致湘挂掉电话，一脸迷茫地对我说：“杨璐说她做噩梦，梦见学校要体测了，体测的内容是每个人骑在一只会飞的蟑螂上，要求在四分钟之内驾驶蟑螂飞完八百米……他们南方人口味这么重的？”

我忍不住笑出来：“南方的蟑螂真的会飞？”

“她说会，”沈致湘摇头感叹，“那也太刺激了吧，不过也是，做梦都梦见了，肯定特刺激……”

“哦，对了，”沈致湘看向我，“你昨晚做噩梦啦？”

“啊？”我的心猛跳一下，“没吧……没印象啊。”

“你昨晚好像哭了几声，”沈致湘耸耸肩，“璐璐一说做梦我才想起来，昨晚我都给你吓醒了。”

“是吗……”我转过身，背对着沈致湘，“没印象了。”

我以为也就这样了，以后严行一直在外面租房，我住寝室，我们是疏远得不能再疏远的同学关系，之前的一切，正如大梦一场方醒，去似朝云无觅处。

然而又过了一周，辅导员在群里通知，学院开展“生活周”活动，下周二她将和书记一起来查寝，同学们务必全员在寝，注意打扫好寝室卫生。

“要打扫卫生啊。”沈致湘说。

“嗯……”

沈致湘双手一拍，眉飞色舞道：“哎，那正好！昨天璐璐刚送了我一瓶香薰，她说味道很好的，我们周二晚上就点上！”

我以为自己听错了：“一瓶什么？”

“香薰，就这个，”沈致湘转身拉开抽屉，拿出一个纸盒，“欸，其实我也是第一次用……反正就是弄上之后屋里很香。”

那是一个纯白色的精致纸盒，沉甸甸的，正面用斜体写着一行不是英语的字母，也不知是法语还是意大利语。

“呃，行吧……”我暗想女孩子果然精致，连带着以前一双袜子穿一周的沈致湘都精致起来了……

“明天我们好好搞一下卫生，”沈致湘摩拳擦掌，“给辅导员和书记开开眼。”

我：“行。”

其实我是暗暗期待的。

因为这意味着，严行要回来了——哪怕只是回来睡一晚。

周二下午，我和沈致湘在寝室打扫卫生，把杂物都收拾起来，垃圾丢出去，清扫干净地板，又仔仔细细拖过两遍，地板光可照人。

沈致湘甚至把窗帘拆下来洗了，他也不怕冷，就着冷水把窗帘搓得亮丽如新，然后奢侈地用吹风机吹干，再装回去。

做完这一切，沈致湘掏出手机，“咔嚓”拍了一张照，美滋滋发给杨璐。

我：“你费这么大劲儿收拾，原来就为了拍张照？”

沈致湘拍拍我的肩膀，以过来人的语气说：“这你不懂了吧？现在女孩儿都喜欢爱干净的男的！璐璐那天还和我说呢，她说蓉都的男生都可精致了，我们俩以后要过日子，我也得精致点！”

“你们想得这么远了……”

沈致湘笑得露出一口白牙：“早点做打算嘛。”

我和沈致湘去食堂吃过晚饭——杨璐也在收拾寝室，没空和沈致湘约饭。然后我们俩回到寝室，各自坐在桌前。

这时沈致湘才想起来：“咱们是不是该跟严行说一声？他不会不知道吧？”

其实我也在担心严行会不会根本没看到通知，现在已经七点了，他怎么还不回来……可我又有些纠结，不，与其说是纠结，不如说是担心，也许严行看见通知了，但他为了不见我，宁愿被辅导员发现他夜不归宿。

“给他打个电话吧，”用力握了一下拳头，我说，“我来打。”

“嗯，好。”

我拨了严行的号码，电话也就响了两三秒，他便接起来了。

“喂。”严行的声音平淡得几乎有些冷漠。

“是我，张一回，”我紧张地说，“你，呃，你看见群里的通知了吗？”

严行："嗯。"还是那样冷淡的语气。

"那你今晚……得回来住吧？"

严行沉默几秒，说："一会儿回来。"

"哦……那好。"

严行短促地"嗯"一声，挂了电话。

三十七分钟后，严行推门，走进寝室。

"回来啦！"沈致湘热情地招呼严行，"好久没见你了！"

严行冲他笑笑，表情倒是挺温和的。紧接着他从书包里掏出一个系得十分紧实的红色塑料袋，说："我带了点消夜。"

"好啊！"沈致湘兴奋道，"等他们检查完咱就吃！"

严行点点头，把塑料袋放回书包里，把书包立在书桌上。然后他在自己的床上坐下，低着头玩手机，不再说话了，连看都不看我一眼。

我只能像做贼一样打量严行。他瘦了吗？好像没有吧。他穿了条紧身牛仔裤，勾勒出他修长的小腿。既然穿了这种紧身裤，那腿上的伤应该已经彻底好了吧……那些密密麻麻的伤口，会留下伤疤吗？

严行忽然抬头看向我，我飞速移开目光。

但我们还是对视了，也许只有零点一秒。

我想我在严行看来应该是个虚伪透顶的人吧，唉。

"张一回。"严行忽然开口。

"啊。"我惊得直接站起来。

"你的被子，借我一床。"严行说。

"哦……好。"我连忙搬起一床被子，放在严行的床上。

是的，他的床上只有床单，现在的通京仍然非常冷，睡觉怎么可能不盖被子。

严行起身，把我的被子仔仔细细铺开。我站在他身后看了几秒，见他没有再和我说话的意思，只好又回到书桌前坐着。

沈致湘戴着耳机听英语，还好他戴着耳机。

没过一会儿，辅导员和书记就来了，一进门，书记便笑了："现在的男生都很讲究啊！"

沈致湘表情很得意："嘿嘿，也还好吧。"

书记摇头："我们那会儿可没那么好，唉，那会儿是十个人的大通铺，再收拾也收拾不干净！还是现在的条件好啊。"

我心说，毕竟您那会儿是二十年前了……

送走辅导员和书记，严行把消夜从书包里取出来。

他带来一只卤鸭，一大盒蛋挞。

沈致湘惊呼："大晚上的，好罪恶啊……"

说着，他拎起卤鸭和蛋挞，说："我去用微波炉热一热啊。"

沈致湘乐呵呵地出门了，我和严行对视一眼，彼此都没说话。

半晌，严行转身回到床前，弯腰叠被。

我赶紧说："不用叠，晚上也要盖的。"

严行动作一顿，然后把被子抱起来，放到我床上："谢了。"

"不客气。"

太难受了。我想，我和严行的关系怎么就到了这种程度呢，我们连室友都做不成了。

很快沈致湘就回来了，整间寝室充溢着鸭子的卤香味。

沈致湘把鸭子和蛋挞放在椅子上，再把椅子推到寝室中央，双眼放光："严行，你可真是天使啊。"

严行笑笑："快吃吧。"

我攥着一次性筷子，心想严行是在折磨我吗——他对我那么冷淡，我又怎么能心无芥蒂、热热闹闹地吃他带回来的东西呢？

沈致湘已经夹起一块鸭腿肉，咬了一口："好好吃！"

我看着严行淡漠的双眼，食欲全无。

我拿起一枚蛋挞，三两口吃完了，又夹了块鸭肉，很快啃完。然后我起身，尽量用轻松的语气说："我饱了啊，你们俩吃。"

"嗯？"沈致湘嘴角都是细碎的酥皮，他满脸惊讶，"这还没开始呢你就饱了？！"

"晚上吃多了，我去洗澡。"我说。

说完我就转身走到阳台上，收拾起衣服来。

我听见沈致湘在身后嘟囔："我们俩晚饭吃得也不多啊……"

几分钟后，阳台的门被打开。

严行走出来，关上门。

隔着窗户的玻璃，我看到沈致湘蹲在椅子前欢快地啃鸭腿。

"张一回。"严行低声唤我，他背对着窗户，面色有些晦暗。

阳台小小的，他离我很近。

"嗯。"我不知该说什么。

严行看着我，轻轻地叹了口气。

"再吃点，"他语气无奈，"就是给你买的。"

熄了灯，寝室里充斥着雪松檀香和卤鸭子的混合味道。

沈致湘打了个饱嗝，喃喃道："你觉不觉得我们这样……"

我："啊？"

沈致湘接着说："怪怪的。"

我心想，是啊，两个大男人在寝室里点香薰……并且还混着卤鸭的味儿……

这味道实在一言难尽。

沈致湘翻了个身，说："回啊，我撑死了。"

我说："你别这么叫我，好奇怪。"

"回啊，"沈致湘不为所动，"你和严行为啥闹别扭啊？"

我尴尬地说："也没什么。"

到底是被沈致湘看出来了。

"唉，你说你们闹别扭就闹别扭吧，给我撑死……唉，我不会胃出血吧？"

我汗颜："不至于吧致湘。"

沈致湘没有回答我，而是又打了个长长的嗝。

在阳台上，严行说，就是给你买的。

他的声音轻轻的，带着无奈。我一时间恨不得问他，那你搬回来好不好？

严行叹气，说："算了，你跟我出来。"

然后我就跟着他出了寝室。他走在前面，我跟在后面，我们绕过一对对情侣，在某个较为偏僻的长椅上坐下。

夜风凛冽，天空是深远而空旷的墨蓝色，遥远的星光闪烁在我们头顶。

"还有这个，"严行又从书包里掏出一个塑料袋，"给你买的——不准不吃了吧？"

那是个包裹得异常严实的塑料袋，我解开一层，还有一层，还有一层，竟然包了三层。

里面是一个圆圆软软的烤红薯，还热着。

剥开皮，最外面那层红薯是焦红色的，一口咬下去，酥酥软软，甜得像蜜。

我啃着手里的烤红薯，觉得身体里好像有一棵树即将破土而出——然后——冲出来了。那棵树的枝桠纤长有力，伸进我的骨骼和血管里，支配着我。

我沉默地啃着红薯，严行沉默地坐在我身边。

很快我把红薯吃完了，严行问："吃饱了吗？"

我看着他："还有吗？"

严行点头，又从书包里摸出一个塑料袋。塑料袋同样包了好几层，最里面是一个纸袋，纸袋里是一个汉堡。

"这个有点凉了。"严行说。

借着明亮的路灯，我看见纸袋上有"汉堡王"三个字，这是我第一次吃汉堡王。我不知道这是什么汉堡，但尝得出是牛肉的，里面夹着切片的西红柿，还有沙拉酱，似乎还有蛋黄酱。

第一口咬下去的时候，我的鼻子就发酸了。我忍不住了。

"我没有别的意思，"严行低声说，"就是觉得……晚上容易饿吧。"

"谢谢。"我含混不清地说。

"嗯，"几秒后，严行起身，"那你吃着，我先走了。"

眼泪已经从我眼角流下来，我不知道严行看见没有——大概是没有吧。我怕被他看见，也不敢抬头，只好仍旧把脸埋在汉堡里。我强忍着哽咽声，说：“再见。”

严行说：“再见。”

然后他就走了。

我抬起头悄悄看他，直到他的身影消失不见，我才终于忍不住伸手抹了一把脸。脸上冰冰凉凉的，是眼泪。

张一回是个没出息的人，给点吃的就会感动，流泪只敢避开旁人。

这天晚上，我一边嚼汉堡，一边大哭了一场。

这之后，严行没有再联系我，而不知为什么，他像是忽然变透明了一样，很难看见了。

专业课上，我明明没看到严行，可老师点名，我又清清楚楚听见严行答了“到”。去食堂的路上，我好像看见严行走在前面，我悄悄快步跟上去，却又找不到他的背影了。

那棵树在我身体里愈长愈大，有时候我几乎怀疑我的大脑和四肢都变成了树的一部分，不受控制地在风中摇摇晃晃。

一周之后，学院通知，要组织一次电子商务参观。去杭城。

三天不用上课，大家都很兴奋，并且车费和住宿费由学院报销。

买票是以寝室为单位的，所以从通京去杭城的火车上，我、沈致湘和严行被分在了同一节卧铺车厢，车厢里还有我们班另外三个男生。

我和严行都分到了上铺，严行上车之后倒头就睡，沈致湘和那三个男生准备打扑克，问我们：“你们俩玩吗？”

严行背对着我，声音闷闷的：“不了，我睡会儿。”

我说：“你们玩吧。”

我盯着严行乌黑的后脑勺，好想和他说说话，随便聊点什么——我们已经太久太久没好好说话了。比如，你租的房子怎么样？你腿上的伤都好全了吧？你是不是感冒了声音这么闷？

然而严行就这么背对着我，从下午上车，一直到深夜。他甚至没有吃晚饭。

车厢里的灯关了，只剩下过道的灯还亮着。我听见沈致湘他们几个沉沉的呼吸声。火车行驶到了不知什么地方，窗外黑漆漆的，只有铁路沿线的路灯照亮一小片浓黑的夜。

凌晨一点多，对面传来窸窸窣窣的声音，我猛地睁开眼。

严行轻手轻脚爬下床，出去了。我的手脚也不听使唤，跟着爬下床。

我想严行也许去卫生间了，马上就会回来。可他回来了我又要和他说什么呢？不知道。

然而我等了很久，也没见严行回来。

我只好往前走，路过一个蹲着打游戏的男孩，路过一个正在哄孩子的妇女，路过一个神色疲倦的乘务员。

然后我看到了严行。

在两节车厢的连接处，他和几个男人站在一起抽烟。那些男人有的在聊天，有的在玩手机，只有严行独自看着窗外，指间的烟头明明灭灭。

他平静的侧脸对着我，像是在走神。

“严行。”我叫他。

严行扭头看向我，几秒后，灭了烟头走过来：“怎么了？”

他的声音沙哑，嘴唇也干裂着。

“喝水吗？”我说，“我那儿有热水。”

严行站着没动，看我的目光却既淡漠又平和，令我无端想起悲伤的河水，缓缓漫过我的身躯。

“严行？”我又轻声唤他。

我承认我害怕了，非常、非常害怕，看见他在抽烟的那一刻，我几乎以为他就要像一缕烟那样消失。

“我都躲着你了，”严行垂眼，声音忽然很委屈，“我能怎么办，张一回，学校就这么大，我躲也躲不开。”

“你……你别躲我。”我说。

“你不是不想理我吗？”严行越来越委屈，声音小小的，暖黄的灯光从顶端照下来，照得他整个人也小小的，“大晚上跑去给你买吃的，你也不理我。”

我那是哭了，我那是……我……真是百口莫辩。

许许多多的话语在胸腔中翻滚，可是最终，我只是干巴巴地说：“严行，我们和好吧。”

我和严行回到车厢。

幸好沈致湘他们四个一直在酣睡，呼噜打得震天响。

我和严行像两个幼稚的小孩儿，脸对脸侧躺着。

火车平稳地行进，车窗外的路灯在严行的瞳孔里一晃而过，他冲我无声地笑。

我不知道自己是什么时候睡着的，直到凌晨四点多，我才在报站声中醒来。火车到金洲了。

严行就在我对面，乖乖地面向我侧躺，他闭着眼，睡颜安详又满足。

严行睡着，其他四个人也睡着，窗外的天空晨光熹微，一轮水白的月亮低垂。

过金洲，过嘉兴，严行醒了，他冲我得意地笑笑，顾盼生辉。

上午九点零三分，火车到达杭城。

带队老师早就嘱咐过，这次参观的时间很紧，我们下了火车直接上大巴车去产业园，没空吃早饭。

坐上大巴，有十五分钟去卫生间的时间，严行背着书包对我说：“我出去一趟啊，一回。”

很快他就回来了，也不知从哪儿买来的两个茶叶蛋、两杯豆浆、两块三明治——都是热的。

“这个我没收了。”严行把我手里还没开封的蛋黄派拿走。

然后他又有些心虚似的，小心翼翼地问我：“可以吗？我觉得……早上还是吃点热的吧，嗯？”

我点头：“嗯，谢谢你。”

严行小声说：“以后不要跟我说谢谢了。”

我忍不住笑了：“好。”

大巴车发动，有些同学继续睡觉，但大多数都在吃早餐、聊天。

沈致湘转过头来，鼻子一动一动地，明显是循着味儿来的。他看我和严行的目光十分幽怨：“你们怎么背着我吃茶叶蛋啊？”

我有些尴尬：“呃，现在不是背着你了。”

沈致湘又幽怨地把头转回去了。

严行咧嘴笑笑，问我：“咱们这样是不是不太好？”

“挺好的，”我终于扬眉吐气，“他那天晚上吃鸭子和蛋挞，吃得可欢了。”

“哎，”严行满眼笑意，“那怨谁。”

“怨我。”

是怨我，我暗骂自己。

“腿上的伤好了吗？”我问严行。

“嗯，好了。”

“真的？”我低头看向严行穿着牛仔裤的腿。

“回头给你检查，行了吧。”严行轻声说。

到了产业园，直接开始参观。这次学院组织我们来学习的内容是电子商务，从软件开发，到实际运营中的生产、物流等等，都要过一遍，时间很紧。

马不停蹄地参观到晚上，吃完老师统一订的盒饭，我们终于到了酒店，一个个快累成僵尸了。

我们住的是标间，双人房。我和沈致湘被分在一间房，严行和隔壁寝室的男生分在一间。

拿了房卡，沈致湘说没吃饱，跑去隔壁的超市买零食，让我先上楼。

严行凑到我身边，语气可怜巴巴的：“怎么这样啊。”

他这委屈的小表情让我忍不住想逗他：“是啊，怎么这样啊。”

“我以为咱俩能分到一间呢。”严行说。

“对啊，”我憋笑，“白天不是还要给我检查腿吗？”

“唉。”严行叹气。

我拍拍他的肩膀：“这么遗憾啊？”

严行点头：“是啊。”

“那你还舍得出去租房子？”

“我……”严行抿抿嘴唇，“我回去就退租！”

严行还是跟隔壁寝室的男生一起进屋了。

我倒在床上，长长地呼出一口气。

沈致湘开始和杨璐煲电话粥，我洗了澡枕着双手，满脑子乱七八糟的，冲进浴室又洗了个冷水脸。

到杭城的第二天，仍旧是各种各样的参观、学习。直到下午五点多，我们灰头土脸地从仓库里出来，带队老师才宣布，今天的活动都结束了，晚上是自由活动时间，但十一点前必须回酒店。

大家顿时作鸟兽散。我们参观的地方离市中心还很远。沈致湘被班里其他男生拽着去附近的传媒学院溜达——也不知谁打听出来的，说那学校美女超多。

沈致湘一脸娇羞：“我就跟他们随便逛逛，我不看啊，我可是有家室的人，张一回、严行你们去吗？”

我和严行同时摇头：“你们去吧。”

于是沈致湘就跟着他们去了。

此时已经五点半了，严行问我：“一回，你想去哪儿？”

“想去西湖，”我有些不好意思，“我没去过呢，来得及吗？”

“来得及吧——管他呢，”严行的表情很兴奋，“我也没去过，咱们走吧。”

我和严行踏上了去西湖的公交车。

这是我第一次来南方，都说上有天堂下有苏杭，杭城确实很美，尽管春寒料峭，但街上的树叶都是翠绿的，空气湿润又清新。

公交车还没到站，窗外已经飘起了雨。这时候是三月，北方的雨水还很少，以至于当我和严行走下公交车，发现空中密雨如丝的时候，两个人都愣住了。

“下雨了，”严行的语气有些沮丧，“怎么突然下雨了。”

这时一阵湿淋淋的寒风刮过来，我打了个寒战。

已经晚上七点多，雨又下得急，我和严行撑着在公交车站买的雨伞，来到了西湖。旅游宣传册上的湖色山光是看不见了，但也因为下雨，目之所及，游客寥寥。

“挺好的，”我安慰严行，“起码人少嘛。”

雨越下越紧，当我和严行走上白堤的时候，身边已是一片水雾蒙蒙。雨点细密地落下，气温也明显下降，我从没想到南方的湿冷会这么冷。

“咱们回去吧？”

严行缩了缩身子：“才刚来呢。”

“你穿得太少了，”我太了解他了，“是不是只穿了牛仔裤？你这样会感冒。”

“我没事，”严行笑着说，“再逛逛吧。”

雨幕之下，一切景物都变得影影绰绰，我和严行并肩走在一起。雨水沾湿了我们的外套，从白堤，到苏堤，最后到杨公堤。十点了，该回去了。

我和严行随便走进一家面馆解决晚餐，在明亮的灯光下，我才发现严行的头发也湿了，一绺一绺贴在额头上。

我忍不住伸手为他把头发拨开：“有点长了。”

严行笑眯眯地说：“想看我留长头发吗？”

我愣了一下：“扎辫子？”

严行点点头。

“那也太……招摇了。”我说。

严行笑了笑，没说话。

回到酒店，沈致湘正趴在床上玩手机，头也不抬地问我：“西湖怎么样？”

我老实回答：“雨太大，看不太清楚。”

“哎，别提了，我们也是，”沈致湘翻个身，沮丧地说，“这天儿这么冷，又下雨，哪来的美女啊，他们几个就跟神经病似的，非要在操场蹲点，最后保安都过来了……”

我愣了一下，随即笑出来：“保安都来了？！”

“是啊！”沈致湘义愤填膺，“跟审犯人似的！一直问我们，从哪儿来到哪儿去，叫什么，多少岁，为啥去他们学校，最后连我们的学生证都看了一遍。”

我笑得发抖，可以想象出沈致湘他们几个是怎么雄赳赳、气昂昂地跑过去看美女，结果美女没看到，淋了一身雨，还被当成变态……

就在这时，房间的门被敲响了。我去开门，外面竟然是严行。

他端着一大碗热气腾腾的牛奶，身上穿了睡衣，一双眼睛亮晶晶的。

“我去前台借了微波炉，”严行说，“喝点热的，要不容易感冒。”

“呃，”我愣了愣，侧身把严行让进房间，“你去买的碗？”

“嗯，好像说纸盒进微波炉不好，我就买了个碗。”严行说。

沈致湘一个鲤鱼打挺从床上蹦起来：“燕麦味的！好香啊！”

严行笑着说：“你们俩喝吧，我那儿还有。”

沈致湘连连点头：“谢谢谢谢！哎呀，我刚才还在想，要是有杯热牛奶就好了……”

严行回房间了，我和沈致湘把热牛奶灌进水杯里，两个人一起捧着杯子慢慢地喝。牛奶的味道十分香醇，严行大概又加了糖，甜丝丝的。我想象着严行独自一人冒雨去买牛奶，买碗，又跑到酒店前台借微波炉加热，最后端到我手里。

沈致湘跷着二郎腿，一晃一晃地：“明天终于要回学校啦。”

我说：“终于？”

沈致湘挠头：“唉，其实也就三天，但我感觉走了好久了……”

他不好意思地笑笑：“就觉得，好久没见杨璐了。”

我突然想起最近都没见他背单词、听听力了，便问他：“你还考托福吗？”

“不知道，”沈致湘耸耸肩，叹了口气，“我爸妈想让我出国，他们做生意嘛，就觉得做生意辛苦，比不上读书人……其实我觉得读研这事，在哪儿不是读？留在国内也挺好啊。”

我笑着为他补充：“留在国内还能继续和杨璐在一起。”

“就是啊！”沈致湘说，“我听他们说异地恋不稳定，我也觉得……唉，反正还早，到时候再想想怎么说服我爸妈吧。”

听着沈致湘的话，我心里有些不是滋味。

“嗡”——枕边的手机忽然振动起来。

严行发来短信：“晚安，张一回。”

第九章

回到学校已经是傍晚时分，沈致湘直接拖着行李箱去找杨璐吃晚饭，我和严行慢慢地在校园走着。我问他：“今晚你住哪儿？”

严行犹豫道：“东西都在出租屋里……”

“那我陪你去拿？”我想他一个人大概是搬不完所有东西的。

严行皱了皱眉，说：“今天有点晚了。”

我只当严行怕我累着，连忙摇头：“不晚啊，反正晚上也没什么事儿。”

“呃，你要是今晚想住那边，就算了……”我干巴巴地补充一句。

严行沉默几秒，轻声说：“你有没有想过……”

“啊？”我没听清他的话，“想过什么？”

严行笑了：“其实你今晚可以住我那边。”

“行吗？”严行笑着问。

我僵硬地点点头。

严行带我去了他租的房子。

那房子到学校只有一站地铁的距离，位置很好。起初我以为严行既然出去租了房——那么大概是那种破破烂烂的老旧小区，毕竟这样的小区会便宜一些。

然而走进大门我就发现我真是太天真了……

小区里都是崭新的高层，一眼望去，有如茵的绿地和高大的喷泉，连行道树的枝干都修剪得精致整齐。我随着严行走到楼道门口，严行刷卡，我们进电梯。

严行摁下“21”，一个穿金戴银的老太太和我们同乘电梯，正专心逗弄怀里的婴儿。

“呃，严行，”我问，“你是和别人……合租的？”

“不是，”严行低声回答，“只有我自己。”

“噢。”

十三层到了，老太太走出电梯。电梯里只剩下我和严行，陡然变得安静。

“租这房子……挺贵吧。”我说。

严行笑了笑：“还好，也没有特别贵，这个小区现在入住率还不是很高。”

“啊……这样啊。”

其实我不明白入住率和价格有什么关系，我只知道这房子在三环内，位置好，又很新——能便宜到哪儿去？

到二十一层，严行掏钥匙开门，我跟在他身后进屋。

房子很大，很新，很空旷。

严行开灯，明亮的白色灯光落在冷硬的黑色大理石地板上，令人无端感到一阵凉意。

客厅里只有一张玻璃茶几和一张配套的黑色沙发椅。

“要换鞋吗？”我问严行。

“不用，”严行脱掉外套，随手扔在沙发椅上，“你去里面坐，我给你拿点水喝。”

房间的双人床上堆着几件衣服，床头柜上有一个水杯、一盒纸巾、一个烟灰缸。我在严行的床边坐下，在他的枕边看到一包烟，上面是日文，不知道是什么牌子。我数了数，烟灰缸里有七枚烟头。

严行去拿水了，我坐在他床边，默默打量这房间。一张床，两个床头柜，一个衣柜，除此之外，什么都没有了。

严行就在这空荡荡的房子里，住了将近一个月。

“一回，”严行递给我一瓶矿泉水，“你慢点喝，水有点凉。”

“你……”我看着严行，忍了几忍还是没忍住，问他，“你在这儿没有热水喝？天天喝矿泉水？”

严行愣了一下，表情变得有些不自然：“我还没买饮水机……”

“那不能烧水吗？”我说，“没煤气？”

严行点头，低眉顺目，像个认错的小孩儿。

我捏着手里冰凉的矿泉水瓶，继续问他：“这房子没暖气？”

感觉屋里和外面是同样的温度。

“有的，有地暖，”严行急忙说，“就是……前几天坏了，我听说楼委会正在和物业交涉……”

“你——你这住的是什么地方。”我心里满是复杂的滋味。

我几乎可以想象到那个画面，停了暖气的夜里，严行是怎样咽下凉冰冰的矿泉水，然后一根接一根地抽烟。

那时候他在想什么？是在难过吗？

“我没事，”严行安抚道，“也不冷，我这儿有电热毯呢。”

“今晚就搬回去吧，”我轻叹一声，无奈地说，“寝室起码有暖气。”

今天可是零下七度。

严行忽然不说话了，半晌，他微笑着说：“你知道吗？开学第一天你借给我被子的时候，我就在想，能跟你做朋友就好了。”

什么？我没料到他会提起那么久远的事情，而且，我只是借给他一条被子，至于吗？我以为严行这种人——长得好看，又有钱，又聪明——会有很多很多人愿意讨好他，我只不过借给他一条被子，这算什么呢？

“只是一条被子……”我不知道该说什么，只好开玩笑道，“你这么容易收买啊？”

“对啊，”严行理直气壮地说，他侧过身面对着我，“通京这个地方实在是太冷啦。”

我们在严行家歇了一阵，前后洗完澡，开始整理房间。看得出来，严行的确是个不做家务的人，他拎着一个拖把，这里拖两下，那里蹭两下，闹着玩似的。最后他干脆就将拖把塞进我手里，自己穿一件又宽又长的大T恤，懒洋洋地窝在床上放音乐。那件T恤领口大得几乎露出他大半的胸膛，我看着他，忍不住伸手点点他的锁骨："多吃点吧，你太瘦了。"

严行看我一眼，眼神有些委屈，抱怨："我搬出来住这些天，瘦了五斤。"

我愧疚得无以复加，连忙向他道歉："对不起，都怪我。"

严行就笑了，说："一会儿我们去趟超市吧，买点吃的，我给你做饭。"

我惊讶："你会做饭？"

开学不带被子，搬出来一个月瘦了五斤，屋里连热水都没有……他可不像是会做饭的样子。

严行做个鬼脸，得意道："你别看不起人。"

于是我和严行出门去超市。他竟然只套一条牛仔裤就要出门，我把他抓回来，硬是给他套上一条秋裤。这时已经是晚上九点半了，在这个倒春寒的夜晚，树影摇曳，行人寥寥，连路灯都显得萧索。

严行说："前面有个超市，24小时的。"

他顿了一下，看看我，问："你今晚不回宿舍了吧？啊？"

我反问他："回去干吗？上自习？"

严行扑哧一笑："这是你能干出来的事儿。"

我在心里默默地想，何止今晚不走，明天上午也没有课，我们可以睡到太阳晒屁股。

"哎，到了，"严行说，"他家的三文鱼特别新鲜，就是不知道这个点还有没有。"

我望着前方亮闪闪的超市入口："三文鱼？你还会做鱼？"

严行说："三文鱼刺身啊，不用做，生吃。"

"哦……"我有点尴尬，没话找话地说，"生吃会不会不太卫生啊？"

“所以要买品质好的，这家的三文鱼是A国空运的。”

A国空运？我暗想，那一定很贵吧。

但是另一个念头又在脑海中萌生——严行真是很擅长打发自己，他自己租房，却不喝热水，不做热食，吃生鱼肉也能填饱肚子。我随他走进超市，仿佛看到往日他在超市里觅食时无聊徘徊的样子。

所以他这个月到底是怎么过的？

在遇见我之前，他又是怎么过的呢？

严行带我来到生鲜区，我推着车，他去选食材——其实根本算不得“选”，他只是看见什么想要的，就不看价钱不看分量，直接往购物车里放。我第一次见到有人如此豪放地购物，平时我和老妈一起买东西，哪怕一瓶醋，她也要在不同品牌之间比了又比。

虾仁三袋，明虾三袋，三文鱼四盒……我忍不住拍拍他的肩膀：“严行，咱俩吃得了这么多吗？”

严行笑着说：“吃得了啊。”

我只好跟着他，任由他买。卤牛肉，里脊肉，豌豆，白菜，鸡蛋，米饭，葱，姜，酱油，醋，味精，花生油……通通买齐了。临走时，严行又去买了一口炒菜锅、一口煲汤锅、一叠盘子、两只碗。

我们两个拎着大包小包走出超市，锅太沉，塑料袋勒得我手疼，我问严行：“这些东西带回寝室放哪儿啊？”

毕竟我们寝室那么小。

严行看向我，有些欲言又止。

“怎么了？”我问他。

“这个房子……一租就是半年的，”严行小声说，“所以东西可以放这边。”

什么？一租就是半年？

“那得多少钱？”我胆战心惊地问。

“没多少……”严行的声音越来越小，“三……三四万吧。”

他说完，我沉默，不知能接什么话。

三四万，那应该就是四万块钱了。四万块钱……我上一次从自己身边听到这么大的数额，还是当年我爸刚被打的时候。那时他尚在住院，某次放学回家，我刚到家门口，便听见屋里传来我妈哭诉的声音。舅舅也在我家，他说，不是我不想借，真的能给你的都给了，就那四万块钱，多的实在没有，你也知道明锐今年上初中了，我们家也紧……

随即舅舅拧开门，便撞见站在门口的我，他的表情尴尬极了，匆匆摸了一下我的头就走了。

“张一回，”严行的声音把我拉回现实，“你……你生气了？”

他双手都拎着鼓鼓囊囊的塑料袋，略微驼背。橙黄的路灯落在他脸上，照出他一脸的小心翼翼和忐忑不安。

我没有立场生气，严行那么有钱，消费观念和我当然不在一个层次……而且，他搬出来，说到底是因为我。

“我没生气，”我双手提着东西，只好用胳膊蹭了蹭他的胳膊，“咱们回去吧，饿死我了。”

“嗯，好。”严行的表情轻松下来。

走进小区，刷卡，进电梯。我问严行：“一会儿你准备做什么？”

严行笑着一一细数：“虾子可以清蒸，然后肉末虾仁和豌豆一起炒吧，煮个西红柿鸡蛋汤，还有红薯，红薯我们直接……”

严行忽然噤声，停下脚步。

我随着他的目光看过去。

只见一个女人，懒洋洋地靠在出租屋的门上，身形柔若无骨。她指间夹着一支烟，我猜她已经等了一阵子，因为她脚边有几枚烟头，一地烟灰。

“哟，”她头一歪，冲我笑了，“张一回也在啊？”

竟然是苏纹。

此时已经晚上十点多，苏纹怎么会来找严行……然而我最先想到的并不是这个问题。

我想到的第一个问题是，苏纹怎么会有进电梯的卡呢？

严行看着苏纹，脸上笑意倏然消失，他没有回答她的话，也没有动。

我想起上次严行在电话里对我说的那些话，他说让我离苏纹远点……他的语气恶劣得令我哑口无言。

越这么想我越紧张——严行不会直接冲上去让苏纹滚蛋吧？可苏纹这么晚来找他，又是为什么？

严行不说话，苏纹也不说话，她仍然靠在门上，样子很是悠闲，大红色高跟鞋的鞋跟一下一下，轻轻地点在地上。

简直是一场僵持。

大概半分钟后，严行忽然笑了："你来了？正好我们要做饭，一起吃点吧。"

苏纹懒洋洋地说："好啊。"

严行走上前去开门，微微侧身，礼貌地把苏纹让进门。

我一头雾水，但眼下也不是发问的时候。

苏纹进门，不换鞋，轻车熟路地走到沙发上坐下。她冲我笑着说："张一回，你也要做饭吗？"

"我……"我感觉十分尴尬，"我给严行打下手。"

苏纹语气轻快："噢，那就辛苦你们了，这么晚了还能蹭饭，哈哈。"

我随严行走进厨房，这房子的厨房是开放式的，没有门，直接和客厅连通。因此我也没法在厨房里问严行苏纹怎么来了，只能洗干净手，问严行："需要我干什么？"

严行语气如常："你把豌豆洗一下吧。"

但我看得出，他眼里已经没了方才的轻快。

"嗯。"

一顿饭做得沉默而诡异，直到饭菜都端上桌，严行才冲苏纹露出笑容："你随意，多吃点。"

苏纹夹起一枚虾仁送进嘴："呀，不错呀！"

她穿得很少，黑色大衣里面竟只有一条薄薄的暗红连衣裙，卷曲折叠的荷叶领呈V字，露出一小片白皙的胸口和一块水绿色翡翠吊坠。

苏纹挑眉，说："没想到你还会做饭。"

严行淡淡道：“就是随便弄点。”

苏纹一口接一口地吃饭吃菜，吃得很快，看上去胃口不错。而严行只是有一下没一下地动筷子，脸上没什么表情。

我本来挺饿的，但这会儿也没什么食欲了。

苏纹很快吃完饭，放下筷子，撩了撩低头吃饭时散落到脸侧的头发：“你别说，还真挺好吃。严行，今天怎么想起来做饭啦？”

她的语气亲热又温柔，就好像……严行是她非常非常熟悉的朋友。

严行说：“没什么，”

然后他看看我，说：“张一回来了，就，招待一下他。”

“哦，”苏纹看向我，明亮的黑眼珠在眼眶里转了转，“那是我沾你的光啦，张——一回。”

她说完，也不等我回答，起身抓起自己的包，干脆道：“我走啦，你们玩吧，拜拜。”

她向我和严行挥挥手，涂满银色指甲油的指甲一闪一闪地反光。而严行也没有丝毫留客的意思，起身说：“拜拜。”

她来吃了一顿饭，然后就这么走了。房间里只剩下我和严行，然而气氛已经和之前截然不同。我们两个对着一桌残羹剩饭，有些心照不宣地沉默了，我是因为茫然，而严行是因为什么，我不知道。

空气里还残留着苏纹的香水味。

半晌，我问严行：“她和你……是朋友吗？”

严行看看我，旋即移开目光，说：“是。”

我继续问：“哪种朋友？”

严行小声说：“就是普通朋友啊。”

我咽了口唾沫，说：“她怎么会有电梯的卡？她经常来吗？”

严行双手交叠在膝盖上：“就是……之前……给她的。”

“为什么？”

“她……我刚搬来的时候，她来帮我打扫卫生。”

可严行租得起一个月五六千的房子，不知道请个钟点工吗？用得着叫苏纹来帮忙打扫卫生？

“最后一个问题，你不是很讨厌她吗？”

严行不说话了，睁圆了眼睛看着我，目光中似有愧疚，似有难堪。

在我逼问的目光中，他缓缓低下头，整个人显得无比驯服。

“那次我在电话里那么说，是因为……当时她惹我生气了，其实她这人还可以。”

他的语气又小心，又绵软，简直是像在乞求。

我的胸口蓦地一软。

是这样吗？只是这样吗？

可她为什么会这么晚来找你，又显然不是为了吃饭。

最终我没再继续问下去，严行既然这么说，我就愿意这么信。

第二天是个大晴天。天空碧蓝如洗，一朵一朵的白云缓慢浮动，连刮在脸上的风都变得柔和许多，大概春天就要来了。

我和严行回到寝室。他的东西不多，主要是衣服和几本书。沈致湘从床上坐起来，睡眼蒙眬地看向我们：“啊，严行，你回来啦。”

严行笑着说：“嗯……还是住寝室方便一些。”

“哎，就是嘛，”沈致湘又躺回去，含混不清地咕哝，“你不知道，你不在的这段时间，我都寂寞死了……张一回这家伙天天去自习，回来了也不怎么说话……我一个人在屋里，想说句话都没人……”

我尴尬地打断沈致湘：“你还不起？都十点多了。”

“啊，”沈致湘翻个身，拖长声音道，“起了起了……”

收拾好东西，我和严行一起去食堂吃午饭，严行笑着问我：“我不在的这段时间，你真的天天都在自习室啊？”

他的眼睛里闪着些显而易见的得意。

“我……”我被他看得很不好意思，心一横，决定实话实说，“不想回寝室，一回去就看见寝室空荡荡的。”

严行刚夹的茄子“啪”地落回碗里。

“真的？其实我也是……”

“是什么？”

“每天下了课，回到我租的房子，就在想，哎，好无聊啊。”

“好吧，”我无奈地总结，“那我们别再互相折磨了。”

四月十日是我们体测的日子。这所大学对体测有着谜一般的执着和严苛，听说别的学校都是四分半内跑完一千米就能及格，而我们学校的及格要求是三分五十秒。

体测开始的前一周，沈致湘已经积极地拉着我和严行跑步，每天早上六点半，他雷打不动地呼唤我们起床。我也是没想到，他一个高高壮壮的东北大汉，竟然会对体测如此紧张。

“哎，你不懂，”沈致湘用力拍拍自己的大腿，“我们这种体形吧，结实是结实，但不够轻巧……你要是让我去拔个河啊，扔个铅球啊，那当然没问题，这个长跑就……还是严行这种身材合适。”

严行正在喝水，闻言放下水杯，语气疑惑：“真的？”

“是啊，轻巧嘛，你看你腿这么长，两步顶别人三步。”

严行笑了笑：“可能吧。”

“张一回你也跑得挺快吧，哎，”沈致湘上下打量我一番，“我觉得你能跑得比严行还快。”

“啊？”我问，“为啥？”

“你的重心会更稳一点，阻力也小一些。”沈致湘认真地说。

我无言以对，行吧，不就是我比严行矮点吗？说得还挺委婉啊。

然而严行没听懂沈致湘的话，追问道：“什么意思？为什么他重心稳？”

沈致湘瞄我一眼，回答：“这不是他比你矮一点嘛。”

严行看向我，目光中既有些恍然大悟，又有些笑意，融合在一起就是四个字：扬扬得意。

“璐璐叫我吃饭了，”沈致湘看一眼手机，“你们俩记得晚上七点去操场啊，咱们再跑跑，后天就测了。”

我冷飕飕地说：“我跑得快，不用练。”

沈致湘蹬上鞋，扭头嬉皮笑脸道：“严行，你记得拉上他啊！”

他说完就欢快地溜出寝室了。

严行去把寝室门关上，然后转身就坐到我床上，笑着问我：“生气啦？”

“没，这有什么生气的，本来就比你矮，这也不是我能控制的。”

“真的？其实也没差很多吧。”

其实也没差很多吧。

那也就是说，还是差了一些的……

“你站起来，”我就不信了，“咱俩今天好好比一下。”

严行于是站起身，还是笑眯眯的。我也站起来，用力挺直了背，和严行面对面。我抬起手掌捋着自己的头顶向前移，然后，小拇指碰到了严行的眉头。

我：“……”

确实是差了一些……不是，严行怎么这么高啊？我高考的时候测身高有一米八三呢。

“差不多差不多。”

四月九日，体测前一天。

中午，沈致湘就已经进入了备战状态，一会儿压腿一会儿高抬腿，甚至问我和严行：“你们准备喝红牛吗？”

我汗颜：“不至于吧？”

沈致湘眉头紧锁：“璐璐说要来给我加油……你知道吧，明天我不仅要跑得快，还要游刃有余、举重若轻、胸有成竹……嘿，你想想，要是给她看见我跟只蛤蟆一样张着嘴跑步，那不是完蛋？”

我忍不住笑出来：“你形容得还挺贴切啊。”

“你也别大意，真的，”沈致湘又开始练习甩臂，声音也跟着一抖一抖的，“提……前……热……身……很……重……要……”

严行的手机忽然响起来，打断沈致湘的话。

严行起身：“我去接个电话啊。”

说完，他就快步走出寝室。

我觉得有些奇怪，但一时间又说不出哪里奇怪。

沈致湘抹了把脑门上的汗，贼兮兮地笑：“严行是不是也快脱单了？”

“啊？你说什么？”

“我说严行是不是要脱单了，接个电话还得避着咱们，肯定是哄妹子去了。”沈致湘笑着说。

“啊，”我愣怔，“可、可能吧。”

原来是这样，沈致湘的话提醒了我，我之所以会感到奇怪，是因为严行走出寝室去接电话。其实出寝室接电话这事儿挺正常的，沈致湘和杨璐煲电话粥的时候，都会在寝室外面。

可严行，他平日里几乎不接电话，极少时候他的手机响起来，他也会直接当着我的面接起，无一例外。

然而不等我继续想下去，严行就回来了。

他神色如常，甚至带着些笑意问沈致湘：“我们是明天下午体侧吧？”

“是啊，下午四点在田径场。”沈致湘说。

严行点头：“OK，那明天下午我下了课，直接去田径场找你们。”

明天下午严行有一节选修课，我和沈致湘没有。

严行说完，转向我：“一回，咱们去上课吧？”

“哦，好。”我背起书包，方才那一闪而过的疑惑到底没有问出口。

四月十日，上午，我和严行、沈致湘一起上完两节专业课，然后我们吃午饭、睡午觉。下午一点半，严行起床去上课，我和沈致湘还睡着。

下午三点四十，我和沈致湘到田径场，慢跑一圈热身。

下午四点整，我和沈致湘开始排队体测，严行没来。从排队到入场，十二分钟，我给他打了十四个电话，全都无人接听。

这天下午，他没有来参加体测。

跑完一千米，我甚至顾不上看成绩，就丢下沈致湘和杨璐独自走了。

我心里满是不好的预感，虽然沈致湘说没准严行就是出去玩了——之前严行的晚归让沈致湘理所当然地觉得严行是个爱玩的人。

可我有种直觉——绝对不是“出去玩”那么简单。上次严行突然断联，是因为他在随喜会馆和朋友……再想到昨晚严行特意走出寝室接的那个电话，我心里便愈发焦躁。

从田径场到校门口的路上，我不断给严行打电话，他的手机没有关机，而是无人接听，每一声漫长的“嘟——”都伴随着我心脏的狂跳，我多希望他下一秒就接起来，平静地问，怎么了一回？

我说，你去哪儿了？你怎么不来体测？

他笑嘻嘻地回答，我去买上次你说好吃的那家蜂蜜蛋糕了，马上就回来。

然而电话无人接听，始终无人接听。

在一声接一声的“嘟——”之中，一股强烈的无力感涌上心头，我好想找到严行，或者哪怕能和他通个电话也行。那天在火车上他抽烟时的侧脸浮现在我眼前，他像那一缕灰蓝色的烟，无论我多么用力，都抓不住。

我跑着冲进地铁站，在地铁门即将关闭的最后一秒跨进车厢。

我要去严行的出租屋，我想也许他在那儿——我找不出一个他在那儿的理由，只是，现在我必须找他，就算知道找不着我也必须找他，除了找他我还能干什么呢？难道回寝室继续给他打电话吗？

下地铁，冲出站，我狂奔向那个崭新的小区。

虽然刚跑完一千米，但我好像已经感觉不到累了。

狂奔至楼下，我才忽然想起来，我没有电梯卡。我进不了电梯。

我靠在电梯口的墙上剧烈喘息，以至于口腔中泛起淡淡的血腥味。进不了电梯，就没法去敲门。可也许严行就在出租屋呢？

二十一楼，我就是扯破嗓子喊，他也听不到。

“小伙子，你干吗呢？”不远处一位老太太向我走过来，她走得很慢，手里牵着个戴绒帽的小女孩。

“我找……”我猛地想起来，这老太太不就是上次我跟严行回来的时候，和我们同乘电梯的老太太？对，她当时抱着的孩子，不就是现在被她牵着的那个孩子吗！

“奶奶，”我赶紧站直了身子，深吸一口气，“您看，是这样的，我同学租了这栋楼的房子，就在二十一层，我现在有急事儿找他，不知道他在不在家，我又没有电梯卡……能刷一下您的卡吗？”

老太太走到我面前，抱起孩子，皱眉问道：“租了房子？多久的事儿了？”

我愣了一下，不知道她为什么这么问，但还是如实回答：“租了一个多月……将近两个月了吧。”

“是吗？”老太太盯着我，后退了几步，面露防备，“那不对，我上个星期才去了物业公司，物业的人可跟我说了，我们这栋楼现在没有房子往外租。”

“啊？”我蒙了，“不……不会吧……我同学就是在这儿租的，我上次还跟他进了屋的——他也有物业给的电梯卡啊。”

半年起租，租金四万块钱。那房子我也进去了，严行有电梯卡、有钥匙，确确实实住在里面。

这老太太是搞错了吧？

我向老太太描述严行的长相：“我同学您应该见过的，他住21层的，个子很高，比我还高点，挺瘦的，然后……长得很好看，很白。您看您有印象吗？”

老太太仍旧盯着我，半晌，忽然“啊”了一声。

我心想有希望了，忙问：“您想起来了？”

“你说那个孩子，你……你是他什么人？”

“我是他室友，”老太太的反应实在有些奇怪，但我还是把校园卡掏出来，递给她，“您看，这是我的校园卡。”

她接过校园卡，凑到眼前看了好一会儿才还给我。

只是她的神情仍然非常防备，双眼钉在我身上，仿佛在思考什么。

“您能借我刷一下卡吗？”我太急了，耐心消耗殆尽，“我就上去看看他在不在家，我联系不上他。”

半晌，老太太从身上挎的小包里掏出一张红色的卡，走上前来刷了一下，说：“那你上去看看吧。”

我连声谢过她，跨进电梯。

很快我站在了严行家门口，不出意料，大门紧闭——我也不知道自己在想什么，谁家的大门不是紧闭的呢？可我望着那扇门，莫名就觉得，他不在。

我敲门。

无人应声。

我又敲门，力气更大。

仍是毫无回应。

我在厚实的木门上连捶几下，闷闷的捶打声甚至有回音。我大声叫道："严行？你在吗严行？"

我甚至趴在他家门上，耳朵贴在门缝处，妄图听见那么一点点声音。

可是什么声音都没有。

他不在。

我又掏出手机给他打电话，也依旧没人接。

我觉得自己的心像一条漏洞的船，正渐渐沉入幽深的海水中。胸口处沉甸甸的，有种喘不上气的感觉。

我只好走进电梯，下楼。

到了一楼，出电梯，刚才的老太太仍旧站在门口，她身边还站着个玩手机的中年女人，老太太怀里的小不点现在转移到了女人怀里。

"刚才谢谢您了，奶奶。"我说。

老太太问："怎么，找着人了吗？"

我摇头。

老太太抬胳膊碰了碰身边的女人，说："小丽啊，你手机上不是有业主的名单？你看一眼，住二十一楼的是谁？"

"啊？"女人抬起头，看看我，又看看老太太，表情茫然，"看这个干吗？"

"这孩子来找他同学，说他同学租了二十一层的房子——上星期我才看了呢，咱这栋没有出租的房子啊。"

“哎呀，别人的事儿，你瞎操什么心……”女人虽然这么说，但还是很快找出了业主名单。

“喏，”她把手机凑到我面前，“二十一层这两户，一户姓汪，一户姓严，但这名单上也看不到全名。”

严先生。

我盯着手机上白底黑字的“东明春泰小区 A-11 栋业主名单”愣了好几秒，才嗫嚅着问出口：“这就是……买房的人？”

“对呀，”女人说，“业主名单是开发公司给我们的，这肯定没错的。而且前阵子我家小姑子想来这边租房，我们就去物业问了问，当时是说我们这栋楼没有出租的房子呀。”

我茫然地看她，所以房子是严行买的？可他为什么说是租的？

老太太问我：“这个严先生是你找的同学？”

我点头：“应该……应该是吧。”

“真的？我看你那同学岁数小得很，自己买的房啊？”老太太说着说着，忽然压低声音，“孩子，我看你人挺老实，又是重点大学的学生……你呀，可得多打听打听，交朋友，还是留个心眼吧，你那同学我有印象，他家对门的保姆跟我说，有一次撞见他……”

“妈！”女人忽然打断老太太，一把揽过她的肩膀，“您可别在这儿神神道道的了，舟舟该吃饭啦！行了，回家吧咱们！”

我完全是蒙的，只站在原地，眼看着她们走进了电梯。

缓了好一会儿，我才反应过来——

老太太让我多打听打听，打听什么？打听严行吗？可严行有什么好打听的，陕郡人，在校大学生，和我朝夕相对，我还用得着打听严行吗？

她没说完的话是什么？严行家对门的保姆撞见了什么？

不、不——我用力拍拍自己的脑门，现在不是想这些的时候，再说这老太太看上去岁数也不小了，或许她记错了，她女儿不是还说她“神神道道”吗？

现在不是想这些的时候，当务之急是找到严行。严行不在出租屋，那他还可能在哪儿……难道，随喜会馆？

可我已经不太记得随喜会馆的具体位置了。

随喜会馆……

我攥着已经被我握得发烫的手机，忽然想起一个人。这个人一定知道随喜会馆的位置，甚至也许，她还知道严行在哪儿。

——苏纹。

“呀，张一回？”苏纹接电话的速度快得令我惊讶，“什么风把你吹来啦？”

我顾不上解释，直接问：“苏纹，你知道严行在哪儿吗？”

“严行啊，”苏纹笑了笑，“他在安本啊。”

我的大脑直接停顿了两秒，才反应过来：苏纹竟然知道严行在哪儿！安本，安本是什么地方？！

“安本大酒店，”苏纹仿佛听到了我的心声，“很有名的，你搜一下就知道啦。”

两个小时之后，我到达安本大酒店门外。

这地方在靠近郊区的位置，离市中心很远。起初我几乎怀疑手机上查到的地址是错的，图片上这栋金碧辉煌的建筑不该位于车水马龙的商圈才对吗？

然而紧接着一条百度知道映入眼帘，提问者问道：谁知道通京的安本大酒店在哪儿？

一个人在下面回答了安本大酒店的地址。

提问者追问：真的假的啊，这么偏？

回答者回复：不懂了吧，那些有钱人就喜欢挑这种人少安静的地方，想怎么玩就怎么玩。而且我听说这个酒店是会员制的，一般人想进也进不去咧。

我坐地铁，转公交，然后又步行了半个多小时，终于在一条僻静道路的尽头看到了金碧辉煌的安本大酒店。

整个酒店大概有五六层楼高，外表刷成泛着淡淡金光的铜棕色，建筑风格是欧式的，迎面六根门柱高大森严，在平整的墙面上甚至有古希腊神祇的浮雕。

旋转玻璃门前的台阶又高又长，上面铺着厚厚的地毯，颜色鲜红如血。我仰头望去，觉得陌生极了，简直像另一个世界，遥不可及。

严行就在里面吗？

为什么他总能出现在令我想象不到的地方？胡同里的奢华会馆，偏僻小路上的豪丽酒店。严行就在里面吗？

我一级接一级地踏上台阶，通过玻璃旋转门，走进酒店。

大堂的白色大理石地砖明亮如新，两个身穿笔挺黑色制服的保安站在大堂门口，我和其中一个保安对视，他只看看我，竟然什么也没说，也没有阻拦。

我深吸一口气，走向柜台。

一个穿黑色紧身西装、一头短发、眉眼利落的女人迎上来，大概是领班。她向我小幅度弯腰鞠了一躬，柔声问："先生，有什么我能帮忙的吗？"

穹顶上，硕大的水晶灯投射下繁复的影子，我有些看不清她的表情。

"我……找人，"我说，"严行，严格的严，行走的行。"

"哦，找人吗？"女领班嘴角含笑，"先生，请您出示一下会员卡。"

"会员卡？"我愣了愣，突然想起那条百度知道，那人说这酒店是会员制，我只好尴尬地说，"我没有会员卡。"

"嗯，好的，"女领班依旧微笑着，"先生，是这样的，我们这里是会员制酒店，会员的消费情况属于个人隐私，这个我们不能随便透露，请您理解。"

我看着她礼貌微笑的脸，一时竟不知该说什么，我只是想找严行，并没想打听什么人的隐私啊。

"那……你认识严行吗？"我压低声音，话里不自觉地已经有了恳求的意味，"我是他同学，学校里有急事要找他，他朋友说他在这儿。你能帮我去叫他一声吗？真的、真的是急事。"

那女领班个子小小的，大概只到我胸口高，此时此刻我却感觉她高大得如同一个异世界的守门神。她身形笔直，面带微笑，得体而强硬地把我拒之门外。她说：“不好意思，先生，我不认识您说的严行。按照我们这里的规定，我也不能在没有允许的情况下进去打扰客人们。还是请您理解一下，先生。”

我咽了口唾沫，觉得脸颊很烫，这酒店里太暖和了。我后退一步，语速很快地说：“那打扰了，谢谢。”

我转身，奔逃而出。

一出酒店，冰冷的风就灌了满嗓子。我被刺得猛咳几声，口腔里又泛起一股铁锈味儿。我才反应过来，从跑完一千米到现在，近四个小时过去了，我没喝过一口水。

我去路边的一家小超市里买了矿泉水，冰冰凉的水顺着食道流进身体，太凉了，我又咳了好半天。

我给严行打电话，仍然没有人接。

然后我给苏纹打电话，她接了。

“苏纹，你知道严行和谁在安本大酒店吗？”我急切道，“我……我进不去，没法去找他。”

“和谁？”苏纹笑了笑，“那我就不知道了，你去问他呀。”

“是他和你说他在安本大酒店的？”

“嗯，我今天下午约他出去玩嘛，他说他要去安本，有事情。”

“今天下午？今天下午几点？”

“嗯……”苏纹想了想，“不到两点？”

不到两点。

不到两点的时候严行就跟苏纹说他要去安本大酒店，而我们四点才体测。这中间有充足的时间……但他没有告诉我。

“行，我知道了，”我好像听见自己喉咙里有闷闷的回声，“谢谢你啊。”

“不客气啦。”苏纹说。

我挂了电话，坐在路边。

我一扭头就能看见不远处的安本大酒店那高高的台阶和鲜红的地

毯。我低头看自己的运动鞋，杂牌子，被洗刷成发黄的白色，鞋带已经起了毛边。

大概这样的鞋确实不适合踏在安本大酒店那纤尘不染的大理石地板上，那不是我该去的地方。可是严行真的就在里面吗？他为什么会去一个我进都进不去的地方呢？他不想我来找他吗？

我以为那所满是学霸和有钱人的学校已经离我够远了，原来，严行去的地方离我更远、更远。

我就这么坐在路边，手机只有32%的电了。一身大汗渐渐被寒风吹干，我开始咳嗽，咳得胸口一裂一裂地疼。

偶尔有人从安本大酒店走出来，都是西装革履的男人和身着华服的女人。他们之中的大多数人直接坐进黑亮的轿车里，然后，轿车飞快地从我面前驶过。偶尔有一两个人步行离开，他们从我身旁路过，投来好奇的一瞥。

我没再给严行打电话，我想，也许他不希望我找到他。

这时已经晚上八点多了，天色乌黑，看不见半颗星星。九点，沈致湘给我发消息："你在哪儿呢？咋还不回来？"

我回："不用担心。"

九点半，超市老板拉下卷闸门，走过来问我："哎，你怎么还在这儿坐着？"

我说："我等人。"

"等人？"老板朝安本大酒店瞟了一眼，"是在等那里面的人吗？"

我说："是。"

"那就没个准儿喽，"老板跨上电动车，"这地方通宵不关门的……"

手机只剩下12%的电，我对自己说，再等等。

我很冷、很饿，嗓子也疼。但我想再等等，就算那个酒店我进不去，就算严行是故意不想我找到他，我也要在这里等。

手机还剩下8%的电，右上角显示电量的图标已经变成了红色。

手机还剩下6%的电，我对自己说，手机的电耗完了，我就回去吧。

手机还剩下 5% 的电，突然，它在我手心振动起来。

看见屏幕上“严行”两个字，我一阵恍惚，隔了两三秒才接起电话。

“张一回，”严行的声音很混浊，“今晚我不回来住了啊。”

“你在哪儿？”

“我在……外面。”

“你出来，”我不知道自己在想什么，也可能什么都没想，我说，“我在安本大酒店门口。”

五分钟后，我看到了严行。

他摇摇晃晃地走出酒店大门，下楼梯时险些摔倒。我站起来，面向他。

严行连脚步都是乱的，身形也不稳，好像下一步就要扑倒在地。

终于，他走到我面前，看着我。

其实我已经没有力气了。从下午等到深夜，焦急、担心、惶恐、愤怒……这些浓烈的情绪随着时间流逝而慢慢耗尽，此时此刻，我竟然有些茫然，不知该用什么态度面对他。

严行清了清嗓子，小声叫我：“张一回。”

我说：“你在里面干什么？”

他默不作声，头也垂下去，不敢看我。

“你到底在干什么，严行？”我抓住他的肩膀用力晃了晃，“你为什么不接电话？！”

严行身上是浓重的酒味：“我……我……”

“你说啊？！”我加大手上的力道。

严行不说话，看着我，眼中似有盈盈水光。

我发疯一般拖着他往前走，他喝得太醉以至于跟不上我的脚步，有那么几次他险些摔倒在地，又被我硬生生拽起来。

走了不知多久，我们在一家宾馆前停下，是一家路边的私人小宾馆，门面破破烂烂，和安本大酒店如同两个极端。

“身份证呢？你带身份证了是不是？”我厉声问他。

上一次我去随喜会馆接他，他身上就带了身份证，我想今晚他一定也不打算回寝室的。

果然，严行慢吞吞地从兜里掏出身份证。

我拖拽着严行进电梯，出电梯，刷开房间门。

我把他狠狠摔在床上，我大脑混沌，仿佛喝醉的人不是他而是我。我用力捏住他的下颌骨，控制不住地问："你到底去干什么了？"

严行的目光很慢很慢地，从我扼着他的手，转移到我的脸上。

"放开我……"因为被我扼着下颌骨，他的声音模模糊糊，"一回，这样很疼。"

他喊一声"疼"，我的心就跟着一裂，仿佛要在胸腔里变成碎片了。

"你去干什么了？"我又问一遍。

"张一回，疼……"

我猛地松开手，他便像一摊烂泥似的倒在床上。他想爬起来，但是醉得太厉害，使不上劲。我转身欲走——然而就在这一刻，严行忽然从床上弹起来，死死抓住我的外套下摆，含混而急促地说："一回，对不起，真的对不起……我不是故意的，真的……"

我想要挣脱他，而他死死抓着我，我们几乎扭打在一起。

我说："你滚开！"

而他只是一遍又一遍地道歉。

直到某一刹那，我甚至不知自己是怎么抬起手的——反应过来的时候，我已经给了他一拳。

他一下子松了手，栽倒到床上。

下一秒，我看见，他哭了。

他捂着自己的眼睛，可泪水还是汩汩不断地从他的指缝间流出来，顺着他的鬓角滴落在床上。

"你别这样……"严行哭着，语气近乎哀求，"张一回，你能不能……别……别这样对我。"

我猛地回过神来。

我在做什么？对严行，我在做什么？！

心中的猛兽倏然离去，只留下一片凌乱的雪原。我愣在原地，茫然不知所措。

严行向后缩了一些，哑声叫我："张一回。"

天哪，我到底在做什么。

我不敢碰他，只能颤抖着走上前去，站在他身旁。

"对不起，严行。"我想，完了，我在做什么？

严行看着我，也许因为泪水的冲刷，他的目光变得清明许多。

我以为，他会斥责我。

然而出乎我意料的是，他轻轻拽了拽我的衣角，哑声道："你原谅我，行不行？"

早上醒来时，房间里充斥着淡淡的酒气。

我一翻身，就撞上严行的目光，他已经醒了，却没作声，就这样安静地看着我，脸上什么表情也没有。

"你——你没事吧？"

话一问出口我就觉得自己在说废话，他能没事吗？昨晚我那一拳打在他的右脸上，此刻那处已经高高肿起，而他的脸色苍白如纸。

"我没事，"严行的声音更加沙哑了，"我去洗个脸。"

他说完便慢腾腾地起身，下地，走进了浴室。

我闭上眼，回忆起昨晚的一幕幕，心中既后悔，又茫然。其实我和严行的矛盾仍然没有解决，他还是没有告诉我他为什么要突然失联，而他在安本大酒店里，又究竟干了什么。还有，户主名单上明明写着"严先生"，也就是说，那套房子是他买的，可他为什么要骗我说是他租的呢？

浴室里传出哗啦啦的水声，我犹豫几秒，起身走了进去。

小小的浴室里水雾缭绕，热气腾腾。严行正对着镜子打量自己肿起的脸，见我进来，他立刻收回目光，浑不在意似的说："我昨晚真喝多了……哎，我这是在哪儿摔着了吗？"

我没应声，心里百味杂陈。我明明是想问他那些问题，可是，一看到他脸上的我的暴行的痕迹，我就开不了口。

我知道，他不想我问。

“你要洗吗？”严行问。

“我……先不洗，”我说，“我看看你的脸怎么样了。”

“没事。”

“让我看看。”

严行无奈地转过身，走到我面前。他闭上眼，语带笑意：“那你检查吧。”

我凑近他，近得可以看见他睫毛上挂着的水珠，他肿起的脸颊红通通的，我想碰一碰，却怕弄疼他。

我后退一步，不好意思看严行，只能低着头向他道歉：“昨晚我……吓着你了吧。对不起，昨天我真的太着急了……以后不会了，我保证。”

严行“啊”了一声，语气惊讶：“没事的，一回。”

他那么平静，仿佛被打于他而言只是一件微不足道的小事，而他对我没有任何责怪的意思。可是昨天晚上他明明哭了，他还说，你不要这样对我。

我不知该说什么，愣了几秒，只好说：“那你先洗吧。”

我坐在床上发呆，片刻后严行走出浴室。他的脸似乎肿得更厉害了，我看着他，心脏又是一皱。

严行在我身旁坐下，平静地说：“你想问我什么？你问吧，一回。”

我没想到他会主动：“问什么都可以？”

“都可以。”

我想了想，说：“那房子是你买的，对不对？邻居给我看户主名单，户主是严先生。”

严行沉默几秒，说：“是。”

“为什么骗我说是租的？”

“我不是骗你！”严行急急开口，可语气却越来越弱，“我就是……我不是故意想骗你，我就是怕你知道了……心里不舒服。”

心里不舒服。其实他想说的是，怕我自卑吧。

我想告诉严行没关系的，可话到嘴边又说不出口，真的没关系吗？不是的。原来严行有钱到可以在学校附近直接买房，三居室，面积是我家两倍有余。我记得那天晚上我们从他的房子里出来，逛超市，买了好多东西。结账时我想付钱——总共是四百九十二块八毛钱，这个数字我现在还记得，因为当时我身上带了五百整，是寒假做家教时赚的。当时我心里挺高兴，想着这钱我来付吧，还好我付得起。然而严行拦下我，笑眯眯地说，一回，刷我的卡吧，现在刷卡打折。

其实刷卡也并不打折吧？超市的小票被严行攥在手里，直接丢进了垃圾桶。原来不只如此，他为了照顾我的自尊心，甚至不敢告诉我那房子是他买的。

“那，你去那个酒店，干什么了？”

然而严行没有回答，反问我：“谁告诉你我在那儿的？”

“苏纹。我找不着你，打电话问她，她说你在安本大酒店。”

“她还说什么了？”严行的表情忽然变得很可怕，但只是一瞬间。

“我问她怎么知道你在那里，她说她下午不到两点的时候打电话约你出去玩，你说你要去安本大酒店。”我如实回答。

严行便又沉默了。

“严行，”我抓了抓手边的被子，像是在给自己打气，“你去那个酒店干什么了？为什么……不告诉我？”

严行垂着肩膀，不看我，说：“去陪我舅舅喝酒了。”

“你舅舅？”那个和蔼客套的中年男人。

“嗯，”严行顿了顿，小声说，“我不知道该怎么解释……我是他带大的，他也没有别的孩子，他做生意，有时候就……让我去和他们一起喝酒。”

我确实听不懂严行的话，严行说他舅舅是做生意的，又说有时候会让严行和他们一起喝酒——是说带严行出入商业酒会的意思吗？

可商业酒会……有必要喝成那个样子吗？

而且，如果只是这样，严行为什么不告诉我？

这没什么不能说的吧。

“我的钱都是他给的，从小到大，都是，”严行深深吸了一口气，又缓缓呼出来，“我不答应他的要求，他就……不给我钱。”

我愣了好一会儿，好像从严行的话里捕捉到什么，某些念头游鱼般一闪而过。

“你这是……什么意思？他是你的法定监护人吗？你不是说你妈在国外？”

“是不是法定监护人我不知道，但我是被他带大的，我妈……从来不管我。”严行说。

是这样。

仅仅是这样吗？不，不对，还有一件更重要的事……我猛地想起几个月前严行奄奄一息躺在床上的画面。

“你说如果你不听你舅舅的话，他就不给你钱……”我的声音在发抖，手心也渗出湿凉的汗，“他都让你做过什么？只是……喝酒吗？”

严行看我一眼，垂下头，面色灰败。

“上次他打你，到底是为什么？因为你和唐皓打架，还是他叫你喝酒你没去，还是——还是别的什么？”

“张一回，你别问了好吗？给我点时间，你再给我点时间……”

他又哭了，起先是小声的抽噎，而后竟然变成号啕大哭。从我的角度，可以看见他上下起伏的背脊，那两片凸起的蝴蝶骨一抖一抖的，真的像蝴蝶振翅欲飞。我竟然感到害怕。我害怕严行真的会飞走，像蝴蝶，或者一缕轻烟。

于是我连忙扣住他的背，安抚他其实也安抚自己，我说：“没事儿，严行，我相信你……真的，我相信你，你别难过……我也、也没怪你……”

“你以后别再联系苏纹了行不行？”严行哽咽着说。

“可以，但她到底是你什么人？”我早发现严行和苏纹的关系很奇怪，严行为数不多地向我说起苏纹的时候，对她的评价总是难听得近乎诋毁。可那天晚上苏纹去他家，严行却是客客气气的。那天晚上苏纹去找严行干什么呢？显然不是吃饭——如果当时我不在，她找严行干什么呢？

“苏纹是我舅……包的，”严行声音嘶哑道，“他没空的时候，会让苏纹来看着我。”

“看着你？”我似懂非懂，“为什么要看着你？”

严行摇头：“不为什么，他那个人……控制欲太强。”

我无法理解什么叫“控制欲太强”，难道是电影里那种要控制对方一举一动的变态吗？

可严行平时在学校，好像也没有被监视和控制吧。

很久之后，每每回想起这一刻，悔恨都会铺天盖地而来，几乎压得我有一种溺死感。当严行鼓起勇气告诉我他舅舅是个控制欲极强的人的时候，我竟然没有仔细地询问他舅舅到底都做了什么。

我和严行回了学校。

前一晚他喝了太多的酒，并且跟我扭打折腾了一番，今天走起路来，他深一脚浅一脚，微微弓着腰。我很想架着他走，或者扶一扶他，可大街上人来人往，我只好收回伸出一半的手。

好在严行并没有表露出任何不快，反倒对我格外温柔，我感觉得到，他的温柔带着小心和讨好的意味——也许因为他骗我，他仍然问心有愧。

回到寝室，沈致湘像看外星人似的打量我俩，鬼叫道：“你们俩什么情况，怎么还负伤了一个？去哪儿鬼混了？！”

“啊？”听他说“鬼混”，我连忙低头检查身上的衣服，应该……应该不算衣冠不整吧。

“我们去上网了，”严行语气很平静，“隔壁打群架，给我误伤了，没事。”

沈致湘满脸震惊：“真的？这么倒霉啊你们俩！哎——那你昨天咋没来体测啊？”

严行说：“家里有事。”

沈致湘抓抓脑袋：“哦……那你记得去补测啊。”

“好，谢了啊。”严行说。

沈致湘终于没再问问题，我长长松了口气。

第二天上午，严行去补体测，我去上课。

中午下课，走出教室，我就看到站在门口的严行。他换了身衣服，手里拎着两个购物袋，耳朵冻得红通通的。

“你去超市了？”我问他。

“嗯，”严行笑笑，“体测完出去逛了逛，我买了饭，咱们去食堂吃？”

我迟疑片刻，说：“要不回寝室吧。”

严行点头：“好啊。”

沈致湘和杨璐一起吃饭，这个点儿寝室肯定没人。我想，我和严行在食堂吃他从外面买回来的饭……也许太高调了吧。

我开始逐渐意识到，严行虽然为人低调，但总归是惹人眼球的——他那么好看，穿戴也不凡。

回到寝室，严行把饭从书包里取出来，他打包了焖锅，很大一盒，酱香味浓郁。里面堆得满满的，几乎全是肉食，牛肉、鸡翅中、鱼片、基围虾……

吃完了，严行又把那两个购物袋提过来。

“一回，我给你买了件衣服和一双鞋，”严行看向我，笑了一下，显得有些不好意思，“你试试？”

那是一件款式很简单的纯黑色夹克外套和一双黑色板鞋。

“多少钱？”我没伸手去接，他把东西放在桌子上。

“呃，”严行朝那夹克和鞋子瞟了一眼，“没多少钱。”

只是对他来说没多少钱吧。

我硬着头皮问：“到底多少钱？”

严行说：“加起来不到六百。”

不到六百，倒也没有贵得离谱。迎着严行期待的目光，我不忍心让他失望，便收下了。

晚上，沈致湘一进门就看到了我放在鞋架上的新鞋。

沈致湘语气羡慕：“张一回，你这鞋不错啊。”

严行去洗澡了，我尴尬地回答：“啊……就那样吧。”

“哎，我也想买双 VANS 来着，”沈致湘挠头，“就是过年压岁钱被我用完了。”

VANS？

这牌子我是听说过的，以前班里有个女生和外校的男生谈恋爱，同桌曾向我八卦说，那男生送了女生好几双 VANS 的鞋子。

这就是 VANS 吗？

那么那件夹克……

我在搜索框里输入夹克内标上的“Versace”。

严行洗完澡回来，走到我床边笑着问：“今天睡这么早？”

他俯身看我，我又闻到他身上桂花的味道。

我背对着他，低低“嗯”一声。

几分钟后，他坐在他自己的床上，忽然没了声音。我想他一定是看到了我发给他的消息：“严行，那件衣服，明天去退了吧，太贵了。”

沈致湘还在，严行自然不可能和我面对面说。他很快回复道：“一回，我不是故意骗你的，我就是……我觉得那件衣服挺好看的，适合你。”

我：“不适合我，太贵了。”

严行：“我送你的嘛，我送我好朋友衣服怎么啦。”

说完，又发来一个“可爱”的 QQ 表情。

我忍了又忍，终于还是忍不住回复他：“你不是说你的钱都是你舅舅给的吗？既然不是自己赚的，就还是节省一点吧……”

其实还有一句我没说出口——严行说他不听他舅舅的话，他舅舅就不给他钱，正因如此，他才不得不去陪他舅舅喝酒，甚至被他舅舅打……那我怎么能心无芥蒂地花他舅舅的钱？！

然而令我意想不到的是，严行说：“反正是他的钱，不花白不花啊。”

我想也不想就回复：“你说你不听话你舅舅就不给钱，那你为什么不想点办法自己赚钱？总是这样大手大脚地花钱，那你永远都要受制于人啊。”

十多分钟后，严行说：“一回，我这样是不是让你看不起？”

我费解地看着手机屏幕。看不起，我怎么会看不起他？这个时候我只当严行是个挺叛逆的小孩，他不想听他舅舅的话，又不能违逆——违逆了，就没钱花了，也许还会挨打。

可他们毕竟是亲人……

其实，我怎么可能看不起严行，我只是在他面前控制不住地感到自卑，他给我的太多，我能给他的却太少人。

我说：“没有看不起你。但这衣服真的太贵了，明天去退了，行吗？”

过了很久，严行回一个字：“好。”

我知道他一定不高兴，可我确实不能收。

第十章

五一劳动节假期之后，我又找了一份兼职。

其实这个学期课多，而且五月份也接近期末了，时间非常紧张。可我还是想自己赚点钱——家里给的钱刚刚够生活费，我想自己赚点钱，用来零花。

做兼职赚点小钱，虽然没法送严行他穿的那些大几千一件的衣服，但起码可以请他吃饭。这次找的兼职是一周去一次，一次半天，两百块钱，当日结。

做兼职的第一周，回学校的路上，我就把那两百块钱花了。

寝室的门敞着一条缝，我从那条缝里看进去，见严行正躺在床上看书。

我推开门，还没开口叫他，他已经一下子坐起来，笑眯眯地说："你刚才偷看我？"

我窘迫地问他："你怎么知道的？"

"听出来了，"严行走下床，"听得出你的脚步声。"

"我买了张比萨，"我把比萨放在严行的桌子上，"快来吃。"

"哎！太好了，"严行一脸惊喜，"这几天正想吃呢。怎么想起来买这个？"

"赚钱了嘛，"我有些不好意思，我赚这点钱买严行一只鞋都不够，只能买点吃的了，"不知道你喜欢吃什么味儿的。"

“你买的什么味儿都好吃，”严行一边说，一边急匆匆去拆塑料袋。

我和严行就像两个饿死鬼，在宿舍里饱食一顿。

五月二十二日，马基课考试的前一天，严行告诉我，他要出去一趟。

“啊？你去哪儿？”我们学校的马基课是闭卷考，这时候我们都在疯狂背书。

严行把他的马基课本放回书架，淡淡地说：“我舅叫我过去一趟，可能要和他一起吃饭。”

“啊……好。”又是他舅舅，但至少这次他提前告诉我了，而不是突然失联，我只好说，“那你记得早点回来，咱俩这才背到哪儿。”

严行看向我，没说话，表情愣愣的。大概半分钟之后他说：“我今晚不回来。”

“不回来？”我一下子反应过来，“你要去喝酒？”

“也不一定，就可能……他们吃饭吃得久，时间晚了我就住我舅那儿。”

“噢……那你如果要和他们喝酒，尽量少喝点啊，明天八点还有考试呢。”

“嗯，我知道。”

严行走了。我盯着划了重点的课本，忽然之间，一个字都看不进去。

我不知道严行会不会像上次那样喝得烂醉如泥，然后自己开间房睡觉。他和他舅舅的关系大概不太好——可我想不明白，既然关系不好，为什么他舅舅还要叫他去吃饭喝酒？

晚上八点多，我给严行发消息：“还在吃饭吗？没喝多吧？”

十多分钟后严行回复：“放心，没喝多。先不联系了。”

我只好强迫自己沉住气，不再联系他。

晚上严行果然没有回寝室，十点半我给他打电话，他的手机关机了。

第二天早上六点多我就醒了，给严行打电话，依然是关机。

我差点想再给苏纹打电话问问她知不知道严行在哪儿，可想到严行让我别再和她联系……我只得打消这个念头。

上午的马基考试是从八点考到十点，直到九点四十分，严行都没有来考场。他的座位就在我前面，我一抬头就能看见他桌子上放着两张白花花的试卷。马基是公共必修课，没有补考，挂了就得下学期重修。

九点四十分我提前交卷，走出考场后连忙打开手机。

谢天谢地，有一个未接来电，严行的。

我立马拨回去，响了好一会儿严行才接起来，声音混浊。

“你在哪儿？”我厉声问他。

“在宾馆……”严行说，“对不起啊，一回，我今天早上头疼……没起得来。”

我深吸一口气，尽量用平静的语气问他：“是因为酒喝多了？”

“啊……是吧，”严行笑了一声，“本来在手机上定了闹钟的，结果手机没电了，关机了……我刚才才看到。”

“我昨晚十点半给你打电话就是关机，那会儿你就醉了？”我的错愕甚至盖过了我的怒火，“你喝了多少，严行？！”

“没多少……”

严行咳了咳，继续说：“真没多少……一回，我下午就回来，我去买点吃的，你想吃什么？还想吃比萨吗？”

“那你的考试怎么办？你这要挂科了你知道吗？！”

我觉得严行简直不可理喻，这么重要的考试，他随随便便就睡过去了？他挂了一科，不仅意味着这科要重修，还意味着他这一学年都不能评优评先，以后的保研、优秀毕业生……也都没资格了。严行他舅舅更是不可理喻——为什么非要叫严行过去喝酒呢？为了培养严行做生意吗？

严行沉沉叹了口气，他不说话，我也不说话，我们两个在电话里僵持着，无形中似乎有一根线将断未断。

半晌，严行说：“一回，对不起……就这一次，我保证下次不会了。你别生气了，好吗？”

一回，又是一回。这两个字从他嘴里念出来，就像和他的嘴唇连着丝丝缕缕的细线一样，剪不断理还乱。

下午，严行回到寝室。

他身上还带着浓浓的酒气，一进屋，沈致湘就抽了抽鼻子：“欸，严行，你喝酒了？”

严行点头：“昨天喝了点。我去洗澡。”

严行低着头，没看我，也没和我说话，收拾好换洗衣服便出门去洗澡了。

“他喝了不少吧……”沈致湘对我说，“那么重的酒味儿。”

“嗯，是吧。”

没一会儿沈致湘咬着酸奶去上课了。下午两点我也有一节选修课，但我决定不去了。

严行这个澡洗得够慢，将近四十分钟后，他才回来。

寝室里只有我们两个，严行撞上我的目光，表情有些不自然。

“一回，”他小声叫我，“你下午不是有课吗？”

“不去了，”我站起身，走到他面前，“我有事要问你。”

严行的头发还湿着，我站在他面前，嗅到他身上丝丝缕缕的桂花味道。不知道从什么时候开始，这味道已经变得无比熟悉，他刚洗完澡的时候，从我身后走过，不需要抬头，我就知道是他。

虽然昨天晚上我知道他的去向，可在那联系不上他的一整夜里，我还是那么、那么地辗转反侧。我说：“一会儿去外面走走吧。”

严行看着我，乖巧地说：“好，一回。”

我和严行来到学校的广场上。这个点儿正是上课时间，周围没什么人。我和严行在两个相对的石凳上坐下。

“一回，我真的……真的不是故意不接电话的，确实是手机被冻关机了，”严行低眉顺眼，表情十分温顺，“叫你担心了，对不起。”

五月的微风轻轻吹动树枝，阳光明媚，树影落在严行身上，斑斑驳驳。

我暗自捏了一下拳头，说：“我相信你。”

严行抿嘴看向我，没说话。

对他的道歉，或者说对他一次次的失联乃至不告而别，我都一点办法也没有。腿长在他身上，他要走，我拦不住。

然而对他的解释，我也只能说一句“我相信你”，而不是“没关系”。

“没关系”？不，这从来不是“没关系”的事，天知道找不到他的时候我有多着急、多焦心——说出来不怕笑话，找不到他的时候，我甚至幻想出种种发生意外的可能——车祸、绑架、被某块广告牌砸中。

这怎么可能“没关系”呢？

“严行，我能不能问问你……关于你家的事？”

“啊，我家？”严行笑了一下，“可以啊，一回，你想问什么？”

“就……你说你爸去世了，你妈在国外不管你……我能问问你妈为什么不管你吗？”

“不知道，”严行回答得很干脆，“可能是因为根本就不想生下我吧。我从小到大，她都不管我。”

“那你舅舅对你……怎么样？”我眼前又浮现出那天严行运动裤上的血迹，那是他小腿上伤口流出的血——被他舅舅打出来的。

“就那样，”严行平淡道，“我是他养大的。”

“他为什么总叫你去喝酒？”

“他做生意，经常应酬，就……也带上我。”

“为什么要叫你去？”我不解，“为了让你以后接手他的生意？还是……还是别的原因？哪怕你第二天有考试，他也一定要让你去吗？”

严行沉默几秒，却反问我：“不是为了以后接手他的生意，你觉得还能有什么别的原因？”

他的声音轻飘飘的，听上去并不像责备的意思。

我被他问蒙了：“我不知道……我就那么一说。”

严行从石桌上捡起一片叶子，捏在指间，折来折去。

过了好一会儿，他丢掉叶子，说：“一回，其实我也不想去，我舅非让我去，这我也……没办法。”

我只当他是不想接手他舅舅的生意：“以后你不想跟着他做生意？”

"嗯……"严行点点头，"没意思。"

"那你以后想干什么？"

这是我和严行第一次聊起关于"以后"的事儿，我忽然发现我们真正相处的时间是那么稀薄，虽然我们每天有至少十二个小时待在一起，可我们不是一起上课，就是一起自习，或者一起在食堂吃饭。我们的身边都是人，认识的人，不认识的人，无关的人。在人群中，我们只能保持适当的距离，说适当的话。

完全属于我们的私密的时间，那么少。

"不知道，"严行说，"当时读这个专业，也是我舅选的。你呢？"

"我……其实我挺想多上几年学的，"说到这里我的声音就不自觉地变小了，心虚似的，"这话我都没和我爸妈说过，反正我毕业了肯定直接上班的……但如果能继续上学，我觉得还是上学好。"

严行冲我笑了："我就知道。"

"啊？"

"我就知道你喜欢读书，看得出来。"

"呃……"我被他说得有点儿不好意思，"我读的那个高中，挺差劲的，我是我们那届学生里高考最高分，那会儿我觉得自己很厉害了……后来上了大学，我才知道我真的就像一只井底蛙，什么都没见过，什么都不懂……我觉得，好好学习还是有用的，起码让我看到了一点外面的世界吧。"

严行的胳膊肘支在膝盖上，下巴垫在手心里，若有所思。

"一回，那你准备读研吗？"

"不读啦，"我笑，"家里等着我赚钱呢。"

严行点点头，没再继续追问。

我接着说："那既然你以后不想做生意，也不想去你舅舅那些饭局，你能不能和他说清楚？"

严行摇头："我……不听他的话不行。"

"为什么？"

"不听他的话，他不给我钱……他那人很强硬。"

钱，钱，钱。说了这么多，又绕回这个“钱”字。

我想问严行，他不给你钱你就活不下去吗？你不是还有套房子和那么多成千上万块的衣服，卖了行不行？

可我问不出口。严行一直过的是优渥的生活，没了他舅舅给的钱，他一定适应不了吧。再说，严行和他舅舅毕竟是亲人，他们有他们的相处模式，我一个自顾不暇的人，好像也没什么立场要求严行脱离他舅舅的供养。

这一刻我真恨不得自己能比严行大几岁，这样已经赚钱的我遇见读大学的严行，我是不是就能理直气壮地对他？这样，他就可以简单而自由地做一个大学生，而不必去参加那些将他灌得烂醉的饭局。

“那……大学毕业就好了吧？”我问他。

严行说：“大概是吧。”

他望向我的目光温柔得如同五月的风，在这样莺飞草长的春末，我们很容易就能憧憬未来、许诺未来。这一刻未来仿佛近在眼前，伸手可及。

五月过完，就到了生不如死的六月，期末考试、英语四级……在紧锣密鼓的复习和考试之中，六月一晃也就过去了。

然后到了七月。七月三日，上完最后一节课，我们就放暑假了。

沈致湘已经早早收拾好行李，他要和杨璐一起去滇省玩一圈，然后再跟杨璐回蓉都。一个学期下来，他和杨璐的感情日益稳定，好像已经进入了老夫老妻的模式，甚至商量起见家长的事情了。

为此，沈致湘已经坚持健身一个多月，他每天只有早饭照常吃，中午只吃白水煮蛋或者鸡胸肉，晚上吃沙拉。此外，他还每天晚上去田径场跑五公里，风雨无阻。

有一次沈致湘拉着我和严行一起去跑步，杨璐也在，沈致湘嘚瑟地鼓起手臂上的肌肉，说：“璐璐，你摸摸。”

“噫，”杨璐嫌弃地戳了一下，“我不喜欢肌肉男好吧！”

“我这是为了让咱爸妈放心！”沈致湘振振有词，“回头一见了我，咱爸妈就想，哎呀，小伙子靠谱啊，好家伙，这肌肉，多有男人味！”

“谁跟你咱爸妈啊！”当着我和严行的面，杨璐笑得很腼腆，而沈致湘的憨笑回荡在整个操场。

学期结束的当晚，沈致湘就拖着箱子和杨璐跑了，寝室里只剩我和严行。

明天，严行要回安西。

我问他为什么回得这么急，就不能晚两天吗，反正他也有房子住。我攒了些做兼职的工资，可以和他一起出去玩。我甚至连地方都想好了——张家口有坝上草原，或者，承德有小布达拉宫，这季节，也比通京凉快。

然而严行说他奶奶在安西盼着他回去，老人家很想他。

所以再见面，就是下学期了。

严行的飞机是第二天一大早，他提前一天订了个离机场很近的酒店。我们两个慢腾腾地收拾好东西，打扫完宿舍的卫生，落了锁。

烈日当头，严行穿一件纯白色T恤，搭配简单的黑色短裤，他把头发剪短了一些，整个人干净又利落。

一路上我们两个都没怎么说话，上地铁，出地铁，七月毒辣的阳光炙烤得我的后背发烫。严行也出汗了，碎发贴在白皙的额头上。

终于到达他订的酒店，送到这里，我也该回去了。

严行拽拽我的衣袖，小声说：“要不过段时间你来安西玩儿？你……人来了就行，钱不用操心的。”

他这样说，我听了更不是滋味。我也想去找他，去看看他生活、长大的地方。可我难道真能只买张火车票，然后去理直气壮地吃他的、住他的、花他的钱吗？对他来说可以，对我来说不可以。那太难堪了。

我没回答他的话，只是拎起自己的行李袋，对他说：“我回去了。”

好在严行没有继续刚才的话题，他点点头：“你到家了给我发消息啊，明天早上多睡会儿，不用打电话叫我起床。我定好闹钟了，定了五个呢。”

“嗯，那你早点睡，登机前给我发个短信。”

“好。”

第二天上午，严行向我报平安说飞机已经降落的时候，我正在一家餐厅应聘。和老板聊完工资，我回严行的消息：“那你好好休息，记得吃午饭啊。”

那老板说：“小张，我看你这孩子挺靠谱，那你下周就过来上班吧。”

这是一家开在居民楼楼下的火锅店，面积不大，收银台旁摆满了各种酒水饮料，很是逼仄。老板说开店初期经费有限，所以位于门口的收银台只有吊扇，没有空调。

跟那老板聊了十来分钟，我的后背就满是汗水，湿透的衬衫黏在皮肤上。

走出火锅店，我又热又渴，想去旁边的报刊亭买瓶水。可转念一想，再忍几十分钟也就回家了，还是回家喝吧。能省一点是一点。

我和老板商量好，从七月四日干到八月十日，每天中午和晚上各做四个小时，他付给我两千五百块钱。通京到安西最便宜的慢车硬座是一百四十八块五毛钱，来回是三百块钱。加上先前攒的钱，这样我手里就有五千块钱，玩一周，肯定够了。

我想去安西找严行。

第十一章

到了八月初的时候，我已经攒够三千块钱——老板对我挺满意，看我辛苦，给我涨了工资。

夏天本就炎热，火锅店的温度更高，而收银台又没有空调，每天在火锅店打工的时候，后背的汗水从未停止过。后来，大概是热感冒吧，我病了一场，嗓子也嘶哑了。

所以严行给我打电话的时候，我只好用“我爸在家”的理由说我不方便讲话，还是QQ上聊吧——我不想让他知道我在打工。

我想给他个惊喜。

严行不在身边，日子就过得稀里糊涂，一天天除了去火锅店打工，好像也没做什么。我问严行：“你都干什么呢？天天陪着你奶奶吗？”

严行回复：“是啊，每天陪她去菜市场跟人家还价，然后回家看电视，唉。”

我抱着手机，忍不住笑起来，严行那种对外人总是冷冰冰的性格，回到家，竟然每天挽着奶奶的胳膊去菜市场买菜，还得陪奶奶看电视剧——那该是什么样的画面啊。

紧接着他又发来一个mp3文件，名字叫“现录的”。我插上耳机，做个深呼吸，点开文件。

一道中气十足的女声传入耳畔：“额错了，额真滴错了，额从一开始就不应该嫁过来，如果额不嫁过来，额滴夫君也不会死……”

我目瞪口呆，足足十几秒，我才反应过来，随即恶狠狠地给他拨去电话。

严行瞬间接起，得意扬扬地说：“怎么啦？”

我说：“你在干什么？”

“看电视啊，《武林外传》，你不会没看过吧张一回！”

“……”

严行边说边笑，终于我也忍不住笑了起来。我俩的笑声隔着手机回荡，忽然，严行问：“你的嗓子哑了？”

我说：“感冒了。”

“怎么突然感冒了？”

“昨晚睡觉忘了关空调。”我胡诌道。

“那你多喝水啊，实在不行吃点药，”我可以想象出严行那副皱起眉头、忧心忡忡的模样，他继续说，“怎么还感冒了呢，专挑我不在的时候吓唬我是吧……”

我保证道：“咱俩见面的时候我肯定好好的。”

严行轻哼：“那还有好久呢。”

我在心里说，不，不久，还有八天，还有八天我就能见到严行了。

八月九日，我兼职完了，老板把全部的工资结给我。一个多月的时间，我赚了三千五百块。这点钱实在不多——严行回安西前一晚，在机场附近订的那个套间，大概也要上千块了吧。

可这些钱应该足够我去找他了。我看着银行卡里的数字，一时间感到很愧疚，三千五百块钱够爸妈花很久了。他们的手机都已经用了五六年，我要是能用这笔钱给他们买两台新手机，也好啊。可是这笔钱我要用来玩儿，估计几天时间就能挥霍完——好吧，也许三千五百块还够不上“挥霍”。

八月十日，在去买火车票的路上，我忽然接到苏纹的电话。

那天的天气异常闷热，天空中云朵是一团一团的，沉沉欲坠。天气预报说，夜间有大雨。

我看着手机屏幕上的来电犹豫了片刻。严行让我不要再和苏纹联系，而我也答应他了，所以这个电话是接还是不接？

可平日里苏纹也没有主动联系过我，她突然给我打电话，肯定是有什么事吧？

她又有什么事需要联系我？难道是关于严行的事？可五分钟前我还在和严行聊QQ。我问严行安西热不热，严行说热死了，空调得二十四小时开着。

我还是接了起来，我想，毕竟也算是熟人了，不接电话不太礼貌。

“喂？”

“张一回，我是苏纹，还记得吧？”苏纹的声音很轻柔，“好久没联系啦。”

“啊，是。”她这么温柔地和我打招呼，我心里更是忐忑。

“你现在在忙吗？有点事想请你帮个忙。”

“不忙……怎么了？”

“其实也不是什么大事儿，”苏纹笑了一下，语气似乎还带着些不好意思，“严行喝多了，你能来接他一下吗？”

我愣了好一会儿，还是以为自己听错了：“严行喝多了？”

“嗯，是，喝得走不了路啦，你能来接一下他吗？”

“呃，我——我不在安西。”直到这一刻我还以为，苏纹和严行都在安西，并且她以为我也在安西。

“什么安西，”苏纹若有若无地叹了一口气，“我们在随喜会馆。随喜会馆的地址你还记得吗？”

“我……”

“算了，我发给你，”苏纹笑笑，“打车来吧，这地方怪偏的，打车钱让严行给你报销。他啊我也是服了，大白天喝这么多。”

十分钟后，我拦下一辆出租车，去随喜会馆。

路上，能说会道的司机不断和我搭话，我“嗯”“哦”应了几句，根本不知道他说的是什么。他大概觉得没意思，也就不说话了。

我的脑子完全是蒙的。严行在通京，在随喜会馆——这怎么可能？！

不，不可能，严行坐飞机回安西的前一晚他特地订了离机场很近的酒店，他乘坐的飞机班次我也知道。

从七月四日他回安西，到八月十日，这三十八天里我们每天都会聊QQ，聊得很多很多，他不厌其烦地向我讲述他在安西都做了些什么：陪他奶奶买菜、看电视剧，其间还陪奶奶去了趟医院——老人家年纪大了，腿脚不舒服。他还去吃了羊肉泡馍，他说他发现一家特别好吃的羊肉泡馍店，以后等我去安西玩，一定要带我去吃。

他怎么可能在通京？不可能，绝对不可能。

苏纹在骗我，她要把我骗到随喜会馆——她把我骗过去干什么？光天化日，总不能绑架我。再说我有什么可绑架的？那她为什么突然骗我呢？

这天的路况很好，司机师傅开得又快又稳。

四十多分钟后，我看见了严行。

随喜会馆依然那么奢华，厚厚的窗帘遮掩住窗外的天光，不辨日夜。我几乎想打开手机照明，我要照一照沙发上躺着的那个人，他到底是不是严行？

是严行吗？

"喏，"苏纹坐在严行身旁，甩出一台手机，懒洋洋道，"他喝多了，我就用他的手机跟你聊了几句，开玩笑的，别介意啊。"

桌子上那台白色手机是严行的，没错，是严行的。我捡起那台手机，屏幕上是我和严行的聊天框。

"我稍微看了看你们之前的聊天记录，"苏纹嘴角带笑，目光冰冷，"学得像吗？"

我没法回答她。

我看着熟睡的严行，仍然觉得恍惚。此时此刻我们身在何地？竟然是随喜会馆。怎么可能是随喜会馆？！

"张一回，我认真地劝你一句，你……离严行远一点。"

苏纹低头看向严行，然后她伸出手，温柔地抚了抚严行的头发。

"真的，张一回，严行和你不是一个世界的人。年初你们放寒假的时候我还问过严行，我问他大学生活怎么样。严行说，很好。我又问他张一回这人怎么样。他也说，很好。他——”

“寒假？”我愣愣地打断苏纹，“寒假，严行也一直在通京吗？”

“不然呢？”苏纹继续说，“你知道吗，其实你和读大学对他来说都是一样的，都很好，为什么好呢？因为你们正常，你这个人，和读大学这个事，代表着正常。”

苏纹惨然一笑：“对我们这种人来说，‘正常’，已经非常奢侈了。”

我问苏纹，你说的“正常”是指什么？

苏纹垂着眼帘，不回答。

我又问她，你和严行到底是什么关系？

苏纹还是不回答。

她起身，拢了拢自己的藕色半身裙，淡淡道：“话就说到这儿了，你有什么问题，还是直接问严行吧。”

说完，她就上楼去了。

严行昏睡在沙发上，身上一件白色T恤满是点点滴滴的酒渍。我盯着他，一时间不知道该做什么。

带他走吗？可我能带他去哪儿呢？他原来根本没有回安西，他一直在骗我，那么他一定不想在这里见到我吧。带他走？可也许我才是那个该走的人啊。

我冰冻般站在原地，随喜会馆里冷气十足，我身上一阵阵发冷。

直到一个穿西装制服的侍应生走过来，问我：“苏纹叫你把他带走？”

“嗯。”

“那就赶紧把他带走吧，”他像是哼笑了一下，“一直躺在这儿像什么样子，我们还要做生意呢。”

我只好单膝蹲下，请他帮忙把严行放到我背上。

我背着严行走出随喜会馆，不知道他喝了多少酒，竟然压得我双腿打战。空气又闷又湿，乌云已经聚集起来，很快，天空中落下密密麻麻的雨丝。

七拐八拐走出胡同，我脚下一滑，猛地扑在地上。所幸我及时用双手撑住了地面，背上的严行没有摔下来。

然而我满手湿漉漉的污泥，手心被一粒尖锐的小石子划破，渗出丝丝鲜血。雨越下越大。这一摔，把我裤兜里揣着的两百块钱摔了出来，那两张粉亮崭新的百元纸币顺着污水，被冲进下水道。

我背着严行，足足在大雨里站了五分钟，他醉得仿佛昏死过去，一动不动，唯有呼吸沉重。

两百块钱。这两百块钱本是要用来买火车票的，我打算坐火车去安西找严行。

可是现在这两百块钱被污水冲走了，再也找不回来。我心里好像有什么东西也被冲走了。

我把严行送回他买的房子里，他身上揣着钥匙，我摸到钥匙打开门，将他放到床上。

床头柜上的烟灰缸里有五个烟头，床脚下有半瓶农夫山泉矿泉水和一片被咬了几口的面包，房间的角落堆着几件脏衣服和一双袜子。

看来我们“分别”的一个多月里，严行一直住在这里。他住在这间离我们学校只有地铁一站地的房子里，向我讲述他在安西陪伴奶奶的生活。他告诉我芙蓉园西门外有一家羊肉泡馍很好吃，他告诉我他在碑林看到落日余晖把天空映成淡淡的紫红色，他告诉我奶奶家楼下那户人家养了只鹦鹉，天不亮就在阳台上“起床啦起床啦”。

我不知道他为什么要骗我——我甚至不知道他对我说的那么那么多话里，究竟哪句是真的。

我把严行的钥匙放在他的床头柜上，转身走出卧室，到卫生间洗干净手上的泥污，然后向门口走去。我可以晃醒他，甚至是用冷水泼醒他，把所有我想不通的问题都问出来。可我竟然问不出口，千头万绪，问不出口。

就在我手搭上大门把手的那一刻，卧室里传出严行混浊的声音：“一回，对不起。”

我停顿两秒，然后拧开门，走了。

离开他家小区的时候雨已经停了，天空阴霾，仍有厚重的云层。我快步跑进地铁站，随便找了个座位坐下，等着冷气烘干身上湿透的衣服。

这个时候我竟然很想抽一支烟，严行和我在一起的时候从不抽烟，可我不在的时候，他的烟瘾原来那么大。他独自抽烟的时候会想些什么呢？

地铁站里不能抽烟，况且我身上也没钱买烟了。坐了大概半小时，衣服干了。

回到家，甚至没顾得上换衣服，我把剩下的三千三百块钱全部交给我爸。

“你不是要出去玩吗？”我告诉过他我要去找同学玩。

“不去了，我同学说他家里有事。”

“啊？怎么好好的突然有事啊？”

“我也不太清楚，听着是有急事儿吧。”

“哦，那你也别给我们啊，你自己辛辛苦苦赚的钱，你留着自己花呗。”

“不用了，爸，”我冲他笑了笑，“我也没什么花钱的地方，咱家紧张，这些钱还是你们拿着花吧。”

“哎，你这孩子……”

“爸我去冲个澡啊，外面忒热。”

八月二十七日，我返校，其间的十七天里，严行没有联系过我。我生了一场病，重感冒加呼吸道感染，输了三天液，然后被大夫要求在家静养。我每天要么坐在书桌前看书背单词，要么躺在床上昏昏欲睡，像是和整个世界断了音信往来。

这十七天里我常常想起严行，想起他的时候，其实并不怎么愤怒，只是感觉很茫然。我细细回想我和严行之间的事情，惊讶地发现我对他的了解其实少之又少。他不在学校的时候都做些什么？去哪里？和什么人在一起？这些我通通不知道。而他告诉我的那些话，是假的。

沈致湘已经提前一天到了，在我们三个的群里吆喝着问我们俩什么时候返校。严行的头像始终是黑白的，在群里也是毫无声息，仿佛那账号已被弃用多年。

还没推开寝室的门，我就已经听见沈致湘和杨璐打电话的声音：“璐璐，你明天几点到啊？……哦，行啊，肯定去接你啊！你想吃什么？……嗯，嗯，没事儿，我早点去排队就行……好，没问题！我给你买红豆味儿的行吗……”

没想到的是，我推开门，直直对上严行的脸。

他穿一件挺括的浅蓝色短袖衬衫，白色做旧牛仔裤，黑色帆布鞋系着白色鞋带，整个人干干净净，目光清明。

他看着我，低声唤道：“一回。”

那天下午随喜会馆里他的醉态，好像又是我的臆想了。

但不是的。他那副模样我清楚记得，不是臆想，是真的。此时此刻他看着我的目光再明亮再清澈，也消除不了那天他留在我记忆的混乱的醉态。

“嗯。”我冲他点了一下头，转过身去。

“哟，你回来啦！”沈致湘挂了电话，指指我的桌子，“给你们带了点特产！”

我这才注意到桌子上堆满大大小小的包装袋，有鲜花饼、蓉都牦牛肉、米花糖……我连忙向沈致湘道谢：“谢了啊，背回来这么多，很沉吧？”

“客气啥，”沈致湘憨笑，“不沉，我从蓉都寄回我家的，我买了好多呢，哎，蓉都的东西是真好吃！”

“是吗？”我问，“你们玩得怎么样？”

“挺好啊！就是南方太热了，你看我得晒黑了两个度吧。”

“是黑了……”

“不过川菜真的太好吃了，啥时候咱们宿舍去辛川玩一趟呗？我第一次吃火锅蘸香油，特别香！那边小吃也多，什么冰粉啊，糍粑啊……”

“见家长了？”我笑着问他。

沈致湘表情一变，耸耸肩：“没见。”

“啊？不是说好要见的吗？”

“当时也没定下来吧……唉，她爸出差了，她妈跑去渝都找她家什么亲戚玩儿了，一直不在蓉都。”

“噢……”

沈致湘叹了口气：“其实我感觉……你说，她爸妈不会是不想见我吧？我把见面的礼物都准备好了。”

“不会吧，人都没见过，怎么会不愿意呢？再说你对杨璐那么好。”

“杨璐倒也是说无所谓，她说她爸妈就是心大……”

我和沈致湘你来我往聊了半天，直到他要去晒被子，抱着被子出去了。

严行安安静静地坐在床边，低着头。

其实我是故意的，我不知道该怎么面对严行，只好一直和沈致湘没话找话。

严行站起身，但没有走过来。他说：“一回，对不起，你能原谅我吗？”

他不解释，只道歉。

“你不解释一下吗？”空气好像突然凝固了，我艰难地问，“为什么骗我？”

严行垂眼，不说话。

“不能说是吗？”我站起来直视他，嗓子沉重得像塞满铁锈，每说出一个字，都磨得我的声带和口舌一阵刺痛，“苏纹说你和我交好是因为我正常，严行，我在你眼里挺好玩儿吧，胆子小，还没钱，你说什么就是什么，你想让我滚蛋就能随便编个理由让我滚蛋——回安西——你也是费心了，还专门去订个那么远的酒店。我第一次去随喜会馆接你的时候垃圾桶里有……是你和苏纹用的吧？”

我一口气说完这些话，然后才意识到自己竟然哽咽了，我暗骂自己：张一回你能不能有点出息，给自己留点尊严行吗？

严行缓缓走向我，我们的寝室那么小，他也就走了五六步吧，可我却觉得他走了一百年，一个世纪——这五六步是十七天之后的五六步。十七天，我一天一天地数，那感觉真像面粉落进水缸里，而我伏身跪地将面粉一捧一捧捞起来。怎么捞得起来呢？

“对不起一回，真的、真的对不起，”严行也哭了。

严行始终没有向我解释他的所作所为，他只是不停地流泪。

过了一会儿，我说：“沈致湘可能要回来了。”

严行抹了把脸，说：“一回……你给我点时间，行吗？”

“你要干什么？”

“我……我没法说，一回，你给我点时间，我把那些事解决掉。”

他还是不说。

这一刻我感到非常非常失望，十七天，他就是再编个理由骗我，十七天也够他编了。可他说，他没法说。他连理由都懒得编了。

“我想把那些事彻底解决了，一回，那样我就……不用再骗你了……对不起。”严行的声音越来越小。

“你随便吧，”我疲倦地转身，背对着严行，“但是，不要再骗我了。”

被他一次又一次地欺骗，我已经太累了。

严行低低地“嗯”了一声。

他在我身后站了好一会儿，然后沉默地离开寝室。

他离开后我才发现，原来他没有带行李回来——他根本没打算继续住在寝室里。也对，他明明有套离学校很近的房子。

又过了一个多小时，沈致湘回来，手里捏着三支巧乐兹。他推开门就问：“欸，严行呢？给他买了雪糕呢。”

“严行……走了。”

“走了？走哪儿？”

“我不知道。”

“啥？他刚才不是还在宿舍吗？”沈致湘把一支巧乐兹塞进我手里，“那他一时半会儿不回来了是吗？”

“嗯……是吧。”

“那行吧，我给别人。”

直到晚上熄灯，严行也没再回来。二十三点四十五分的时候他给我发来短信：“一回，这段时间我就不住寝室了，你好好照顾自己，行吗？”

黑夜里，手机屏幕发出的冷冷白光刺得我眼睛酸疼，我不知不觉竟然渗出几滴眼泪。手机被我攥得都发烫了。

严行发来短信：“张一回，认识你后我才渐渐明白什么是对的、什么是错的，谢谢你。”

其实我不明白他的意思，既然他因为我才知道什么是对、什么是错，那他又为什么要不停骗我呢？难道他不知道欺骗是错的吗？

严行说他需要一段时间，那我就等着吧——虽然我也不知道自己会等来什么。

后来最后悔的那些日子里，我一遍遍想起这段时间，两个月，从九月到十一月，这两个月里我没有联系过严行，有时候在课堂上或者学校里碰见了，也只是与他遥遥对视一眼。严行的目光总是很平静，我以为那是因为他渐渐放下了。但其实，那是大难临头但他决定以身饲虎的——决绝。

至少，我应该问他一句“最近怎么样”。

如果我对他有稍微一点点关心，我就会发现他的异样，那么也许之后无法挽回的一切都不会发生。

秋老虎肆虐，当我们还穿着短袖短裤的时候，严行已经换上长袖衬衫和宽松长裤。原因无他，他要遮挡身上的伤痕。到十一月十二日的时候，我已经很长一段时间没有见过他，我以为他又跑到一些我不知道的地方纵情饮酒、烂醉如泥，然而，事实是，因为他的脸上也有了伤，所以他无法出门见人了。

这一切我都知道得太晚了，实在是，太晚了。

十一月十二日下午，我在寝室睡觉。前一天才结束了期中考。

苏纹打来电话：“张一回，你能不能过来一趟？”

我的第一反应是严行又喝多了吗。

“怎么了？”

“我受了点伤，”苏纹在电话里疼得抽气，“你来帮个忙。”

我赶到医院是在一个小时后。我以为苏纹已经把伤口处理好了，却没想到她竟然一直坐在医院门口等我。这时候通京已经很冷了，她只穿一条白底红点的连衣裙，白皙的小腿肚上有一道蜿蜒的伤口，淌着血，一滴一滴落在她脚下，汇成浅浅一摊。

来往的行人都对她投以异样的目光，她就像没看见似的，笑嘻嘻冲我打招呼：“你可算来啦。”

“你怎么弄的？”我连忙搀起她，“怎么不先进去？”

“一个人不方便啊，”苏纹笑着，整个人都贴到我身上，“谢了啊。”

她腿上的伤口里有碎玻璃，医生光是为她清理玻璃碴子就用了很长时间，其间还警惕地问苏纹：“需要报警吗？”

“不用、不用，”苏纹满不在乎地说，“我没事儿，意外啦。”

包扎好伤口，我又背着苏纹去打破伤风针。打完针，她坐在医院的长椅上，脑袋一歪就靠住我的肩膀，我想叫她别这样，可转念一想，也许她是因为受伤了，所以有些脆弱吧。

“你最近见严行了吗？”苏纹问。

“啊？我……没见他。”

“嗯，也是。哎，你们闹掰了？”

“没。”

“哈哈，”苏纹轻笑，“严行真不该读大学。”

“为什么？”

“你知道吗，严行本来就不该读大学的，他应该像我一样，每天待在随喜会馆——或者别的什么会馆里，或者严先生给他买的房子里，总之不该是在学校里。”

“严先生？”我愣了一下，直起腰面向苏纹，问，“严行的房子……户主不是他？”

苏纹挑眉：“你不会以为户主严先生就是严行吧？拜托，怎么可能，他哪来的钱。”

严先生，严行。我完全没想到，那个“严先生”竟然不是严行！

“你知道他为什么会选你们学校上学吗？其实是严先生先买了那套房子让严行住着，后来严行要上学，严先生说那干脆就选个离得近的学校吧，所以就去了你们学校。”

“其实我觉得你应该已经猜到什么了吧，”苏纹纤细的手臂搭在我肩膀上，她凑到我耳边说，“你们这些高才生都是人精……嗯，但你不愿意相信，是不是？”

我颤抖地问：“你说的那个严先生，是严行的舅舅吗？”

“当然不是——我的意思是，严先生和严行向你提起的舅舅是同一个人，不过严先生不是他舅舅。”

苏纹继续说：“严先生是个大老板，很有钱……非常有钱，严行去你们学校上学就是他安排的。”

医院的大厅里坐满了人，有人在吵架，有小孩在哭，一片喧闹声。

苏纹又轻又慢的话掩盖住这一切声音，咚、咚、咚，在我耳膜上凿出几个窟窿。

“咱们去个地方，”苏纹的双手环住我的脖子，“住院部12楼。”

我麻木地背着苏纹向住院部走去，脑子里已经什么都不剩下了，只是一遍遍回放苏纹的话——严先生并不是严行的舅舅，是户主……

乘电梯到十二楼，苏纹指挥我：“左拐，往前走，35病房——哎等等，没让你进去。”

我站在病房门口，身上还背着苏纹。

病房的门没有关紧，敞着一条小小的缝隙。透过那条缝隙，我看见老爸躺在床上，输着液，老妈坐在他身旁，正在削苹果。

“好了，看清了就走吧。”苏纹小声说。

我觉得自己像是坠入了一个连环噩梦，惊得满头大汗了，却仍然无法醒来。

“你爸的糖尿病有点严重，这次又住院了，”苏纹说，“其实你们上学期的时候他也住了一次院，没跟你说。这次估计也没打算跟你说。”

“不过你也别担心，不是大问题，”苏纹拍了拍我的手背，安抚似的，“这次你家收到了一个基金会的捐款，是严先生给的钱。他说你家条件这么差，你还能考上重点大学，太不容易了，既然大家有缘认识，他还是应该帮帮你。”

寒风一阵一阵往我脸上拍，我的脑子一片混乱，我想我似乎听懂苏纹的话了，但我不敢相信。

“哦，刚才说什么来着……为什么严行跑去上大学了？因为严先生的前妻是大学生，严先生的前妻已经死了，不过嘛，长得像她的人还是能找着，你难道没发现吗？”苏纹笑着，伸出手指，指向自己的脸，“我和严行长得挺像的。”

“你没事吧？”苏纹抚了抚我的肩膀，叹气道，“其实这些事儿也不该我来说，应该严行自己告诉你的。可实在没办法，他最近走不开，就让我来说了。”

秋风将一片落叶刮落到我身上，苏纹低头，捡起那片残破的叶子。

我甚至不知道自己是怎么回到学校的。

沈致湘正抱着笔记本打游戏，见我回来了，他指指桌子，嘴唇一动一动地。

我愣愣坐下。

不知过了多久，沈致湘摘下耳机，转身看我：“咦，你怎么没吃？”

“吃什么？”

“刚刚不是叫你先吃吗？”沈致湘起身，从暖气上拎起一个塑料袋，打开了袋子，里面传出食物的香味，“汉堡王做活动，我买了不少，璐璐减肥不吃……来，咱俩吃。”

他递给我一个包得方方正正的汉堡，汉堡握在手里，暖洋洋的。

“你还没吃晚饭吧？”沈致湘笑着说，“快吃，咱俩还客气啥？”

我木然地拆开包装纸，热气腾腾的熏肉香味扑面而来。

一口咬下去，温热黏腻的酱汁涌进口腔，我不知道我的舌头是不是坏掉了，我竟然尝到一股甜腥味。

肉饼上裹着不知道什么酱，白色的，浓稠欲坠。

一股反胃感突如其来。我猛地起身，把汉堡扔在一边，飞快冲出寝室。

在水房，我大吐一场。

刚吃了两口的汉堡全被吐出来了，从胃到食管都在灼烧，吐着吐着我的眼泪也涌出来，我甚至分不清这眼泪是因身体不适而产生的生理性泪水，还是因为，我太难过。

也许苏纹说得对，他想在我这里体验“正常”。

我双手撑在洗手台上，吐得口腔里满是酸水，涕泪横流。耳道好像也被堵住了，听不到别的声音。

最后我想起那个汉堡，在那个冬夜，他给过我一个汉堡。

“哇”的一声，我又吐出一口酸水。

“一回你咋了！”沈致湘冲进水房，“我以为你急着去厕所呢，你这怎么回事？！吃坏肚子了？我陪你去医院吧！”

“不用。”我拧开水龙头，直接把头伸过去。

冰冰凉的水冲在我脸上，把我脸上的秽物都冲走了，我狠狠抹了两把脸，对沈致湘说：“我没事。”

“真没事？”沈致湘满脸不相信，战战兢兢地说，“我看你这……有点严重啊，你不会是食物中毒了吧？要不咱还是去校医院看看吧，食物中毒能毒死人的……”

“不用去，”我关掉水龙头，侧着脸不去看沈致湘，“我真没事。”

我没法向他解释，我只是被我们都认识的那个看上去纤尘不染的严行——恶心到了。并且我再也不想去校医院了，提起这个地方，我就立刻想起那次我把严行送到校医院，我还傻乎乎地愧疚得不行，以为他是因为我的事才挨打。我怎么那么傻啊。

“哦……那好，”沈致湘很轻地拍了拍我的后背，“你要是不舒服，赶紧跟我说啊！”

“嗯，谢了。”

吐过一场，我平静了不少。

又过了一会儿，沈致湘出门和杨璐约会，寝室里只剩我自己。我清了清嗓子，拨通我妈的电话。

“妈，你在哪儿呢？”

“啊？”老妈笑，“还能在哪儿，在家呗！”

“哦……我爸最近身体咋样？”

“挺好呀，好着呢，”老妈仍然笑着说，“昨天还出去和人下象棋了呢！”

“那就好。”我鼻子一酸，又有流泪的冲动。

“一回，钱还够不够呀？”

“够，妈，我还有钱。”

“不够了赶紧跟妈说啊。”

“嗯，好，我知道……妈，我去上课了。”

“晚上还有课呀？”

“是。”

“好好好，那你快去吧，妈不打扰你了——多买点水果吃，知道不？”

“我知道，妈，拜拜。”

挂掉电话，我把胳膊架在脸上，在床上躺了很久。

我爸又住院了。

严先生给我爸捐钱。

严先生想表达什么意思呢？给我钱，让我拿着他的钱滚开？又或者是，他想让我知道，他不费吹灰之力就可以联系到我的父母——他给我留了一丝余地，我应该识趣地离开。

原来倒是我做了恶人啊。

这太恶心、太恶心了。

无论从哪个角度想，都，太恶心了。

这天之后的第二天、第三天、第四天、第五天……什么都没有发生。一切如常，只是有节专业课老师点了名，严行不在。

我已经很久没在学校里见到他了。而他也没有联系过我。

日子就这样一天一天过去，进入十二月，又到了期末考试的时间。

某一天中午我吃完午饭回寝室，沈致湘一把拉住我，关紧门，表情极其可怕。

他拿出手机，手指发抖，点开一个视频。

那是一个被处理过的视频，严行和一个面目模糊的人躺在酒店大床上，很快，他们开始做一些不堪入目的事情。

视频时长不到二十秒，画质模糊，但谁都看得出，那就是严行。

视频放完，沈致湘倒抽一口气，目光直愣愣的，显然是震惊到极点了。

而我却出奇地镇静，这一刻还是来了——到底来了。苏纹口说无凭，现在证据来了。

“严行……他……”我听见一个声音从我身体里发出来，这是我的声音吗，太陌生了，我怎么没听过，“严行竟然会做这种事？还真……没看出来啊。”

我和沈致湘被辅导员叫到了办公室。

白晃晃的灯光把整间办公室照得明亮如昼，我的心高高吊起来，几乎有些腿软。为什么叫我和沈致湘？因为我们是严行的室友吗？

对……应该是这个原因。

“你们看到那个视频了？”辅导员面若寒霜。

我和沈致湘一齐沉默。

辅导员见状，深深叹了口气：“你们俩不用紧张，我只是问一下严行的情况，你们知道什么说什么就行。”

她拿起桌上的手机，将屏幕展示给我们，说：“陈书记专门叮嘱过，我们的谈话都要录音，如果有些事你们不想说，我也不强迫。”

沈致湘皱着眉头，低声说：“那您问吧。我们……我们也没想到，会出这样的事。”

辅导员问：“严行已经多久没回寝室了？”

沈致湘说：“很久了。”

“具体点？”

“从开学到现在，”我说，“他一直没在寝室住。”

辅导员皱了皱眉：“擅自外宿是违反校规的，更何况他外宿了这么久，你们俩都没觉得奇怪吗？”

沈致湘抿嘴沉默。

我只能硬着头皮说：“我想大家都是成年人了，他……大概能对自己负责吧。”

辅导员继续问：“那严行在学校里有没有什么朋友？”

她这个问题一问出口，我和沈致湘便不约而同看向彼此。

下一秒，我们俩同时开口。沈致湘说的是“有”，我说的是“没有”。

辅导员抚额，无奈地说：“到底是有还是没有？”

我深吸一口气：“严行没什么朋友——起码我没见过他和什么人特别亲密地来往。”

我面向辅导员，直视着她的眼睛。我哪来的勇气直视她的眼睛？也许是为了逃避沈致湘的目光吧。

尽管如此，我还是能感觉到，沈致湘的目光像尖锥一样，在我身上凿下一道道、一道道痕迹。是啊，我在睁着眼说瞎话，和严行来往亲密的人，不就是我吗？

沈致湘说：“我觉得，我和严行应该算是朋友吧……之前严行还住寝室的时候，我们会聊聊天。”

“这样？”辅导员便问沈致湘，“一般都聊些什么呢？严行有没有和你提过一些……你认为和那个视频有关的事情？”

“没有提过和视频有关的，”沈致湘低声说，“严行很爱学习，和我讨论的一般都是作业之类的事情……严行人挺好的。”

辅导员说：“嗯，其实我也觉得他——”

她话没说完，便被敲门声打断了。她起身去开门，走进来的竟然是院长。

“啊，您来了，”辅导员紧张道，“我正在向严行的室友了解情况……”

“行啦，不用了解了，让他们俩回去吧，”院长叹了口气，“上面发话了，这件事情由学院来调查，不要影响到其他学生。”

“但是……”

“就这样吧，”院长冲辅导员摆摆手，示意她别再说话。

然后他冲我和沈致湘笑了笑：“你们俩该干什么干什么，不要因为这件事影响心情、耽误学习。你们也都是成年人了，以后在社会上会遇到更多匪夷所思的事情，心理承受能力强一点嘛。哦，还有，这件事就不要外传了，知道吧？”

走出阴冷的院楼，阳光不管不顾地倾泻在我和沈致湘身上，今天的通京，冷而晴。我抬眼，竟然在天空中看到一只小小的风筝。这一瞬间我感到恍惚，我所在的世界真的是以往我熟悉的那个世界吗？在同一片阳光下，我在上课吃饭睡觉的时候，严行都在做什么呢？他在被怎样对待呢？这个世界真的是我以为的那个世界吗？还是其实生活早已崩坏，只是我对崩坏的那一部分浑然不知？

“张一回，你刚才……为什么要那么说？”沈致湘问我。

他看着我，目光中混合了震惊、矛盾、迷茫，以及一丝丝鄙夷。

而我一时失语，我应该说什么呢？难道我应该承认，是的，我和严行是很好的朋友。

我应该这样承认吗？

我不敢。我是一个可耻的懦夫。

我简直想抓住沈致湘的领子告诉他，我难受死了你知道吗，你懂不懂这种感觉？你以为你遇上了一个那么好的人，因此你辗转反侧，你小心翼翼，你甚至开始自卑，自卑到看不起自己。可是有一天你突然发现，原来在你心里像天使、像露水、像鸽子最洁白的羽毛的那个人，他的一切，都是他出卖自己换来的，并且是以一种最恶心、最肮脏的方式。

那么我——我多可笑啊。

我真想把这些话都说出来，都说给沈致湘听，问他我怎么办。我能怎么办？

可是不行……我不想被他拖下水，现在我要做的是，及时止损。

“啊？你说什么啊？”我冲沈致湘笑了笑，“严行不就是没啥朋友吗？你看他都这么久不在学校住了。”

沈致湘皱眉看着我，半晌，他收回目光：“我们回去吧。”

我们俩就这么回了寝室，谁都没再说话。

第二天，学院召开了全体学生大会，院长和两位副院长亲自到会，他们向学生们三令五申，要求大家不要传播那个对学院的声誉造成严重不良影响的视频。

然而学生哪管学院的声誉呢？更何况，那么劲爆的视频，谁忍得住不和别人讨论、分享呢？

短短两天之后，只要在学校里提起一句“我是经管学院的”，就能招来一片暧昧的目光和啧啧的赞叹声。

正值压力巨大的期末复习月，这样一个视频，能带给大家足够的刺激和振奋。

又过两天，学生之间已经流传起不知真假的消息：“欸，就那个严行……有人说那个视频里他明显被下了药呢……”

“你看着吧，学院这次要下狠手了，我听辅导员说的，院长气得把手机都摔了！”

“得了，你们都是扯淡，人家没杀人没放火的，我看啊也就是冷处理。”

“我听说计算机学院有人查出来了，最先发布那个视频的IP地址，就是他们经管学院的男生寝室，这才是最刺激的好吧！”

…………

严行的手机号码安安静静躺在我的通讯录里，某天晚上，凌晨两点半，我打开手机凝视那串号码，甚至有种错觉：我只要拨过去，严行便会接起来。我问，严行，你什么时候回来啊？严行笑着说马上就到，给你带了好吃的。

什么都没有发生，他只是一个普通的大学生。

最后，当天空微微泛白，我删了严行的号码。

又过了两天，在离学校很远的一家咖啡厅里，我见到了苏纹。

她指间夹着一支细细的香烟，脸上化了浓妆，神情淡漠。

“张一回，严先生让我转告你，这事儿差不多就完了，”苏纹抖抖烟灰，“严先生说，基金会捐给你家的那笔钱就当是赔礼，不够的话可以再去要。”

“严行在哪儿？”

“他？在严先生那儿啊，”苏纹笑，“昨天我们俩还一起陪严先生打高尔夫呢。”

我低头，桌上黑咖啡的气味直冲天灵盖，我几欲作呕。

“他还……回去上课吗？”

“不上啦，出了这样的事儿还怎么回去上学啊。哎，他也是活该，严先生给他机会去上学，他不珍惜，这下被收拾了吧。”苏纹的语气几乎是轻快的。

果然，那个视频是严先生放出来的。毁掉一个人，原来这么轻松。

“严先生和上次来学校的不是同一个人吧？”

“上次因为严行打架去你们学校的，只是个司机，”苏纹抿一口咖啡，露出一个漫不经心的微笑，“你呢就别想这么多了，好好上学吧。”

哦。原来是这样。

原来真正的严先生是不会露脸的，换句话说，我们这些人还不配见到他的真容。可怜那个无辜的司机被我当作严先生，之前严行受了伤，我还幻想过很多次自己殴打他的画面。

走进寝室，我发现严行的东西被清空了。

“刚才有人来，把严行的东西拿走了。”沈致湘神情恍惚。

“哦……”

“那个视频是唐皓发出来的。”

我呆了几秒，猛地扣住沈致湘的肩膀，问：“怎么会是唐皓发的？！”

“杨璐从他们辅导员那里听说的……那个辅导员说，教职工那边儿早传开了。有一个人给唐皓的邮箱发了那个视频，然后唐皓就传到了网上。”

我的后背一阵一阵发颤，是了，说得通，严先生一定知道严行和唐皓打架的事情，所以故意把那个视频发给了唐皓，唐皓看到了，自然会借这个机会报复严行。

所以严行是什么呢？严行不过是用来交换利益的货物。即便这样他还愿意过着那样的生活。严行是一个成年人，四肢健全，智力正常，他完全能养活自己，可他要作践自己。

“据说咱们辅导员要求处罚唐皓，但是学院领导的意思是这件事就这么过了最好。”

沈致湘恨恨骂了一句。

而我卸了力，只剩沉默。

第十二章

十二月底，期末复习月也接近尾声，今年过年很早，待元旦假期结束，便有考试陆陆续续开始。以往思修课考试都是开卷，这次却变成了闭卷。

然而比起开卷变闭卷的噩耗，在学院里，另一则消息更加火爆。

是隔壁寝室的男生告诉我和沈致湘的：“今天下午张小林在辅导员办公室值班，她跟我说，辅导员自个儿掉眼泪呢，就因为严行的事情。”

我沉默，沈致湘问：“具体是什么情况？”

“好像是严行的处理结果出来了吧，张小林说，辅导员其实还想保一保严行，在电话里跟领导掰扯了好半天。最后那个领导都急了，让咱辅导员少管闲事。……但是说实话，我觉得辅导员也没必要，你说严行这不是自作孽不可活吗？如果他自己没干那种事，别人想偷拍也拍不到啊。”

沈致湘低语：“严行……”

他叹了口气，像是想说什么，最终忍住了。

“现在想想你们俩好危险哟，竟然跟这种人住了这么久！”男生笑嘻嘻地打趣我们，“哎，你俩快讲讲，严行他平时是什么样的？”

沈致湘摇了摇头：“他平时挺正常的。”

“啧，这么会装啊……”

男生没打听到八卦，面带失望地走了。寝室里只剩我和沈致湘，我们两个对视一眼，彼此都没说话。

直到晚上熄了灯，黑暗中，沈致湘忽然说：“张一回，学院还没公布严行的处理结果。”

我：“是啊。”

“他会被开除吗？”沈致湘的声音轻得像喃喃自语，“我觉得他肯定不想被开除吧，你记不记得他之前在学校的时候？他其实挺用功的，上课都坐第一排。”

沈致湘这样说，我一下子就想起很久很久之前——我和严行是怎么熟起来的呢？我把被子借给他盖，早课的时候，他帮我占座位。第一次给我占座位的时候，他还去买了肯德基的早餐，然后跟我说是买多了吃不完的。

“啊，是，”我只能这样回答沈致湘，“他是挺努力的。”

“那种视频被传出来，不知道他心里得是什么感觉，”沈致湘沉沉叹了口气，片刻后又骂道，“唐皓那个下三烂的东西。”

我没有接话，默默凝视着窗外的一小片夜空。当严行躺在寝室的床上，他会不会和我一样凝视过这片夜空？那时，他会想些什么呢？

十二月三十一日，这一年的最后一天。虽然马上就要期末考试，但学校里仍然充溢着新年将至的兴奋和喜悦，就连寝室楼下的枯树枝都被绕上一大团明黄色的小彩灯，小彩灯在冷空气里发出温暖的光芒。

天气预报说元旦期间通京有大雪，杨璐给沈致湘织了一副手套，两人早早约好，要去故宫看雪。

三十一日傍晚，天空真的飘起雪来，雪花又大又密，天地间的楼宇都模糊了，变成一片灰茫茫的没有尽头的白色。沈致湘和杨璐出去跨年，图书馆也闭馆了，我只好在寝室复习国际金融。我清楚地记得，当我看到“马歇尔－勒纳条件”那一节的时候，楼下传来一声尖叫。

那是一道惊恐的女声。我坐着没动，但紧接着我就听见宿管的声音：“你们干什么？快！快！那两个男生别看了，快来把人拉开！”

我走到阳台上，推开窗户往下看。

这一眼，将我狠狠钉在原地，钉在那一瞬间。在很多年之后，眼前的一幕仍会在噩梦中反复出现，令我大汗淋漓地惊醒。

宿舍楼下，停自行车的空地上落满了雪，而刺目的鲜红色血液泼洒在上面，我甚至觉得自己看到了那鲜血的腾腾热气。

如果——如果是别人，我一定认不出来。

可偏偏被人掐着脖子摁在地上用玻璃瓶猛砸脑袋的，是严行。而摁着他的那个人，是唐皓。

那一刻我几乎忘了动，浑身的感官都停滞了似的，只剩我的眼睛，死死盯着严行。严行被一下一下猛砸，他不还手，表情也十分平静。他的额头在流血，头发被血黏在脸上。他透过暴虐如发疯的唐皓，与楼上的我的灵魂静静对视。

我好像看见他的嘴唇在动，那两片我无比熟悉的嘴唇也被溅上了血点，轻轻开阖着。

他说：别——过——来。

别过来。

我与他对视，灵魂已经撕裂成两半，一半飞速冲下楼为他挡住那尖锐的玻璃瓶，一半闪回寝室关紧窗户缩在墙根。

我已经很久、很久、很久没有见过他了，我甚至以为我再也不会见到他了，可是这一刻，他离我如此近。

现在他就在楼下，二十秒——不，十秒就够我飞奔下楼。我心里有说不出的预感，如果这次我没有护住他，他就真的，会像一缕轻烟，消失在我的生命里。

可是他说：别——过——来。

不知过了多久，楼下嘈杂的人声渐渐散去，我哆嗦着坐回椅子上。我的腿蹲麻了，我甚至不知道自己是怎么站起来的。

我没有下楼，而是在寝室阳台的墙根蹲了很久。

桌子上的手机一直在振动，我不敢把它拿起来。

十一点过五分，沈致湘冲进寝室。

他一身风雪，脸上甚至还带着一枚“happy new year”的印儿。他一把攥住我胳膊，大声喊道：“张一回你没事吧？！”

“我……”我说，“我能有什么事儿？”

是啊，我能有什么事儿，我只不过无比懦弱地躲在阳台上。我知道后来救护车来了，警车来了，但是严行怎么样了，他受了多重的伤，这些我就不知道了。我没有冲下楼拦住唐皓，没有送严行去医院，我只是坐在这里，听着楼下从嘈杂转为安静，什么都没有做。

别——过——来。

我的眼泪毫无预兆地流下来，可是严行根本没有说“别过来”，他被打得整个人蜷缩起来，他其实——其实根本没有和我对视。

是我，是张一回对自己说，别过去。

“啊你……你怎么了张一回，你知道那件事了是不是……”沈致湘手忙脚乱地扯了一大团卫生纸，塞进我手里。

我捂住眼睛，问他：“什么事？”

“是……是今晚，严行发到我们年级的QQ群里的……”

沈致湘抽了口气，声音也是颤抖的：“应该是因为这个视频，唐皓才……才打他。”

我伸手想要去拿桌上的手机，沈致湘却连忙拦住我，目光在我脸上转了很久，才说：“张一回……我说个事，你、你别冲动。”

“你说。”

“严行发完那个视频，唐皓紧接着就在大群里说，是严行是暗算他的，他还说……你和严行关系那么好，你能是什么好东西。”

我点开沈致湘说的视频。但视频没有画面，只有声音——是偷录的。手机里传出严行和唐皓的对话。严行用一种极其平静的声音说：“你等着警察找你吧，我已经报案了。”

起初唐皓还算冷静：“你少在这儿吓唬我，那视频是我拍的？嗯？你自己干了见不得人的事，就别怕人知道！”

严行说：“这些话你可以留着跟律师说。反正，这学我不上了，你也别想上，明白吗？”

唐皓大叫：“你什么意思？！”

严行说：“就是你理解的意思啊。”

“你别以为我不知道，你们……你们就是拿我当枪使！有人想收拾你对吧？故意把视频发给我的对吧？”唐皓的声音已经歇斯底里。

严行笑了笑：“那总是你发到论坛上的吧，都是同学，你怎么这么恨我啊？”

我们早就听说过，视频是唐皓发的——但这毕竟只是学生私下的小范围议论，谁都没有确切的证据。而这段录音里，唐皓变相承认了他的所作所为。

很快，学校论坛里出现一条回复量爆炸的帖子：妈呀，经院那个视频还有后续！！！

点进帖子，果然是严行和唐皓的录音，以及其后唐皓在群里说的那些话。

下面的回复已经破千。

…………

十二点整。不知何处传来欢快的乐曲声，高昂而欢快，飘荡在雪后明亮的夜空中，仿佛能传遍千门万户，把新年降临的喜悦和幸福分享给所有听到的人。新年降临，日期变换，似乎万象更新，生命迎来新的希望。

也是在这一刻，在这条帖子的最后一页，有人回复：张一回只是严行的室友好吧，就普通同学关系……以前唐皓滥用职权欺负张一回，后来这事儿被发现，唐皓就搬寝室了。很明显这次唐皓是疯狗乱咬人，故意栽赃张一回的，之所以这么说，是因为我是张一回的女朋友，我可以保证我知道的就是实情。啊啊啊，严行和唐皓狗咬狗一嘴毛，张一回纯粹是个倒霉蛋……我是文学院蓝茵！不服的来找我！！！

紧接着，一个陌生号码发来短信：“我是蓝茵，别人问起来你就一口咬定咱们俩在谈恋爱。”

几秒后，她又发来一条短信：“是严行拜托我做这件事的，他还让我转告你，他会让唐皓滚蛋，这件事，是他向你赎罪，他为他骗了你而道歉。其实你知道吗，严行在求我帮忙的时候还说，他想让你在学校里好好待下去，他知道你还想继续念书。他说，等这件事结束，他就再也不会打扰你的生活了。”

在新一年的第十五分钟，我见到了蓝茵。

田径场上空无一人，北风凛冽如刃。在一盏明亮的路灯下，我看见蓝茵迎着纷纷扬扬的大雪，远远向我走来。

她走近了，我看见她通红的双眼。

“你们院肯定会调查今晚的事，到时候你就一口咬定咱俩在谈恋爱，”蓝茵声音沙哑，“谈了四个月了，就这样说，明白吗？”

“是他让你帮我的？”一张嘴冷风和雪花就灌了满嘴，我硬生生咽下“严行”两个字。

“不然呢？”蓝茵扯起嘴角苦笑，“唐皓收到那个视频，他是知道的。但他告诉我，那个视频早晚会被发出去，就算不是唐皓发，也是别人发。他说，既然这样，干脆把唐皓拉下水，省得以后唐皓找你麻烦。”

田径场冷冷的白光混着风雪落在蓝茵的侧脸上，衬得她一脸冰冷，她看向我，表情那样凝重，在凝重之中，又有一丝漠然的审视。

“我问严行，为什么要这样帮你呢。”蓝茵淡淡道，“他说，因为他骗了你。你知道他当时是什么表情吗？张一回，如果你看过那种表情，你一定忘不了。”

“我和他……”

“我走了。”蓝茵打断我，转身干脆地离开。

我独自站在空旷的田径场上，雪越下越大，路灯照亮的地方是惨白的，没有灯光的地方是漆黑的，视野里黑黑白白，几乎不像人间。

我不知道严行为什么这样做——准确地说，我不知道他为什么要骗我，最后又保护我。

从最初我们相识，他就在欺骗我。一个谎言接着另一个谎言，滚雪球般越滚越大，到了最后，他终于编不下去了，那他直接离开不就可以了吗？他又为什么要如此费尽心思地保护我呢？

手机还有 12% 的电，我的手机总是在剩余 10% 的电量时被冻得关机。我还有 2% 的机会。一分钟？两分钟？我攥着手机，感觉像攥着一枚不知何时爆炸的炸弹。

四周寂静得只有风雪声，我被冻得哆嗦，颤抖着手，拨了严行的号码。

我忽然想起，这学期刚开学的时候，他说他去解决那些事，让我给他一段时间。

那么现在发生的一切，便是他说的“解决”吗？

捏着手机的手已经被冻僵了，十七秒之后，电话接通。

严行不说话。

我问：“你怎么样了？”

我在说什么——你怎么样了——能怎么样呢？他的视频被发在网上，他被唐皓摁在地上发疯一般殴打，他确实完成了他对我的许诺——他来解决一切。那么他能怎么样呢？

“小伤，已经包扎好了。”严行以为我问的是他的伤势，语气竟然出奇平静。

“你在医院吗？”

“嗯。”

他的声音令我感到一阵恍惚，我已经太久、太久没听到他的声音了。

“你为什么……”我的话说到一半就说不下去了，为什么，我有太多为什么要问，一时间竟然无从问起。

严行那边一片静谧，我这边大风大雪。我们两个好像都在世界的尽头，仅凭最后 2% 的电量保持联系，电量耗完，我们就会跌入各自的时空，永不相见。这个念头出现在脑海中的一刹那，我险些就要说“你到底在哪儿”。虽然这句话我已经问过很多次，严行不知所终的一夜夜，我找他、等他的时候，反复在心里问他，你到底在哪儿？即便如此，这一次我还是忍不住想问，你到底在哪儿？如果、如果他给我一个地址，我想我还是会去。

然而这时严行开口了："你知道吗，其实，以前我不觉得我做的这件事是错的，也没有人告诉我这是错的。"

"直到遇见你，张一回。最开始我觉得你很奇怪，你这人……我随便给你花点钱，你都是一副惊讶又紧张的样子，你为了赚很少一点儿钱，跑大老远去打工——其实你如果找我要钱，我一定会给你的，你们不也知道我有钱吗？即便咱们关系那么好了，我给你买的衣服，你也让我退回去。你会花那么多时间和精力去做兼职，只是为了赚那么一点钱，然后去买吃的喝的，虽然那些钱也只够买这些，"说到这里严行笑了一下，"张一回，因为你我才渐渐知道，原来我做的事情，是很耻辱的。我没正经上过学，进这所学校也是他安排的，'尊重'这东西我听说过，但是没见过，因为你，我才知道被尊重是什么感觉，因为你我才知道我有多不正常、多耻辱、多糟糕。"

"去年三月份，他被查出了胃癌，早期，其实我以为他快不行了，所以我想他管不了我，因为他活不了太久。"严行压低声音，"是我想得太简单，他找了很厉害的医生，他大概还能活很久……张一回，我后悔了。"

大概过了半分钟，严行一字一句地说："对不起。"

我问他："苏纹说的是真的，对吗？你和我交好，只是因为我'正常'。"

严行说："对……你正常，你虽然很穷，但是你活得比我有尊严。你有那么正常的生活，我和你做朋友，就好像自己也能过上正常人的生活了。"

"哦。"

"张一回，"严行的声音极其平静，"唐皓打我的时候，我看见你了，在阳台上。"

我的呼吸瞬间收紧："是，我是在，当时我——"

"没关系，还好你没下来，这些事你不必掺和。"严行轻叹一声，

“就这样吧，一回。”

他叫我“一回”，声音那么温柔，就如过往每一次他叫我“一回”那样。可是我有预感，我再也见不到他了。

“等一下！”因为紧张，我的另一只手紧紧攥住身旁冰冷的单杠。无数念头像风雪一样在我脑海中翻涌，我张张嘴，险些发不出声音。

“我想问你一个问题，就一个。”我知道我在和很多很多个自己较量，卑微的张一回、受辱的张一回、无力的张一回、怯懦的张一回、憎恶的张一回，以及，自私的张一回。

我和他们殊死搏斗，血流成河，直到最后一刻，匕首刺进身体，巨锤碾碎骨骼，最后一刻，作为严行好友的那个张一回赢了，他问：“你能不能……离开那个人？”

是啊，尊严是好东西，正常是好东西，可我还是要把决定权留给你。如果、如果你愿意离开——

严行沉默，在那漫长的几秒钟里，我不知他在想什么。

然后，他说：“对不起。我不能。”

“因为钱？”

“嗯。”

我低下头，两滴泪落进脚下厚厚的雪地，悄无声息。但我的声音十分冷静，我说：“你不用说对不起。”

“张一回，对不起——”

“但你这样确实挺恶心的。”

仿佛苍天有意，说完这句话的瞬间，我的手机自动关机了。

我倒在粗糙冰冷的雪地里，天地寂静，唯有狂风和骤雪，我真希望大雪就这样将我掩埋，当我再醒来时，会发现一切都是梦境，什么都没有发生。我可以忘记那些事，因为这些所有所有一切，都抵不上三个字：因为钱。

真可笑啊，是不是？他说，因为我，他知道了什么是耻辱，什么是尊严，可到头来他还是选择了耻辱，也用耻辱击碎我的尊严。

我想这一夜过后，张一回只是一个平凡的学生，没有认识过严行。

一月四日，元旦假期结束后的第一个工作日，经济管理学院公布两则处理结果。

学生严行，因严重违反校规校纪，予以退学处理。

学生唐皓，因严重违反校规校纪，予以退学处理。

这两则处罚结果被贴在一起，每个经过的学生看到了，都会报以暧昧不明的目光。“违反校规校纪”，说得这么含糊，是因为具体情况实在无法被公然写出。那太令人不齿了。

我和蓝茵被叫到院长办公室，辅导员也在。

“叫你们来就是简单了解一下情况，”辅导员说，“不要紧张，事情已经调查清楚了。”

蓝茵冲辅导员露出微笑：“好的，老师，您想了解什么情况？”

“你和张一回是在谈恋爱啊？”辅导员问。

“是啊。”

“在一起多久了？”

“今天是第一百三十二天。”

“啊，”辅导员笑了一下，“记得很清楚啊。”

“因为是我追他的，”蓝茵温声说，“所以记得很清楚啦。”

她们和和气气地说话，而我凝视办公室角落里的花盆，却忽然想起来很久以前，也是在这里，严行和我站在一起，他为我打了唐皓。

“那行，你先回去吧，”辅导员亲热地拍拍蓝茵的肩膀，“我们再和张一回聊几句。”

“好的，”蓝茵冲我笑笑，“我在图书馆，等你吃午饭哦。”

她走了，我看向辅导员和院长，脑子木木的，不知道该说什么。

这时院长开口道：“张一回，这次的事情，你是被无辜牵连的，现在学生之间的确会有一些谣言，我们呢，希望你摆平心态，不要理会这些谣言，他们最多是热闹一阵。”

“如果你实在是心理上压力比较大，这里正好有个交换项目，你可以考虑考虑，出去一阵，换个生活环境，”院长拿起办公桌上的文件夹，从里面抽出一本宣传册，“去仙港交换一年半，我们和这所学校是友好院校，你过去了也还是学现在的专业，学费全免，那边学校和我们学校都会给生活费补贴，这是很好的机会，往年的学生去了，基本上没花自己的钱。按说今年你们年级是没有名额的，但情况特殊，还是帮你争取到一个。”

院长把宣传册递给我，轻轻叹了口气：“好好考虑一下，啊。”

元旦过完，便是紧锣密鼓的期末考试，公选课考试和专业课考试加起来，足足耗去两个星期。在这两个星期里，除去吃饭睡觉洗澡，我一直把自己关在图书馆的自习室。我几乎是一刻不停地做题和背书——除此之外，我找不到别的办法让自己冷静。因为只要一闭上双眼，我的脑海中就会浮现跨年夜那个傍晚，严行被唐皓摁在雪地里殴打的画面。他的鲜血泼洒在雪地里，他那么单薄，仿佛血液都要流尽了。与此相伴，我的耳畔会出现严行的声音，他虚弱而清晰地说——“对不起”“我不能”。这种感觉就像被一把摁进冷水里，就在即将溺死之际又被抓上岸，如此一遍遍循环。我浑身冒冷汗，手脚发软，疯狂地张嘴喘息，自习室里的灯光明晃晃的，照出我一身狼狈。

一月十九日，考完最后一科，我踏着沉重而茫然的步伐往寝室走去。

“张一回！”同班一个男生叫住我，笑嘻嘻地勾住我的肩，“谢谢你借我笔记啊，这次还真考了不少上面的原题！”

“没事，”我甚至反应不过来他说的是哪一科，更不记得什么时候把笔记借给他过，只好说，“我也就是抄的老师PPT。”

男生忽然后退一步，打量我，问：“你的脸色咋这么差？”

“啊？是吗……”我摸摸自己的脑门。

“是啊，你的黑眼圈好重，人好像还瘦了，唉……”他略微压低声音，“我们都说呢，你真是够倒霉的，碰上两个极品室友……本来就期末了，还赶上这么多事儿，真够折腾的！”

我僵硬道：“啊，是……”

“尤其是唐皓，我服了，”男生撇撇嘴，“大一的时候他们学生会搞什么投票，我室友张阳不也在学生会吗？张阳没投给唐皓，后来唐皓就一直给他找事……这人也太记仇了吧！还好啊，这次他也滚蛋了。”

“嗯……”

“对了，你小子保密工作挺到位啊，”他笑着撞一下我的肩膀，“都没听说你谈恋爱的事，据传还是那妹子倒追你的？”

“也不算吧……”

一路上他问我答，他似乎说了很多，但我根本没有记住。总算到寝室门口，我连忙和他道别。

一进寝室，我就对上沈致湘的目光。

“致湘，你……你几号回家？”发生了那些事之后，我面对沈致湘，感觉十分不自在。

“明天吧。”沈致湘转过身去，继续收拾衣柜里的衣服。

“哦，好……那你路上小心啊。”

沈致湘低低应道：“嗯，谢了。”

第二天，沈致湘回家了。

我独自躺在寝室里，外面的走廊上时时传来拉杆箱咕噜咕噜的滑动声。放寒假了，大家各自回家，原来，又要过年了。

我想起去年放寒假的时候，就在这间寝室里，我撞见奄奄一息的严行，慌忙把他送到校医院——想到这，我身体一僵。

像是再也忍受不了似的，我猛地从床上弹起来，胡乱蹬上鞋，抓了钥匙就冲出寝室。那间小小的寝室里有太多严行留下的痕迹。

我甚至顾不上收拾行李，直接回了家。

回到家，然后我开始失眠。

家里也满是严行的痕迹，墙角的加湿器是他送的，去年冬天他买的那箱橙子的纸盒还在阳台上，被老妈用来装一些杂物。

我逃出家，可偌大的通京，仍然哪里都是严行。我像孤魂野鬼，游荡在这个我熟悉的城市里，我第一次憎恨自己的记忆力太好，好到我逃到哪里都躲不开那些如影随形的记忆。

严行在哪儿？他还在通京吗？

最后我闯进一家超市，像只灵智未开的动物，在货架间东走西荡。

“先生，”售货员拦住我，“您看您需要点什么啊？”

我看着她，竟然失语。

售货员柔声道：“您需要什么？我带您过去。”

“不用。”

我飞快转身，几乎小跑起来。厨具区，生鲜区，蔬菜区，零食区……我的小腿肚都在打战。

我冲出超市，掏出手机才发现不知何时电量已经耗尽。我跑了很久，终于找到一个报刊亭，我给老板五块钱，说，我要打一个电话。

我不知道自己在想什么，只是当我反应过来的时候，我已经拨了严行的号码。

我以为我会等很久，但是没有。

“您拨打的电话是空号，请查证后再拨。Sorry, the number you dial does not exist, please …… ”我挂掉电话。

在这个华灯初上的冬夜里，我终于意识到，我再也见不到严行了。

无论谁对谁错，无论出于何种原因，无论严行还在不在通京，我都已经，见不到他了。

第二天，我回到学校，去找辅导员。

我问她：“老师，那个交换生的名额，我现在还能接受吗？”

“当然可以，”辅导员看看我，似乎欲言又止，然后她从身后的书柜取出一个牛皮纸袋，“这里面的文件你先填一下吧，就在这儿填，填好了给我。”

“嗯，好。”

很快，我填好了那些表格：“老师，我填完了，您看看可以吗？”

辅导员一张一张检查我填写的文件，看完了，将它们放回牛皮纸袋。然后她扬起脸看向我，目光复杂。

这一瞬间，我想，她是不是什么都知道？

但她只是看了看我，旋即收回目光，说："后天你再来一趟，带上银行卡和身份证，学校里的程序很快就走完了，之后那边的学校会给你发邀请函。然后你拿着邀请函抓紧去办通行证……"

我记下她的叮嘱，说："好，谢谢老师。"

"哎，"她起身把我送出办公室，忽然说，"你这一去，下次再回学校，就是大四了。"

"嗯。"

"到了那边照顾好自己，不要有太大压力。"

"好，谢谢您。"

走出学校，在地铁站里，我给沈致湘打电话——那个我们三个的QQ群已经解散了，严行也从我的好友列表里消失。

"喂，一回？"

"是我，我……跟你说个事情，我也是今天才决定的。"

"怎么了？"

"我决定去仙港交换了，去一年半。"

"啊……"沈致湘顿了顿，笑着对我说，"那挺好啊，挺好的。"

"就，开学可能见不着了。"

"哈哈，没事儿啊……那你要等到大四再回来了？"

"是的。"

"行，哈哈哈，仙港好啊，多暖和啊……"

和沈致湘寒暄几句，我们便结束了这通电话。我以为他会问我怎么得到的名额，然而他没问。

回到家，和爸妈解释一通，他们很是兴奋。

"我们一回真厉害，"老妈惊喜地说，"年级里就你一个？老师选你去的吗？"

"差不多吧。"

"好、好、好，"老爸连说三个"好"，喜上眉梢，"还是公费的，真不错，男孩儿就得去长长见识！"

我只能说："爸，回头我去那边了，你在家多注意身体啊。"

"放心吧！"老爸大幅度地摆摆手，"我身体好着哪！你就学你的，不用担心家里！"

我看着他故作强健的动作，心里百味杂陈，那是一种哭不出来更笑不出来的情绪。

爸住院时得到了那笔基金会的捐款，心里大概很高兴吧？现在儿子又能去公费交换了，他该有多么惊喜呢？他会觉得自己的运气忽然好起来了吗？

我真想告诉他，爸你知道吗，其实我——

可我还是忍住了。

二月二十五日，飞机降落仙港机场，我走出机舱，带着热带气息的湿漉漉的阳光扑面而来。

仙港。

这个城市令我感到万分陌生，中学时代我即使幻想过出国交流或者留学，也没想过自己会来这里。

但我还是出逃至此了。

第十三章

在仙港的生活比想象中轻松。周围的同学们似乎对课业并不那么上心，他们往往成群结队玩到半夜，然后一觉睡到第二天中午，上课什么的，主要看缘分。

我的室友便过着这样的生活，他来自仙港以南的一座小县城，有个很文艺的名字：童清。

据他说，自从独自一人到仙港上学，无人管束，他算是彻底获得了自由。他名字文艺，人也很文艺，对商学院的课兴致缺缺，反而频频流连于隔壁文学院的课堂。

童清人很热情，经常向我打听关于通京的事情，可惜他囊中羞涩，打听了许多，却没法去亲眼看一看。

没课的时候，他经常带我在仙港的大街小巷闲逛，第一次出门闲逛，他带我溜溜达达到仙港市中心，经过气派的政务大楼，女子高中，仙港大学……那天阳光非常好，春风暖洋洋的，高大的棕榈树的影子在地面上一晃一晃，令人有种微醺的感觉。

还有一次我们一起去仙港郊区的白桐瀑布，望着细白飞溅的水沫，他忽然问我："峨眉山的瀑布，肯定比这个壮观吧？"

"啊？"我反问，"峨眉山还有瀑布啊？"

童清："……"

"我没去过辛川。"我讪讪地说。

“好像叫龙门瀑布，”童清倚在栏杆上，低下头，“我差点就去了。”

“差点？”

“也没什么啦，”他搓搓脸，“走吧。”

后来，在我来到仙港的第七个月，童清邀请我为他庆祝生日。身为文艺青年，童清对请客吃饭之类的事嗤之以鼻，他只买了两块巧克力蛋糕和一瓶J国产的酒。

我们俩就在寝室里吃了蛋糕，然后你一杯我一杯地喝酒，喝了将近三个小时。后来我们俩都醉了，脑子昏昏沉沉的。

童清背对着我趴在桌子上，他已经醉了，含糊地问我：“张一回，你觉得仙港怎么样啊？”

我反应了一会儿，才说：“很好啊。”

“那，你会不会想家？”

我被他这问题问得发愣，我该怎么回答呢？其实我来到这里，本就是为了逃避通京，逃避我的家，因为那里全部都是关于严行的记忆。

童清打个酒嗝，断断续续地说：“我阿公……他是辛川人。”

我暗自惊讶，没想到他家有这样的历史。

“我阿公年轻的时候自己跑到仙港来做生意，后来打起仗，就离不开这里了，一辈子在这里……前几年，我阿公身体已经不太好了，他想回趟辛川，他说他要死在辛川……可是家里没人愿意他回去啊，家人都在仙港了，他死在辛川算怎么回事？阿公就求我带他回去，我那时候呢，总觉得阿公已经老得糊涂了，所以根本没把他的话放在心上。”

童清背对我，扯一截卫生纸，用力擤了擤鼻涕：“后来，阿公直到去世，也没有回去……他去世之后我们整理他的东西，才看到，他自己画了很多潦草的画，都是他故乡的茅屋，水塘，山坡……”

我手足无措地听着童清向我讲述关于他阿公的事情，他说到一半，已经语带哽咽，像是打开了身体里的水龙头。满地都是他擦眼泪和擤鼻涕的卫生纸。

最后他终于哭累了，低声喃喃道：“你知道吗，阿公去世之后，不知道为什么，我总是在想……我就想啊，如果他离开家乡的那一刻，就知道自己这辈子再也见不到那些亲人了，他还会走吗？你说命运是不是很残酷呢？有些人，在和你分别的那一刻，就是永别了，而你要过很久很久才知道。”

他说完这些话，倒头便睡着了。而这个温暖的夜晚，我开始不可抑制地失眠，不可抑制地想念起通京的一切。

在仙港的这七个月，我一直过得如梦似幻，恍恍惚惚。这个燠热潮湿的地方几乎切断了我和通京的所有联系，就连和爸妈，也只是一周互发一次短信。

正因如此，我才在这段时间里越来越少地想起严行、想起和他一起的那些日子。我甚至以为我已经渐渐忘掉那些事了，可在这个夏夜里，童清的话仿佛一句魔咒，将我拉回那些曾经发生过的情境。我忍不住一遍又一遍地想，那么，我和严行是否也已经永别了？在那狂风骤雪的，一年的最后一天。

我不得不承认，那些铭心刻骨的恨意和耻辱好像被仙港的大雨稀释掉，我望着时而沉郁时而明亮的天空，不禁回想起那些夏天、秋天、冬天、春天。这种思念像温暾的潮水，一遍遍，反复冲刷我的身体。

一年半，十八个月。返程的前一个月，我和老妈通视频时，她说：“一回，你晒黑了好多。”

我对着镜子摸摸自己的脸，心想，是啊，我变黑了，回到学校，我就大四了。

离开仙港那天童清去送我，去机场的路上他都在念叨着过两年攒够钱就去找我玩，我搂搂他的肩膀：“那你一定要来啊！”

“来来来肯定来！”童清扶一扶头上的渔夫帽，“你也是嘛，有空了就来玩啊！我包吃包住！”

登机前，他从背包里掏出一本书——果然是文艺青年的作风。

“我最喜欢的作家！”童清说，“你可一定得看完！”

“《古都》，”我低声念道，“好，我肯定看。”

然后，我回到了通京。

拖着箱子走进地铁站的时候我几乎有种恍若隔世的感觉，我只离开了一年半，却像离开了很多很多年。

大四上学期已经没什么课了。开学没多久，学院便开始计算学生的学分，我运气好，在仙港上课时老师给的分数都很高，所以获得了学院的硕士推免资格。六月中旬，学院的推免面试结束，保研名单确定下来，我的成绩可以保外校，接下来就是去参加外校的面试笔试了。而沈致湘的排名比我靠后一些，堪堪获得留在本校读研的资格。

名单公布那天，沈致湘拉我去喝酒，只有我们两个，杨璐不在。

在学校西门的烧烤摊上，我和沈致湘边吃羊肉串边喝啤酒，两个人的话却都不多。我感觉得到，沈致湘情绪不高，但他顺利保研了，不是挺值得庆祝的吗？

吃完了喝完了，我们两个头重脚轻地往寝室走。快到寝室楼下时，沈致湘一把拽住我，问："张一回，你准备去哪儿读研？"

"不知道，"我的脑袋昏昏沉沉的，"还没想这事。"

沈致湘忽然笑起来："你可真爽啊，出了事你就、就去仙港避风头，回来直接保研，咋这么顺利啊……"

我问他："你什么意思？"

沈致湘摇摇晃晃地向前走去："没什么意思，我就是羡慕——羡慕你呗！哈哈哈……"

"你给我把话说清楚！"我不知哪来的力气，狠狠拽住沈致湘的胳膊。

"说？说什么？还有什么你不明白的？"沈致湘语带嘲讽，"你张一回活得多明白，好事都是你的，倒霉都是别人的！"

"……"

其实我早就感觉到了，在严行的事情爆发之后，沈致湘对我的态度便有了明显的变化：变得不冷不热，处处透着疏离。

他说，好事都是我的，倒霉都是别人的。

没过几天，沈致湘就和杨璐出去租房子了，那天我去教务处核算学分，回到寝室才发现沈致湘的东西全都清空了，他不告而别。

我从别人那里听说，沈致湘放弃了保研名额。杨璐毕业要回蓉都，沈致湘打算也去蓉都找工作。

后来，我还是把沈致湘约了出来。在学校的田径场上，凉长的晚风把云朵吹走，露出一盘圆月。

沈致湘递给我一瓶可乐，我们坐在田径场的看台上。

“好快啊，”沈致湘说，“这就要毕业了。”

“嗯，”我看向他，犹豫了几秒，还是问出口，“当时，关于严行的事儿，你知道多少？”

沈致湘捏捏可乐瓶子，语气平淡：“你知道得不该比我多吗？”

“我……”

“反正也要毕业了，告诉你吧，”沈致湘望着田径场，半晌，他扭头看我，“严行搬走的那天，你不在，我跟你说是别人来收拾了严行的东西。其实是严行自己来的。我问他，那个视频怎么回事，是不是有人强迫他的。

“他抱着他的东西，也不看我，就说了一个字，是。后来他又给我打电话，让我帮帮忙，别告诉你。”

“可是张一回，”沈致湘叹了口气，“我就是挺想不明白的，你和严行关系那么好过，你都不好奇他到底都碰上了什么事儿吗？我知道，发生这样的事，你心里肯定难受，可是那种视频传出来，难道严行就不是受害者吗？”

“算了，本来，这是你们两个人的事儿，我也不该插嘴，”沈致湘起身，拍拍我的肩膀，“我走了。”

我愣怔地看着他，直到他的背影消失不见。通京下过一场大雨，夜风吹得我的脸有些凉。我如梦初醒。

第二天一大早我就跑去找辅导员，单刀直入地问她：“老师，当时到底为什么要给我这个交换生的名额？”

她看向我的目光中竟然有几分悲悯：“张一回，你要相信，学院也是想保护你。”

原来我能顺顺利利地在这所学校待下去，顺顺利利地毕业和保研，是因为有人为我好。

在我自卑、怨怼、憎恨的时候，有人不动声色地保护过我。

可严行——这个念头在脑海中出现时我感到一阵巨大的恐慌——没人保护过他。

连我也没有保护过他。

参加人大保研面试的前一天，我去火车站送沈致湘和杨璐。

其实距离毕业还有一段时间，但因为放弃了保研，所以沈致湘已经开始找工作了。他很干脆地决定跟杨璐回蓉都。他们两个人，拖着三只硕大的箱子，甚至像一对新婚搬家的爱人。我陪他们坐在火车站的候车大厅，杨璐跟我有一搭没一搭地闲聊，而沈致湘则已经在准备一场应聘，从学校到火车站的一路上，他都捧着本专业英语的词汇书，絮絮地背单词。

候车大厅人满为患，其他乘客时而向沈致湘投来异样的眼光，杨璐便无奈地冲我笑。

我心想，确实很少见到沈致湘这么用功。

我问杨璐："你的工作定了吗？"

"还没，准备国考呢，"杨璐说，"哎，也不知道考不考得上。"

"没问题的，岗位那么多，慢慢试吧。"我安慰她。

我扭头问沈致湘："你大概准备找个什么工作？"

"去试试那些外企吧，要不私企也行，反正我不考公务员，"沈致湘看着杨璐，笑了笑，"我这性格，受不了天天正儿八经的。"

杨璐也笑，伸手戳戳沈致湘的脸："说得跟你肯定能考上似的。"

我看着他们，心里有种空落落的感觉。时间确实是太快了，好像大一军训往鞋子里塞护垫还是昨天的事儿，而一眨眼，我们就要各奔东西了。我始终记得大一那年寒假，我、严行、沈致湘、杨璐，我们四个一起去南锣鼓巷，那天的天气特别好，沈致湘和杨璐牵着手走在前面，我和严行并肩走在后面，冬日疏朗的阳光落在我们身上——那个画面，我始终记得。

现在，沈致湘要跟杨璐回蓉都了，那么严行去哪儿了？他还在通京吗？在这一刻，我想，我已经不再像曾经那样怨恨严行了。想起他，更多的是困惑，我对他的了解实在太少了。那天沈致湘说得对，我为什么、为什么不问问严行，他有没有受到胁迫？他是自愿的吗？

想到这些，我的心就像一艘破洞的船，缓缓沉入无底的黑暗中。

距离火车发车时间还早，我们坐了一会儿，杨璐说她肚子饿，便去超市买些零食吃。她起身走了，只剩我和沈致湘，这时，沈致湘忽然放下手里的英语词汇书，向我凑近了一些。他面色有些惭愧，对我说："一回，其实这段时间我一直想……想给你道个歉。之前我说那些话挺过分的……我没有责怪你的意思，我知道，出了那些事，你心里肯定是最难受的。"

我被他突如其来的道歉吓了一跳，愣怔几秒，才摇头道："没事儿，你那些话……说得也对。"

"我当时心情不太好，"沈致湘盯着词汇书的封皮，轻叹一声，"其实我和璐璐之前商量的是一起留在通京的，我家吧，虽然不是大富大贵，但给我们付个首付还是没问题的，结果她……她家里一定要她回蓉都，我问她，能不能在通京等我三年，我读完硕士就跟她回去，可她家人还是不同意。"

我没想到他们之间还有这些波折，只好宽慰沈致湘："你之前不是说蓉都挺不错的吗？"

"是不错，我也不是不愿意以后去蓉都定居，"沈致湘笑了一下，表情无奈，"我就是觉得，她家人也太……着急了，我和璐璐都在一起这么久了，难道就不能等我再读个研？况且她在通京也不是找不到工作……算了，现在说这些也没用。"

他说完，我们两个便各自沉默了。而我回味他刚才的话，心里越发不是滋味。

几分钟后，杨璐快步跑到我们面前。

"急什么？"沈致湘顺顺她的后背，"时间还早呢。"

"不是，哎，我……"杨璐猛喘几口粗气，脸颊都红通通的，"我刚才从超市出来，好像、好像看见一个人。”

沈致湘：“嗯？谁？”

杨璐看看沈致湘，又看看我。

她说：“好像是……严行。”

沈致湘瞪大眼睛：“你……呃，你看错了吧？你都那么久没见他了……”

杨璐犹犹豫豫地说：“也有可能……我……我就看到个侧脸，有点像。”

我整个人被钉在原地，周遭的嘈杂倏然消失，耳畔只有杨璐急切的声音。她说，她好像，看到了严行。

“你在哪儿看见的？”我上前一步，几乎有些粗鲁地问，“你在哪儿看见严行的？”

“就那边，一直往前走，”杨璐伸手向右边指去，“G309，在检票呢，他穿个灰色羽绒服，头发挺长的。等等张一回，我也不确定啊……”

我顾不上把她的话听完，拔腿向右手边直冲而去。

我脑子里只有一个念头：严行在那里。

严行在那里、严行在那里。这声音像寒夜里巨大而沉重的钟声，在我脑子里一遍遍轰鸣回荡。

我不知道见了他该说什么，当然也不知道如果根本是杨璐认错了人那我该怎么办，我只是像沙漠中渴水的人，疯狂寻找写着“G309”的牌子。

二十秒，或者三十秒——我不知道过了多久。终于，伴随着耳畔狂乱的心跳声，我找到了写着“G309”的检票口。

检票的队伍已经排起很长，可我还是一眼就看见他了。只一瞬间，我就确定，是他。

他穿一条深蓝色牛仔裤，上身是宽大的灰色齐腰羽绒服，他头发有些长了，在后脑勺扎成一个很低的马尾。

他非常、非常瘦，一只硕大的拉杆箱立在他身边，更衬得他身形萧索，他两条细而直的腿被牛仔裤包裹着，像两条干枯的树枝。

我整个大脑都是空白的，只觉得刹那间四周变成寂静真空，没有声音，没有动作，只有他的背影，深深落进我的视网膜，仿佛烈焰燃烧的行星，坠落进无边无际的漆黑荒原。

他刚通过检票口。

我大叫："严行！"

周围乘客的目光立即投向我，只有他，脚步一顿，没有回头。

我狼狈地冲上去，没有票，只能扒着检票口旁的栏杆大叫："严行！严行是我啊——严行！"

一旁的检票员立刻围过来，厉声说："你怎么了？喊什么喊？"

严行径直向前走。

我顾不上回答，抬腿就要翻栏杆去追他，然而下一秒我就被两个警务员狠狠摁在地上。我这辈子从没这样狼狈过，可我根本顾不上其他了，我脑海中只有一个念头：如果这次没有留住他，那大概就真的是永别了。

我被摁在地上，只能拼尽全力喊他："严行！"

他没有回头。

几秒后，他的身影被拥挤的人群吞没，消失在通往站台的路途中。

沈致湘赶来，不停地向警务员赔笑脸："哎呀我兄弟认错人了……"

他好说歹说，警务员总算放开我，而这时，G309 已经启程。

后来，我查了 G309 的行驶路线，这是一趟由通京向南行驶的高铁，途径石山，郑川，汉昌……终点站渝都。我盯着那些站名，几乎有些绝望地想，严行是要去哪里呢？

我那样喊他，他却还是走了，他一定再也不想见到我了吧。

两个月后，保研尘埃落定，我放弃了通京的顶尖名校，选择去渝都的一所 985 大学。在网上确认推免志愿的那一刻，我满脑子只有一个荒谬的念头：如果严行去的是渝都，那么也许，我可以再次找到他。

读研之后，每年都能拿到奖学金，我又在一家考研辅导机构当老师，经济上宽裕了不少，我不仅没再向家里要过钱，逢年过节还能给爸妈发个红包。

蓝茵留在本校读研，沈致湘出国读研——出人意料的是，他和杨璐竟然分手了。毕业典礼那天我和沈致湘匆匆见了一面，没来得及细聊，只听他说，杨璐家里不支持他们的恋情，沈致湘跟杨璐回了三次蓉都，都没能见到她父母。那时已经是大四下学期，沈致湘在蓉都没有找到合适的工作，考研也错过了，他仓促地决定出国读研，他说，申请得晚，没申到好学校，就接受了S国一所学校的offer（录取通知）。

好像成长都是一夜之间完成的，毕业典礼那天，沈致湘穿一件黑色学士服，剃利落的寸头，也许是来回奔波的缘故，他瘦了一些，整个人忽然显示出几分成熟男人的气质。同样是毕业典礼的那天，我在食堂碰见蓝茵，她穿一条米色百褶裙，化淡妆，流露出沉稳而内秀的气质——和当年那个向严行表白的小姑娘已经截然不同了。

毕业典礼结束，领到毕业证和学位证，我们便各奔东西。

在山城渝都，我没有见过严行，却意外地闻到了桂花的香味。就在我的宿舍楼楼下，有一排细小的桂花树。研一刚入学的秋天，有天傍晚我和室友下课归来，忽然嗅到一阵熟悉的味道。

那天刚下过雨，空气湿润，那味道似乎也变得湿漉漉的，像某种液体，缓缓地流入我的身体。我忽然就想起严行，那时我闻到的就是这个味道。

我说："你闻到没有？有股香味儿。"

室友是渝都本地人，淡淡地"哦"了一声："桂花噻。"

"这就是桂花？"

"对啊，北方没有吗？"室友指向我们身侧的树，"这都是桂花树啊。"

"哦……没有见到过。"

第二天，我独自一人走近桂花树，看到绿叶之间细碎的橘红色花瓣，心想，原来这就是桂花。我将鼻子凑过去，深深地嗅了嗅那桂花香。

这味道和严行用过的桂花沐浴露的味道，其实并不完全相同。大概沐浴露还混合了其他一些香味，而盛开的桂花的味道，只是一种淡淡的清新的香味。

我站在树下，忽然感到一阵深深的惶恐。

视觉有记忆，听觉有记忆，嗅觉有记忆……可感官的记忆终会随着时间的流逝而衰弱，就好比我面对这两种味道，已经无法解释，它们是原本就不一样，还是，我已经记不清严行的桂花沐浴露究竟是什么味道？

记忆会随着时间一点一点剥落成另一番模样，差之毫厘，失之千里。

研二的寒假，我回通京，去了一趟随喜会馆。

随喜会馆已经不是随喜会馆，而是变成一家“鑫瑞明国际拍卖有限公司”，我问门口的保安，之前的那个会馆搬到哪里去了。

保安耐心而和气地回答：“这我真不知道，我们公司搬来之前，这栋楼是一个辅导班租的呀，没听说过有什么会馆。”

我说，好的，谢谢你。

研三，我决定跟着导师继续读博。

一方面，这些年老爸的身体情况挺稳定，只住过一次院，还是因为食物过敏；另一方面，导师对我很倚重，经常鼓励我继续读书，他带着我做项目，我也多多少少赚了一些钱。

写完毕业论文的那个暑假，沈致湘回国，我们在通京聚了一次。

沈致湘的体形又变了，变得非常健壮和结实，他手臂上一块块肌肉的形状即便隔着衬衫也隐约可见。我和沈致湘开玩笑：“你去读的是体育学院研究生啊？”

沈致湘哈哈大笑：“学校里有免费的健身房，我没事儿就去练。”

我们聊了很多，从S国五花八门的野生动物到渝都的5D魔幻地形，啤酒喝了一瓶又一瓶，最后我俩喝不动了，胳膊肘撑着桌子，都有点恍惚。

沈致湘语带醉意：“你找对象没？”

我摇头：“你呢？”

他也摇头。

我们两个相视一笑，从对方眼中，都看到不必言语的了然。

我们两个醉醺醺地走出饭馆，才发现天空竟然下起了雨，北方夏天的雨来得快去得快，我们站在屋檐下等雨停。

沈致湘双手揣兜，漫不经心地问：“这几年，你有杨璐的消息吗？”

“没。”

“哦，”沈致湘耸肩，“我也没有，她可能嫁人了吧？我还想着随份红包呢。”

“……”

很快雨就停了，我去搭地铁，沈致湘伸手拦出租车。他拦到车，打开车门将要坐进去的时候，转身对我认真地说：“常联系啊，一回。”

我看着他，心里翻涌起千滋百味，忍不住问：“你觉得我还能见到严行吗？”

沈致湘冲我点头，说出的话却是：“我也不知道。”

他说“我也不知道”，我明白，他已经默认了张一回不知道答案，所以才会加一个“也”字。

人海茫茫，谁能有答案呢？

博一，我跟导师去杭城开会。飞机从渝都飞杭城，比多年前从通京坐火车到杭城要快得多。开会的酒店离西湖很近，散会后，导师去见朋友，我独自一人去了西湖。

上次来时，冬天，夜晚，阴雨，寒风，西湖的波光潋滟一点没看到，只记得雨点密密麻麻落在水面上，腾起一片片细雾，倒也算是山色空蒙。

这次是九月，天气晴好，微风拂面，碧水边有情侣头抵着头自拍，有高中生聚在一起谈天说笑，有画船，有野猫，有枝头颤袅的白薇花，有翩跹飞舞的蜂和蝶。

身旁的情侣自拍完了，男生说：“宝宝我给你放首歌听，可应景了。”

我沾那女孩子的光，也跟着听。

“行船入三潭／嬉戏着湖水／微风它划不过轻舟……再也没有留

恋的斜阳 / 再也没有倒映的月亮 / 再也没有醉人的暖风 / 转眼消散在云烟……那一天那一夜 / 没有察觉竟已走远……”

我听着听着，连忙背过身去，狼狈地抹一把脸。

——没有察觉，竟已走远。

我快步离开，把那沧桑而缠绵的歌声留在身后。继续走，走到我心相印亭，手机响起来。

通京的陌生号码。

我接起来，已经做好礼貌回绝的准备——也许是到了年龄，这几年，我越来越频繁地接到推销电话，推销保险的，推销家电的，甚至是推销商铺的。

“张一回吗？”是一道女声。

“是的，您是？”

“我是苏纹。”

我对导师说：“老师，我要请个假。”

导师吃了一惊：“怎么，碰上什么事儿了？”

可能因为我的表情太凝重了，所以导师也跟着紧张起来。

“三言两语说不清楚，但是很重要的事情，”我顿了一下，认真对他说，“实在对不起，我真得请假。”

“哎，那你快去忙吧，不过，小心别被骗进传销组织了，啊？”

“不会的，谢谢您。”

接到苏纹电话的当天，我连夜坐上从杭城飞往通京的航班。

航班晚点了一个多小时，到达通京时已是深夜。

我坐上出租车，把苏纹给我的地址告诉司机，嘱咐他：“师傅您开快点吧，我赶时间。”

司机瞟我一眼，好像通京的出租车司机总是这样健谈，他笑呵呵地说：“您这是赶着回家啊？怎么，家里有门禁？”

苏纹给的地址是四环的一个小区。

“家里有急事，您尽量快点吧。”

“好嘞，”司机点点头，“听您口音是咱通京人？”

“嗯。”

“哎哟，好在这会儿挺晚了，路上应该不堵，您从哪儿回来的啊？”

“杭城。”我在脑子里一遍遍地回味苏纹的话。

“杭城那边儿还挺暖和呢吧？”

她说，张一回你去拦住严行，现在只有你拦得住他！

“啊，”我摁摁眉心，“什么？”

“我说，杭城现在还暖和吧？”

“嗯……是。”

司机大概也发现了我的心不在焉，寒暄几句就不再说话了。

出租车在公路中穿梭，下高架，等红灯，通京灯火通明的夜景在我眼前徐徐展开。

我仍然做梦一样回想着苏纹的话，其实，那女人的声音一点都不像我记忆里的苏纹，我记得苏纹的声音是很柔和的，带一点南方口音，可那女人的声音粗糙而沙哑。

她的语气非常急迫，数次强调，让我回通京拦住严行。

我问她我要拦住严行干什么，她急道：一时半会儿说不清楚，你快回来！他明天就要去了！

一个多小时后，我结账下车，到达地址里的那个小区。

那是个不新不旧的小区，位置很好，出门不远就有地铁站。我走进小区大门，和两个巡逻的保安擦肩而过——看来这小区的安保应该也不错，我稍稍放下心来。因为一通听不出声音是谁的电话就从杭城连夜赶回通京，又被人牵着鼻子一般引到这个小区，这样的事情似乎太奇怪了，简直像个圈套。可是我一听见她提严行的名字，就实在没法保持冷静。

找到5号楼，我站在楼下回拨苏纹的号码：“我到了。”

她立即说：“好，我下来接你。”

几分钟后，楼道的灯亮起来，“嘀”的一声，楼道的防盗门被推开了。

真的是苏纹。

她好像胖了些，穿着一身宽大的运动服，她看看我，说："上楼吧，这里说话不方便。"

她的声音比电话里还粗哑。

到三楼，她打开门，我跟着她进去。

苏纹把沙发上成堆的衣服推开："你坐。"

我便坐下，苏纹坐在我对面。几年不见，她变化很大，不仅脸上出现两道深深的法令纹，连肤色似乎都变得暗沉许多，整个人看上去……有些死气沉沉。

我不由得胆战心惊，怎么苏纹变成了这个样子？那严行——严行怎么样了？

我忍不住问："严行到底怎么了？"

苏纹搓了搓自己的脸："你现在还……还在意他吗？"

"我要是不在意就不会赶过来了。"

"也对……你们都是有情有义，"苏纹笑了一下，目光直直盯着桌子上的水杯，"简单点说，严永宽快不行了，当年严永宽就被查出了癌，做了手术。去年癌症复发了，医生说他已经没几天可活了。"

严永宽？我愣了一下，原来那个严先生的大名叫严永宽。

"那严行呢？"

"严行……"苏纹话锋一转，"你知不知道严行为什么不离开？"

我沉默几秒，摇头道："以前我问过他，他说不能离开。我问是不是因为钱，他没否认。"

苏纹冷笑："你就信了？"

"我……当时信了。"

我的手心开始出汗，我有预感，我已经渐渐接近了某个真相。

"因为只有你能劝住严行，所以我联系了你，张一回，但其实我不是很相信你，"苏纹看向我，顶灯略微发黄的光芒落在她脸上，她的眼袋在她脸上投下两片阴影，"我只是没办法，我拦不住他。"

"你知道严行退学之后怎么了吗？我把他送到医院的时候，他已经说不出话了，两条胳膊都是脱臼的，他把自己的舌头咬烂了，因为他渴。后来他在医院里住了半年，身体好了，精神不好，最严重的时候每天都要打镇静剂，”苏纹的声音越来越低，她哭了，“如果是因为钱，他要把命搭上？”

脱臼，舌头咬烂。

镇静剂。

我觉得胸口软绵绵地凹陷下去，这每一个短语都是一根钉子，深深钉进我心脏，脏器变得血水淋漓。

“那他……他为什么……”声音破碎，我知道我的喉咙在发抖。

苏纹紧紧看着我，说：“他妈死得很早，他爸赌钱上瘾，打他，往死里打，他十三岁的时候，有一天半夜，他趁着他爸在外面打牌，拿上家里的两百块钱，跑了。他一直跑到安西，遇到严永宽，严永宽给了他一个新身份，就是——严行。”

“严行跟你们说他爸死了，他妈在国外，对吗？可能他……很希望他妈妈还活着吧，”苏纹身子一仰靠在沙发上，长长吁出一口气，“严永宽就一直用这件事要挟他，说如果他不听话，就把他送回家。后来，又多了一个你。你会怎么想呢？你一个好学生，爹疼娘爱的，你如果知道严行的事情，你会怎么想呢？”

我几乎以为苏纹在骗我。可她的表情凝重，目光如铁。

“但是，你知道吗，最可笑的是……他爸当年根本没找过他。这是大前天，严永宽的司机告诉我们的。”苏纹的胸脯上下起伏，她在竭力忍耐着什么，“严永宽就这样骗了严行十三年。”

“严行昨天告诉我，他要亲手报仇。”苏纹猛喘一口粗气，竟然从桌上抓起纸巾擦了擦汗，仿佛讲述这些事情耗费了她太多的力气。

片刻后，她说：“严行是认真的。”

凌晨一点十四分，我站在东明春泰小区 A-11 栋楼下。

苏纹说严行上个月搬回了这里，这个，离我们的学校只有两站地的房子。

我手里捏着苏纹给我的电梯卡，深深换了一口气，由于跑得太快，嗓子里泛起一股淡淡的血腥味。我抬头数到21层，亮着灯。

凌晨一点二十分整，我又看到那扇门。是的，那扇门，我走进过的那扇门。

我抬起手，已经感知不到自己疯狂的心跳了，我敲门。

几秒后，门内传出一个声音："谁？"

我说："我。"

又过几秒，"咔嗒"一声，门开了。

严行出现在我面前。

他仍和我三年前在火车站见到他时一样，过分消瘦，皮肤苍白。他身上只穿着条平角内裤，整个人站在那儿，简直像一具漂亮的骷髅。

我不知道自己该说什么，甚至不知道自己在想什么。

房间里一片狼藉，桌子上、椅子上、地上到处散落着衣服，墙角一堆空啤酒瓶，横七竖八。

严行说："怎么是你啊。"

而我只是定定地望着他。

他很瘦，实在是太瘦了，皮肤紧紧扒在骨头上，青蓝的血管高高凸起。我看着他病态苍白的身体，同时默想苏纹的那些话，大概心如刀绞就是此刻的感觉了。

严行仍旧一脸平静——甚至平静得有几分漫不经心。他弯腰捡起一件短袖套在身上，又翻来翻去，翻出条运动长裤，穿上了。

严行坐下，点了支烟，深深吸一口，低着头不看我。他说："你要说什么就说吧。"

袅袅青烟笼罩他的脸，我站在离他几步之遥的地方，心里却明白，他已经离我很远了。

没错，我知道什么呢，我什么都不知道。他受了那么多苦，我什么都不知道。怪不得三年前在通京西站，我叫他的名字，所有人都听到了可他头也不回地离去，我不配。

我走上前，这一刻，我向他认罪、悔过，我说："对不起，严行。"

几秒后严行笑了："不要一见面就搞这么惊悚……苏纹给了多少

钱能让你愿意来演戏？你不是最有骨气吗？”

他的目光像一闪而过的刀锋划过我的脸。

我说：“我没骗你，我说的是真话。”

严行垂着眼，不作声。万籁俱寂，他的沉默像一场凌迟，一刀一刀划在我身上。

半晌，他温声说：“晚了，一回。”

一回。多少年了，我终于又听到他叫我：一回。

大二，大三，大四。研一，研二，研三。通京，仙港，渝都。漫长的时间和辽阔的空间都在此刻凝缩成他口中这两个字，一回。他说晚了。晚了吗？可他一叫出我名字，眼前的他和多年前那个高瘦白净的男孩，又重叠起来了。时移事转，千山万水，一眼就望穿了。

“苏纹告诉了你多少事？”严行说，“只告诉你我要报仇？还是把所有的事都告诉你了？”

“所有。”

“那正好，你应该也明白了吧，我们这些事儿，你没必要插手，”严行笑笑，“你看，你现在不是过得不错吗？读博士了，以后前途光明……咱们不是一路人。”

“我——”

“你先听我说完，”严行打断我，“你刚知道那些事，心里不舒服，这很正常。不过你冷静下来想想，这事和你一点关系也没有。你也许会可怜我，或者不想我犯罪，这我理解，也挺谢谢你的。但咱们真的不是一路人，你就不用管我了。”

“不——不是因为可怜你，是因为……”

“这话放六年前说我还是信的。现在，算了吧，咱们不讨论这件事儿，”严行语气轻松，“咱们现实一点——你看我，我这个人，这辈子也就这样了。我被严永宽折磨了十几年，算是毁在他手里了。这些，你不是都知道吗？当年那个视频你也看了，用你们正常人的说法，我这种人就是恶心，就是变态，就是不要脸——无所谓。但是，我最后悔的一件事，还是招惹了你。”

严行抖抖烟灰，又吸一口烟："我不该招惹你，我那个时候太不懂事儿，上了大学又新鲜得不行，我看你们那些人，一个个都真好啊，你们说话都那么客气，态度也那么好，我帮你们占个座位，你们都会跟我说谢谢。尤其是你，你对我太好了——后来我才明白，我说的这些'好'在你们看来也不算什么——总之就是，我没忍住，所以招惹你了。

"后来出了那些事儿，说实话我也没想到，当时还是太无知太天真了，我那时候还以为瞒得住，对严永宽瞒得住你，对你瞒得住一切。最后还是连累了你……不过我也就明白了，像我这种人，和你这种人，永远是不一样的。我在阴沟里讨生活，就永远离不开阴沟。这么多年，我好像还差你一句正经道歉——对不起，我那个时候，不应该招惹你的。"

他看向我，叹了口气："一回，你别这样。"

一阵晚风从窗户吹进来，九月的晚风仍然柔和，吹在我脸上却一片冰凉，是眼泪。

"现在，你也看见了。真的，我这人也就这样了，烂泥一摊。我和严永宽的仇，该解决了，"说到这儿，他竟然惨淡地笑了，"我们这些阴沟里的人，有我们专有的解决方式。张一回，你不用掺和进来，实在没必要。你跑来见我，我挺感动的，但见一面也够了，你回去吧。"

我低声问："然后你去报仇？"

严行认真地点点头："你知道吗张一回，我听说，严永宽不仅快死了，他的后台也倒了，他是彻底完了。所以我更得趁现在，不然我的仇报不了。我劝你快点回去，回去读你的书，做你的好儿子，和我这种人扯上关系就麻烦了，对吧？"

我凝视他黑白分明的眼睛："一定要这样？"

严行说："一定。"

我听着他说的这些话，感觉自己像死过一次，而严行，在我不知道的时候，他也许已经死过很多次了。杀他的凶手有严永宽，又未尝没有张一回。

此时此刻我不知道我能说什么，我无力的语言在他所受的痛苦面前一文不值。

我低头，深深望进他的眼睛，在他漆黑的瞳孔里我看见一个倒映的自己，一个任凭他发落的罪人。

严行倒在沙发里，仿佛很疲惫。他蜷缩着身体，瘦骨嶙峋得像一只断尾的小老鼠，他的T恤领口宽大，露出他右侧蝴蝶骨上方的一条伤疤，细长。

我轻碰那条伤疤，尽管知道已经痊愈了，可还是怕弄疼他。

“这个怎么回事？”

“有一次严永宽喝醉了，”严行温声说，仿佛安慰我，“拿指甲刀划的。”

尽管已经有了心理准备，可听他亲口说出来，我的手还是止不住地发抖。

在他的右手臂外侧，我又看到一条短短的伤疤。

“这个呢？”

“在医院自己弄的，那段时间精神不太好。”

“天天打镇静剂？”

“知道了还问。”

“严行。”

“嗯？”

“三年前，在通京西站，我见过你。”

“是啊，”严行叹了口气，“我知道。”

“G309，你在哪站下的？我看你拉了那么大的箱子，猜是渝都，就去渝都读研了。”

“汉口，那次是去出差，当时我还在严永宽的公司上班。”

“我好后悔。”

“后悔什么？”

“当时无论如何应该拦住你。”

“怎么拦？你又没票。”

“指着你跟巡逻的警察说那个人身上有炸弹？”

严行笑了：“你要是这样，我还真没办法。”

过了很久，严行问：“在想什么？”

我说：“在想如果我像严永宽一样有钱有势就好了，如果我早点遇见你就好了，这么多年……如果是我在你身边，就好了。”

严行却摇头：“不，我不希望这样。”

“为什么？”

“因为你和他们不一样，你和他们那些有钱有势的人不一样，他们都很脏。你很好，很干净，很……反正我不希望你变成他们那样。”

“我很好？”如果不是严行的语气那么平静而认真，我简直以为他在说反话。

“你记得大一的时候我写的那篇读后感吗？”严行说，“《伤逝》的读后感，那时候我觉得，子君和涓生两个人的地位根本不平等，涓生把他的观念和想法强加给子君，可两个人的处境不同，其实不该有谁先进谁蒙昧的区别。”

“嗯，我记得。”

“后来，我是说——那件事发生后，那段时间我心里很不平衡，我觉得你就像涓生一样，你把你的那套价值和标准强加到我身上了，你彻底改变了我，你让我知道我应该被尊重，应该被好好对待，应该……做一个完整的、自由的人。

“可是你骂了我一句‘恶心’，就走了。虽然我知道这不能怪你，因为从一开始就是我在骗你，但想起来心理还是很不平衡。因为你，我才知道我做的是一件可耻的事，所以我去求他，但那会儿还是太天真了……可你怎么能改变我之后就这么干脆地走掉？连……连问一句原因，都没有。在医院那段时间，最严重的时候我好像总在做梦，梦见我根本没有认识过你，根本没有去上大学，梦见我一直被严永宽关在随喜会馆，分不清白天和晚上。

“但是后来我还是想通了，不平等就不平等，我愿意向你的价值和标准投降，因为你是好的，你的价值和标准也是好的，就算对我那么无情……也是我活该吧。”

“之所以我觉得你是好的，而你的价值和标准也是好的，”严行温声说，“是因为和你相处的时候，是我这辈子最快乐的时候。”

我愣怔看着严行，看着他认真而美丽的眼睛。我总算明白，原来从一开始，在我为自己的拮据而自卑的时候，其实他已经弯下腰把自己放在更卑微的位置，他被我侵略，他为我受苦。可是严行大概不知道，张一回的价值和标准无非是套假道学，隐藏在贫穷、卑下、懦弱和自私的背后，归根结底，是因为更爱自己。傻不傻啊？严行。

严行说：“我现在仍然觉得你的价值和标准是好的，但是，我已经没法再与它们为伍了。我们这些人就是这样，没有尊严，也不讲廉耻。所以这一次我必须用我的方法解决问题……”

我凝视严行，感到一阵深深的恐慌和无力，我不知道该怎么说服他。因为他，他已经不再相信我了。

“如果，”我知道我很无耻——可我还是问，“如果我一定要拦住你呢？”

严行目光柔和，他看着我，理智地向我陈述：“首先，严永宽不是立刻就死，医生说他还有一两个月可以活，现在有人在搜集严永宽违法犯罪的证据，他们也会尽力保住严永宽的命，再从他嘴里撬点东西。你还在上学，你能一直看着我吗？”

“其次，就算、就算你能一直看着我，直到严永宽死——但你知道吗，如果你这样做，”严行停顿几秒，一字一句地说，“我就，永远也不会原谅你了。”

九月的凌晨万分寂静，晚上刮风，把云朵吹开了，露出半边月亮。月光就从窗户洒进来，洒在我们身上。

我真希望这一刻可以静止，可以永恒，天不亮，我们永远停在这重逢的一夜，永远不必面对那些丑恶和罪孽。

然而天还是渐渐地亮了。

天色微亮，窗外的麻雀叽叽喳喳地叫，严行醒了。他用力眨眨眼，说："是你。"

我说："是我。"

"我还以为在做梦……你走吧！我过几天再动手，"严行笑了笑，"不过到时候警察还是很可能找你问话，你就说，来找我求和，被我拒绝了。"

他说完，缓缓坐起来，抓起床头上的半瓶矿泉水，仰头一口气喝完。

我看着他窄瘦的背，心里唯一的想法是：我不能走。

"我不走。"我说。

严行背对着我，不说话。

很久之后，他把空矿泉水瓶子掷在地上，无奈地说："那你先跟我回趟商都吧，我要回家乡去看看。"

第十四章

严行简单收拾了两件衣服，就和我出发了。

通京到商都没有直达火车，我们只好在安西换乘一次。用12306买票时，我自欺欺人地没有选高铁，而是选了K4237——从通京到安西，这趟列车要行驶将近二十一个小时。

我们像一艘沉船，即将没入沉沉的海面。

上火车，我和严行都是上铺，两个人对着。

中铺是两个女孩儿，下铺是一对情侣。

安顿好行李，我们俩刚坐到床上，下面就递上来两袋山楂条，女孩儿笑着说："来一点吗？"

严行接过："谢谢了。"

我问她："你们是去上学吗？"

女孩儿点头："嗯，我们学校开学晚一些。"

没一会儿那对情侣接热水归来，两人亲密地靠在一起刷快手，他们讲方言，我听不懂。

我悄悄问严行："你听得懂吗？"

严行嘴里咬着一根山楂条，含糊道："能听懂一点儿。"

中铺的两个女孩子也凑在一起，其中一个举着手机，一起看电视剧。

车窗外有一望无际的平原，农田是大片大片的绿色，几朵云飘在湛蓝的天空中，这几乎就是"云淡风轻"的具体画面了。大概是午后的缘故，车厢里十分安静，只有下铺情侣的手机传出低低的音乐声。

好一会儿，严行说：“我有点害怕。”

“怕什么？”

“说不清楚。”他的声音轻飘飘的。

晚上，车厢里的灯熄了，严行爬回他的床上。

睡在我正下方的女孩儿在打电话，软绵绵地撒娇，听得出电话那头是她的男朋友。

借着窗外的灯光，我伸出手，冲严行摇一摇。

“我真的不跑。”严行无奈地说。

不知过了多久，严行睡着了，呼吸悠长。

我拿起手机，发了两条消息，一条发给导师：“邓老师，我可能还需要几天才能返校，这件事情非常重要，不好意思。”

另一条发给沈致湘：“你去找杨璐了吗？”

导师没回，大概是睡了。沈致湘倒是回得挺快：“问这个干啥？”

我说：“你还喜欢她，是吧？”

沈致湘：“是又怎么样，人家没准孩子都有了。”

我：“你心里跨不过这个坎儿，就去打听打听呗，万一她还单身呢？”

沈致湘：“你怎么突然开始关心我的情感生活了？”

我：“没什么，就是突然发现咱们年纪都不小了。”

沈致湘：“好吧，我知道你的意思，其实我打算十一假期去趟蓉都。”

我：“加油。”

沈致湘：“谢谢您嘞，要是真能成……算了现在说这些没用。”

我对着屏幕笑了笑。

第二天，火车到达安西。我和严行在车站吃了顿早饭，然后又坐上从安西到商都的火车。三个小时后，我们到达商都火车站。

走出火车站大楼时严行扭头看了一眼，我随着他的目光看过去，只见那大楼顶端立着三个明黄色毛笔字：商都站。

我低声说：“如果你不想去你老家，咱们就不去了。”

严行却摇头，语气坚定：“我必须回去。”

一路无话，我们从商都市区坐汽车到县城，又在县城打了辆出租车，去马平村。是的，严行就是从马平村逃出来的。商都市区和县城并没有什么特殊之处——北方平原的城市大概都差不多，灰扑扑的楼房，干燥的空气，飞扬的尘土。

直到出租车已经坑坑洼洼行驶了两个多小时，我终于忍不住问司机：“师傅，还有多远啊？”

那司机说的是当地方言，我听不懂。严行低声告诉我：“他说还有大概一个小时。”

我错愕：“这……这么远？”

严行点头。

山路越来越崎岖，四周的山丘高高低低。沿途偶尔能看见几个放羊人驱赶着羊群。

司机用当地话向严行说了句什么，严行也用当地话回答，两人攀谈几句。虽然严行还会说当地话，但我听得出他的口音十分生硬，有几个词几乎就是普通话的发音。

终于，薄暮笼罩大地的时候，我们到达了马平村。

“别怕，我在呢。”我小声安慰他。

他紧紧抿住嘴唇，垂眸不语。

站在村口一眼望去，马平村大都是裸露出暗红色砖石的砖房，这里的房子最高的不过两层，其中还混杂着几栋土房。通向村里的路虽然是沥青的，但已经十分残破，唯有路边几棵杨树葱葱郁郁，树冠如盖。

严行站在村口，良久，他说：“这地方就是这样。我记得我妈去世的时候……那时候她病得很重了，家里人才说要往医院送，但是半路上，她就走了。”

我看着眼前的一切，少年严行的遭遇如画卷般在我眼前展开，一切苦难都有了实感——他从小就生活在这样一个偏远而闭塞的村庄，大概连去县城的次数都少之又少。所以尽管他出逃时已经十三岁，但他仍然对这个世界一无所知。

十三岁的严行就那么光着脚，在漆黑的夜里骑一辆自行车仓皇逃窜，他一头扎进未知的世界，恐惧，无助，又想拼命活下去。

然而这个世界回馈给他的，全都是伤害和耻辱。

傍晚时分，马平村笼罩在沉沉暮色里，天空是清透的深蓝色，一弯明月高悬于我们头顶。家家户户都在做饭，亮着暖融融的灯，从窗户里飘出一些辣椒爆裂在热油里的香味。

如果不是知道严行在这里经历过什么，我几乎会觉得眼前这一切是恬静而温馨的：农人归家，田园祥和，远处群山温顺地隐没在暮色里。

可一想到严行的事，我的心就蓦地沉下去，黯淡的暮色宛如一只巨大黑洞横亘在我们面前。我们一头扎进去，不知道将会遇见什么。

马平村位置偏远，此时又正是吃晚饭的时间，我和严行两个生人忽然出现，自然引来不少目光。很快就有两个中年妇人走上前来问话，她们用当地话问，严行也用当地话答，没说几句，其中一个就表情激动地掏出手机，打起电话来。

我和严行站在村子主干道旁的树下等待，没过多久，一个身穿黑夹克的男人匆匆迎上来。

他看上去四十岁左右，留着短短的寸头，脸上的皱纹虽然有些重，但人看着很精神。

“你好你好，久等了啊……”男人和严行握手，说的是流利的普通话，“你就是马叔的儿子？”

严行点头：“是我，马金银是我爸。”

“哎！我是说看着你有点眼熟，我是张安国，现在担任咱们马平村的村长。”

原来是村长。

“啊，您好，”严行客气地笑了笑，“路过这边，临时决定回来看看，真是麻烦您了。”

“不麻烦不麻烦，我听孟大姐说你也好多年没回来了——来，咱们去屋里坐着说。”

我和严行便跟着张村长到了他家。他家是一栋二层小楼，虽然面积不大，但是收拾得很干净，大概是新盖的。

张村长很热情地叫人送了几个菜过来，又开三瓶啤酒，我们三个一人一瓶。

张村长显然是听其他村民交代过一些严行家的事情，说起话来十分小心："小马啊，你这是从哪儿回来的呀？一路赶过来挺累吧？"

严行笑笑，没有纠正村长的称呼："还行，不累，从通京过来的。"

他语气轻松，可我知道，他一定比我更紧张。

"哦，哎，那也够远的，主要是咱村这地方偏，"张村长笑着叹了口气，把桌上的一盘凉拌猪头肉朝我们这边推了推，"来，你们多吃点啊。"

张村长仰头喝口啤酒："小马啊，你家的情况，我也大概了解过，我刚来马平村的时候，马叔他还在世，他……确实是脾气不太好。我记得当时我带着扶贫办的领导挨家挨户走访调查情况，马叔他还轰我们呢……"

严行手一哆嗦，筷子夹的醋熘白菜倏然掉落。

"张哥，"我连忙接过话头，"听你口音不是本地人啊？"

"我是东鲁人！国家搞扶贫把我调来的嘛，哈哈，我到咱这儿也有……哦，也有八年了。"

"那真是挺久了。"

"哎，是啊，咱这边儿穷，工作不是那么好做的……来来，喝酒，小马回来一趟不容易，我这儿也没什么好招待的……"

我和严行对视一眼，心里都确定了：严永宽的司机没说假话。

啤酒喝完，张村长又取出一瓶白酒，他喝得两颊通红，显然有些醉了。他亲热地搂着严行的肩膀说："小马呀，我跟你交个底，我过来之前，马平村的风气是真差劲！我调过来第一年，还有个男人把他媳妇打得住了半年医院。哎……哥跟你说实话，哥觉得你小时候早点跑出去，挺好的！你要是继续待在家里，那还指不定被你爹打成什么样儿！你爹啊，他真是马平村出了名的浑，哎，你这孩子也是受苦了……”

严行脸色苍白，笑得勉强：“是，张哥，我那时候是待不下去，就走了……”

“不容易，不容易！”张村长叹气，“你现在做什么啊？”

“我……就在公司当文员。”

“哦，那不错啊！”

严行看一眼手机：“也就是混口饭吃……张哥，这也快八点了，我看我们就不打扰你了吧？我想回我家看看。”

“喀，你家，这个……”张村长搓搓手，表情有些尴尬，“小马，情况是这样的，你看，马叔生病过世之后你家不就没人住了吗，再说你家的房子也破得很，早成危房了。前年咱村评选文明村，就想给孩子们弄个篮球场，我们干部一起开会商量之后觉得你家那块地大小合适，就……那会儿也没想到你会回来，真是挺不好意思的啊！”

严行点点头：“我知道了，没事儿的张哥，我就回去看看……”

我心下了然，原来是严行家的房子被推了，怪不得张村长对我们如此热情。估计那房子里的遗产也都变卖归公了——如果有的话。

如此想来，严行他爸做了一辈子混账，老来无依无靠，死后无人过问，真是报应。

我和严行跟着张村长出门，沿着村子的主干道走了大概一刻钟，眼前便出现一片水泥地。一个篮球架立在角落里，看上去孤零零的。

农村的夜晚比城市冷，喝酒之后被凉冰冰的夜风一吹，我连着打了两个寒战，脑子像被冷水洗过一样，有种过分的清醒。

严行站在我身边，一动不动地凝视面前的篮球场。他脸上什么表情都没有，或者说，此时此刻，什么表情都没有也是一种表情——那是一种巨大的错愕和落空。

我可以想象，在严行以为自己“逃亡在外”的这些年里，一定无数次午夜梦回过父亲施暴的情景，无数次幻想过自己被抓回家，然而，原来这一切都是他的幻觉。

他爸死了，家里的房子也被作为危房推倒，收拾得干干净净，变成一方平整的篮球场。他的记忆，他的错觉，他的挥之不去的噩梦，竟然就这样成了一个——连笑话都算不上的笑话。

张村长热情地介绍："今天有点晚了，平时小孩们放了学，经常来打篮球呢。"

严行平静地说："嗯，挺好的。"

村里没有招待所，张村长找村民借了两张行军床，我们俩就借住在张村长的办公室里。

张村长回家休息了，房间里只剩下我和严行，白炽灯把他的脸映得一片苍白，连脸上因喝酒生出的红晕都消失不见了。

"严行。"我忐忑着，低声叫他。

"嗯，"严行轻声说，"我没事。"

在这荒诞的命运面前，我甚至想不出应该用什么话去安慰他，好像在他面前什么安慰的话都太无力太轻率了。

"张一回，你说，我是不是上辈子做过很多坏事儿啊？"严行笑得惨然，"我实在找不出别的理由了……我也，太倒霉了吧？"

"严行。"我抚摸他颤抖的脊背，我想，他哭了。

然而他没有哭，他睁着他黑白分明的眼睛，表情迷茫："你说，我受这些罪，上哪儿说理去？这简直没有道理啊？"

是啊，简直没有道理，这狗屁生活有什么道理——为什么女人和孩子要遭受暴力？为什么一小部分人能把其他人玩弄于股掌？为什么，严行，我也不知道为什么。

我也想问。为什么这一刻，他的痛苦，我无法消解。

第二天一大早，张村长带着我和严行去了后山墓地。出发前他还很是细心地问严行："小马，你要给马叔烧点纸不？"

严行摇头："不用了，张哥，我们看一眼就回去。"

张村长是个机灵人，大概也明白严行对他爸没什么感情，打圆场道："哦……也对，现在都提倡文明祭奠了嘛，就是咱这地方也没鲜花……"

在一棵高大的杉树下，我们看到了严行他爸的墓碑。

是一块陈旧的青石墓碑，上面连刻绘的纹饰都没有，只有两行字：马平村村民马金银之墓 二〇一三年四月十一日

张村长说："马叔过世的时候身边也没亲人，村里就出钱给他立了这块碑。"

严行盯着那墓碑，没有上前。

"张哥，麻烦你了，"严行低声说，"我们回去吧。"

"哦，行，那咱回去……我这两天正好有点事要忙，你们还想去哪儿转转不？我让我媳妇陪你们去……"

"不麻烦你了，张哥，"严行打断他，温和地笑了笑，"我们今天就回去了，从公司请假过来的，赶着回去上班呢。"

张村长去县城开会，我和严行正好搭他的车到了县城。临分别前，严行包了一千块钱的红包给张村长，他百般推辞，最后严行说这钱算自己捐给村里的，他才拗不过严行，收下了。

从县城回到商都市区，我有些恍惚，好像去后山墓地时脚下踩的碎叶和泥土还未散尽，而眼前又是车来车往的城市了。这短短两天，我好像在一场梦里。

天已经晚了，我和严行决定在商都住一晚再回通京。我们开好房间，进屋，他愣愣地坐下。一路上他都是这样，表情愣愣的，仿佛神游天外。

"咱们去吃点饭吧？"我心疼得要命，"这两天也没好好吃饭，你本来就这么瘦，得多吃点。"

"嗯，好。"严行温顺地答应着。

他这副模样简直——简直是崩溃前的最后一丝平静。

但严行安安静静地跟我去楼下饭店吃了饭，我让他再多吃一碗米饭，他也没有拒绝。

饭店对面是一所中学，我们俩走出饭店时正赶上学生下课，他们三三两两走在一起，发出阵阵嬉闹声。学校门口有不少小吃摊，烤红薯、锅盔、凉粉、肉夹馍……这充满烟火气的场景令我感到几分安心，脑子里理所应当地冒出一个念头：我必须留住严行，他受的苦就算没

有原因，也总该有补偿。

“张一回。”严行对着这幅热闹场景，忽然开口了。

“严行，我——”我会补偿你的，命运给你的伤害我可以补偿，再信我一次。

“现在我只剩下一个解决方法，要不然我真是白受这么多年的罪。”严行平静道。

我动了动嘴唇，没有说出话来。其实我想问，那我呢？

虽然我知道我没资格这么问，甚至只是想一想这个问题都很无耻，但是——那我呢？

你要报仇雪恨，你要为不公正的命运找一个理由——那我呢？

可我问不出口。我知道我是这个世界带给他的伤害的一部分，我也是令他痛苦的根源，我是残酷命运的共谋和共犯。

严行点了支烟，语气温和：“张一回，到了安西你就别跟我回通京了，现在西成铁路不是开通了吗？你直接回去上学吧，咱们……以后有机会再见。”

我知道，如果他真的做了无法挽回的事，我们就没有机会见面了。

站在热闹的街头，严行像一个亲昵的老朋友一样拍拍我的肩膀：“好吗？别掺和这些事儿了，回去好好读书吧。”

六年前他曾臣服于我的价值和标准，所以他去找严永宽。

六年后他再也不会为我放弃他自己的价值和标准，所以他一定要亲手报仇。

我想我能理解他。

“你怎么知道我在读博的？”可我不知道自己为什么会问这个问题，“谁告诉你的？”

“这还用谁告诉吗？百度上搜你的名字，”他语气平淡得仿佛在说一件很遥远的事情，“推免名单，硕士录取名单，博士录取名单……不都有公示吗？”

“为什么搜我的名字？”语言像在走钢丝，每一个字都在危险地颤抖。

严行笑笑："因为好奇，你以前不是说想继续读书吗？我就看看，你有没有继续读……"

"严行。"

"嗯？"

"你能不能别去，你别去……求你了。"我只能乞求他，我知道我没有阻拦的资格，我只能乞求。

"你别去行不行？你想去哪儿我们就去哪儿，我不读博了，我陪着你——严行。"

"别这样，好多人看咱们呢。"

在商都的热闹街头，我忍不住放声大哭，没有哪一刻比此刻更绝望，在过于残酷的命运面前，我那迟来的悔过已经太无足轻重了。他要报仇，我接受他的选择。可正因为这种"接受"我才感到如此无力，我无法拯救他于仇恨和痛苦，我只能，看着他如荆轲般孤注一掷。

"张一回，别哭了，啊？"他温柔地安慰我，九月的晚风掠过我们的身体，像长街的一声声叹息。

"其实能见你一面我很高兴，真的，也算把那会儿没说出口的话都说出来了，"严行拍拍我的背，任由我抱着他号啕，"没什么遗憾了，真的。"

真的就没有遗憾了吗？

可我分明还记得大一的那个寒假，我、严行、沈致湘和杨璐一起出去玩，去后海的路上我临阵脱逃了，后来在许多阳光明媚的日子，我总想，如果当时和严行一起去后海划船就好了。

已经有人站在不远处围观我们，我抓住严行，快步回到酒店。进房间，暗着灯，我望向严行模糊的身体轮廓。

眼泪不断往下流，我的脸湿漉漉的，严行双眸微亮，似乎也闪烁着泪光，我哑声问他："你哭了吗？"

他却只是摇了摇头。

时间好像停滞了，世界是一片混沌的大雾，我们是两粒不知身在何处的蜉蝣。

“严行，”我低声问他，“你恨我吗？”

原谅我还是把这无耻的问题问出来了。

严行皱了皱眉，含糊地说：“我不恨你……但是……”

但是你要报仇，严行，我明白。

我们没再说话，连日的奔波令我们疲惫极了，各自倒在床上，很快就陷入了沉睡。但我大概只睡了两三个小时便醒来了，我悄悄起身，拿着手机走进浴室。

浴室和卧房之间是一面毛玻璃，水浇上去就变得透明。我隔着湿淋淋的玻璃看严行，他仍在熟睡。

之前导师让我带三个研二的学生做课题，我点进课题群把下一阶段的任务分配好，又把以前一个已经完成的课题报告发给他们作参考。

然后我用 QQ 邮箱写了一封邮件，设置定时发送，发给沈致湘。这是一封有些啰唆的邮件，一部分是给沈致湘的，一部分请他转送我爸妈。我又给导师写了一封邮件，感谢他的关心和栽培，也是定时发送。

最后，我给苏纹发短信：“严永宽住在哪个医院？病房和床号都发给我。”

苏纹回得很快：“怎么了？你们俩不是回商都了吗？出什么事了？”

我又看向严行，他睡得很熟，可能是因为这两天马不停蹄地赶路，他太累了。

我看着他，就忍不住微笑。

就这么看了好一会儿，我回复苏纹：“严行他爸是 2013 年生病去世的。严行已经想开了，我陪他看一眼严永宽，然后他就跟我回渝都。”

苏纹：“就这样？”

我：“嗯，就这样，我们和好了。”

顺理成章地，苏纹把严永宽所在的医院、病房乃至床号都发了过来，我一一记住。然后我轻手轻脚地穿好衣服，捡起严行的钱包，把钱包里他的身份证揣进兜，再把他的手机关机，也揣进兜。

我甚至把他身上的卡和现金也带走了，只给他留下五十块钱。五十块钱应该够了，我不需要很长时间——困住他一天，最多一天，就够了。

我查好了，从商都到安西打车大概要两个小时，现在是深夜零点一刻，我能赶上早晨六点半从安西飞往通京的航班。

严行仍然睡着，不知是做了什么梦，他轻轻皱了皱眉头，一副不太安稳的模样。

我站在原地，安静地望着他。望着他，心里竟然没有感到恐惧或忐忑。我承认我是个自私、懦弱、卑微的人，但是终于有一天，我想为了一个人做一次勇士。在很久很久之前，严行拼尽全力保护过我，他几乎用掉半条命，才保住我的学业、我的声誉、我平静顺遂的生活。我想，现在，也该轮到我来保护他了。

我打了辆车从商都去安西，到达安西国际机场时，刚刚凌晨四点。

此时的机场人影寥寥，我吃了顿KFC，然后找一个僻静的角落坐下，掏出严行的手机。我倒不是想要偷窥他的个人隐私，我只是，需要做一些准备工作。

严行和苏纹的聊天记录停留在我们出发去商都的那天，苏纹嘱咐严行到了商都小心行事，如果遇到紧急情况，该跑路就跑路。

而严行没有回复。

再往上翻就什么都没有了，看来严行有定时清空聊天记录的习惯。

我对着剩下的小半袋番茄酱走神，一直以来我心里悬着一个疑问，那就是苏纹和严行究竟是什么关系？六年前严行对苏纹似乎很是冷淡，而苏纹对严行——我不知该怎么说，严行和严永宽的事情都是苏纹告诉我的，且明显是在严永宽的授意之下。但苏纹是被逼迫的吗？也不像，告诉我那些事情的时候，她分明是一副自己也很主动的样子。

苏纹和严行应该算是一条船上的人，他们都受严永宽的控制——

甚至很可能苏纹像严行一样也被严永宽虐待。那么当年他们俩到底是同盟，还是敌人？

再到现在，严行要去报仇，苏纹便急匆匆联系我拦住他，这么看来苏纹并不希望严行毁了他自己。为什么？六年前她不是很痛快地看着严行和我分崩离析吗？

我想不通。

不过，目前看来，至少苏纹应该没有加害严行的想法。严永宽一死，他们俩就彻底自由了，我想，严行能有个苏纹这样的朋友——虽然我不知道该怎么定位苏纹——也总比他一个人孤零零活着好吧。

此时此刻我心里竟然非常平静，平静到还有心思在航站楼找到一家汉堡王。但很遗憾，店门关了。

很久很久以前，严行给我带了汉堡王的汉堡。我至今不知道他买的是什么口味，只对那汉堡里酸黄瓜的味道念念不忘。后来我手头宽裕了，就常常去吃汉堡王。可惜，今天晚上吃不到了。

我很平静。其实我们俩开房间的时候我就在计划这件事了，当时前台的小姑娘请我们出示身份证，我说，我只是帮他拿一下行李，晚上不住这里。那小姑娘便只用严行的身份证登记了房间。这样的话，就算严行醒来之后直接报警，公安局要找我，想必也得费一番周折。反正，能拖一会儿是一会儿，我只需要一天时间。

也许严行根本不会想到我要做什么，他只会以为，张一回妄想用一种天真的方法阻止他回通京。毕竟张一回在他心里早就是个自私自利的人吧？如果他会这样想，最好。

脑海中隐隐出现这个念头的时候，我也觉得自己真是疯狂。我有日益年迈的父母，有费了不少力气才读下来的硕士学位，有器重我的导师和看似还不错的前途。而这一切，都会因为我将要做的那件事，离我远去。

我会亲手打碎自己的生活。

其实如果严行说一句“我不想报仇了”，我肯定立马回去好好过日子。但是，我没法忍受自己袖手旁观这一切，我一定得为他做点什么，以前他受苦的时候我没能救他、没能保护他，现在，如果他一定要向命运讨个说法，我愿意替他去讨。

所以我很平静，我知道自己在做什么。

九月的北方秋高气爽，早晨六点半的航班准时起飞。上午九点二十九分，我走出首都机场的航站楼。

我用严行的手机给苏纹发了条微信："我们回通京了，能出来见个面吗？"

苏纹回得很快——我几乎怀疑她一直盯着手机，她问："在哪儿？你和张一回都来吗？"

我回："嗯，都来，张一回有个亲戚在农家乐打工，能给安排包房，说话方便。"

苏纹："地址是？"

我把我从大众点评上搜到的地址发给她，那地方在京郊，我要把她支开得足够远。

苏纹："好的，什么时候见？"

我："就今天中午吧，张一回赶着回学校上课。"

九点四十五分，我坐在出租车上，我的手机响了，是个陌生号码，归属地是商都。

是他来了。

"喂？"

严行语气急躁："张一回你在哪儿呢？"

"我出去买早饭啊，顺便给你买点药……"

"哦，"我听得出严行松了口气，"我身份证、手机都在你那儿？"

"嗯，"我摆出小心翼翼的态度，"我怕你悄悄走了……"

严行叹了口气："你一定要这样吗？"

"等我回来再说，好不好？"

"好。"

挂掉电话，直直撞上出租车司机好奇的目光，我只好冲他笑了笑，说："嗐，事儿真多，烦得不行。"

接下来的一路上，我都在听司机抱怨他那每天都要检查他手机的老婆。在距离医院八百米的地方我付款下车，真心实意地对司机说："谢了啊，师傅。"

谢谢他喋喋不休的抱怨，令我没有心思去想其他事情。

我去一家小超市买了一箱果汁和一个果篮，此外，还买了一个小东西。在公共卫生间里，我把那小东西揣在夹克宽大的衣兜里。

这时严行的电话又来了，他的语气有些不耐烦，显然是因为我阻止了他回通京。

"你怎么还没回来？"

"我顺便买两件衣服，"我小声说，"咱俩不是都没有换洗衣服吗？"

严行无奈道："好吧。"

我说："我一会儿就回来啊。"

严行："嗯。"

十点半整，我走进住院部大楼，进电梯，上到七楼。

十点三十七分，我来到护士站。期间我的手机没有响过，严行以为我还在商都，苏纹在前往京郊农家乐的路上，一切都很顺利。

"您好，"我冲护士微笑，"麻烦您了，我想问问……21 病房 3 床的病人情况怎么样？您看，我这不是来看看他嘛，听说他病得挺严重的。"

我装作不自觉地瞟一眼自己提着的果篮。

"哦……"护士了然，"严永宽是吧？"

"哎，对，是他，他是我以前的老板……这人真是说不行就不行了，哎！"

"严永宽的情况不太好啊，上个月就说不出话了吧，前天还——小何，"护士扭头问另一位护士，"3 床严永宽情况怎么样？"

"用上呼吸机了，"小何护士说，"估计是……时间不多了，也没个家属在跟前，你是他家属吗？"

"啊，我不是，我跟他一个单位的。那我知道了，谢谢您啊。"

我心里有了些预判：严永宽已经说不出话，按护士的说法，他大概快死了——那么应该没什么人想从他嘴里撬话了吧？护士提起严永宽的时候语气也很正常，只说没有家属，没提有别的什么人。

我站在护士站，一眼就能看到走廊尽头的21病房。走廊里人来人往，并没有人会注意到一个提着礼品的明显是来探病的年轻人。

我满手心都是汗，步伐或许也有点不自然，毕竟，我是第一次做这件事。

21病房到了。

里面静悄悄的。很好。

我长长呼出一口气，推开门。

然后我愣住了。

苏纹坐在病床边，听见声音，她转过身，表情和我一样惊讶。

“张一回，你怎么来了？”

“我就……过来看一下他。”我强迫自己冷静下来。

这是一个三人间病房，但其他两张病床都空着。苏纹坐在其中一张病床上，肩上还背着个挎包，看上去也是刚到。

可她不是该去京郊吗？她为什么会在这儿？

“我也是，来看一眼，”苏纹拢了拢头发，盯着病床上的那个人，神情漠然，“从他住院到现在，我这是第二次来，以后估计也不会来了。昨天我听说他快不行了，就是这几天的事儿。”

我实在太紧张了，以至于没有发现苏纹的异常，她说这些，我只能硬着头皮回应：“严行说他不想来，我就……替他看一眼，人是不是真的快不行了。”

“看吧，”苏纹起身走到我旁边，咯咯笑起来，“我不知道严永宽还有没有意识，如果有，他听见我们的话，是不是气得要死啊？之前的很多年我都以为我这辈子就那样了，结果，竟然不是啊。”

她稍稍歪着脑袋，虽然她的嗓音已经变得粗哑，却透出浓浓的欣喜——欣喜得甚至带点天真的神气。

苏纹俯身，凑近严永宽：“这个世界永远是年轻人的，你说，这话对不对呀，严先生？”

我站在原地凝视严永宽，感到几分恍惚。我对他唯一的印象就是在网上搜索“严永宽”这个名字时，看到他出席某项目剪彩仪式的合影图。由于是多人合影，所以每个人的五官都很模糊，只看得出他身形肥胖。我也曾想象过他的容貌，用我在电影里看过的所有变态的脸去代入他，或是狰狞可怖，或是狡诈猥琐。

然而不是。

严永宽很瘦，头发也花白了，虽然他扣着吸氧面罩，双眼紧闭，但我仍能看清他的脸——是一张苍老的、平凡的脸，长了很多老人斑。这一刻我心里甚至闪过一个念头：这真的是严永宽吗？不会是他弄了个替身来骗我们吧？

原来病痛和死亡的力量是如此强大，一个折磨严行、折磨苏纹、折磨我的庞然怪物，在病痛和死亡面前，也脆弱得像一个气泡，一戳就破了。

病房里安静得只有呼吸机在运转的声音。我双手揣兜，右手指尖摁在水果刀的刀脊上。

“张一回，”苏纹转身，面向我，“你是不是很恨我？”

我不知道她为什么这么问，低声说：“没有。”

“可我那时候不是做了很多……坏事吗？”苏纹竟然揽住我肩膀把我带到病房的阳台上，“严行大概没告诉你，但是我可以告诉你。你记不记得那时候……你第一次去随喜会馆，严行喝多了，你去接他。”

“记得。”我心里七上八下，我不知道她说这些事做什么。

“其实那天不是严行叫你去接的，当时醉得不省人事了，你仔细想想，他怎么会叫你去那种地方接他呢？是我拿了他的手机，我本来——本来也没想叫你去，但我发现他手机的通讯录里你排第一个。我当时就想，这个人姓张啊，怎么排第一？仔细一看才发现他在你名字前面加了个空格，所以你就排第一了。”

我愣着，听她继续说。

“我想，你一定是个对严行很特殊的人，所以我就叫保安用严行的手机给你打电话，然后你就来了。再后来，有天晚上我去你们学校找严行，你记不记得？当时你还陪我在操场走了几圈。”

“记得。”那天严行去津沽玩儿了，苏纹在寝室楼楼下拦住了我。

“那天晚上他根本没去津沽，他是被严永宽叫走了，我就趁这个机会去你们学校，我骗你说我来找严行你就信了——其实我就是找你的。”

这风和日丽的秋天里，一阵风吹过来，我却打了个寒战。

原来那天严行根本没去津沽——怪不得那天晚上他和我在电话里吵了架之后，半夜跑回寝室向我道歉，他根本就在通京。原来苏纹是专门去找我的，怪不得严行知道了之后会那么愤怒。

“我把咱们的自拍发给他，他气疯了，大半夜从严永宽那儿溜出来——是回去找你了吧？我猜就是。因为这事儿他还被严永宽狠狠打了一顿，连着好几天走路都一瘸一拐。”

之后的好几天他都没回学校，当时我以为——以为那是因为他贪玩，或者他不敢见我。

原来是因为他被打了。

“后来那次，严行在安本大酒店陪酒，我故意把地址告诉你，我想让你撞见严行的那些事儿……可你怎么还相信他？他竟然跑去求严永宽放他自由。但其实我早就把严行的事告诉严永宽了。后来的事情你就知道了。”

苏纹看向我，她哭了，两道泪痕把她脸上的妆都晕开了。

我一把抓住她的肩膀，我感受得到她在我手里哆嗦了一下，可我实在——实在气得无法控制自己。她和严行都是受害者，她为什么要和严永宽一起折磨严行？！

“对不起，”苏纹哽咽着说，“但是你知道吗张一回，那个时候，严行是这个世界上唯一和我一样的人，在我心里他就是最亲密的，我们都被严永宽关在笼子里，他怎么能想要丢下我逃出去？他要是真的走了，那我怎么办？”

我看着她哭花的脸，几秒后，颓然放开手。

其实苏纹只是加速了我和严行的分崩离析，就算苏纹不说，严永宽也不可能放严行自由。

“我不是嫉妒他，我是不能没有他你明白吗？”苏纹抹一把脸，胸口剧烈地起伏着，“你不知道我们过的是什么日子……如果他走了，只剩我一个，那我真的没力气活下去了。”

“那现在呢？”

苏纹闭上眼，低声说：“现在，我希望他可以幸福，这就够了。”

我无言，我想告诉她，严行可不这样想，他要报仇，他熬过了那么多痛苦，但无法释然。

“张一回，你走吧，我就不和严行见面了，他不想见我。”

“不……我……”一时间我竟然找不到留下的理由。

“走！”苏纹忽然拽住我的胳膊把我往外拉，“回去好好过日子吧！”

“等等，苏纹，等等——我还有事要问你，你等一下，”我急得开始胡诌，我已经离严永宽这么近了，我不能错过机会，“苏纹——”

然而苏纹像是听不见一样，她用力地推搡着我，我已经被她推到了病房门口。

实在没办法了，我只好用力摁住她的肩膀，她再使劲儿也到底是女人，我很轻松地制住了她的动作。她仍想反抗，竟然屈起一条腿勾住我的大腿，像是想攀在我身上。我的手还摁着她，只能连连扭动身体挣脱她。我离严永宽的病床只有不到三步，我一转身就能扑向严永宽——前提是苏纹不要从背后拖住我。所以我的动作要快。

“张一回！”苏纹却死死抓住我的手，指甲甚至陷进我的肉里，她厉声叫道，“严永宽已经死了！”

我的身体一下子僵住：“你说什么？”

“他死了！你当我不知道你想干什么吗？严行根本不会给我发那么长的消息，也不会用那种语气和我说话，我知道，那是你发的。”

“这是我欠严行的，”苏纹看着我的眼睛，一字一句地说，“我和严行都是被他毁掉的，我不能让严行再把自己搭进去了，绝对不能。”

我缓缓扭头，突然反应过来，测量心电图的机子是黑屏。

“我把那个东西关了，”苏纹仍然紧紧抓着我，“不然那上面会显示出一条直线。他已经死了——你不信就去把电源插上，自己看。”

我放开苏纹，走上前去将电源插上。“嘀——”的一声之后屏幕上出现一条直线。那直线细长幽绿，仿佛指向某个绝对安静和黑暗的空间。

我看向病床上的严永宽，愣怔得说不出话。原来，他已经死了。

“你们一个两个都犟得跟驴一样，”苏纹在我身后，喘着粗气说，“尤其是严行，他——他就不想想以后吗？”

眼前的一切令我大脑空白，就在这时，兜里的手机响起来，响了好几声，我才愣愣地把手机掏出来。是严行。

苏纹走过来，抓起我的手机，接通之后打开免提。

“张一回你到底去哪儿了？”严行焦急的声音从手机里传出。

“是我，”苏纹轻声说，“张一回跑回通京了，现在我们都在严永宽的病房里。”

“他——”

“他没事，”苏纹打断严行，“不过，严永宽死了。”

“没人想让严永宽活下去，但本来他也快死了，”苏纹低头抿一口茶水，“只有你们两个……严行，我本来不想这样的，我想如果张一回拦住你了最好。但我没想到张一回……其实你是不是，一直都不相信，你还有‘以后’？所以你才敢和严永宽同归于尽。”

严行紧紧抿着嘴唇，没有回答。

“这是你们俩的事儿，”苏纹瞟我一眼，“我管不了。但是，严行……严永宽真的死了，死得透透的，我确定。”

苏纹愉悦地笑了。

我发现这个女人远比我想象中强悍。

一个月后，公安机关公布侦查结果：严永宽死于肾衰竭。

苏纹说她怀孕了，要去T国待产，但我和严行始终不知道孩子的爸爸是谁。

“他不会娶我的，”苏纹淡淡道，“我和他说好，以后，我和孩子就和他没有关系了，他送我去T国。我打算到那边开个店。严行，你和我一起去吗？”

我陡然紧张起来，昨晚导师还给我打电话问我什么时候回渝都——他被我那封邮件吓着了，最近没事儿就催我回去，可能是想亲自看着我。

昨晚我问严行：“你能和我一起回渝都吗？”

严行说，他要想想。

苏纹曾一语道破真相，那就是六年之后的现在，严行已经不再相信能有“以后”了。

我差点为他动手，只是我不知道，这件事能不能让他对我们的未来多一些信心。

现在严永宽死了，苏纹要走，似乎一切都尘埃落定，只有我和严行——不，只有我，只有我还等着他的审判。

“我陪你去吧。”严行对苏纹说，他没有看我。

我的心猛地沉下去。

“等你把孩子生下来，我再回国。”

我忽然觉得自己又活过来了。

苏纹笑笑：“你回国了，去哪儿？”

严行说：“到时候再说。”

于是，就这样，严行跟苏纹去了T国。而我回到渝都，继续读博。

回学校的第一天我就被导师叫到家里喝茶，他老人家是典型的辛川人，爱吃爱喝，备下一大桌子菜。

“一回啊，这个，你不要紧张哈，你们这个阶段呢，压力大，是很正常的情况……”

我连连点头，心里愧疚：“哎，老师，我没事。”

“你不要憋着嘛！我说你呀，就是憋的！平时看着没啥事，喔，你那封邮件给我吓惨了！”

“我……我那是……”

“来，多吃点多吃点，看你瘦了好多，”师母热情地给我夹菜，“这个季节，北方挺舒服的吧？秋高气爽嘛。”

“嗯，是。”我想起严行和苏纹飞去T国那天，我去机场送他们，严行看着自己的外套笑了一下，说到了那边就可以穿短袖了。

导师又说：“张一回，我有个朋友在蓉都，是华西医院心理科的大夫，我帮你联系一下，你去跟他聊聊嘛，啊？费用不用担心，我们都是老朋友了……”

“老师，”我放下筷子，小声说，“我真没事，我那天发那个邮件……哎，我就是遇到了点问题，一时冲动。”

师母连忙问：“那你这个问题解决了没有？”

“解决了……吧？”我感到有些挫败，“我也不好说。”

这一年的春节，我没有回家。

来年三月，苏纹的孩子出生了，严行给我发来照片，照片上是一个皱着脸哇哇大哭的小女孩。

我问严行：你什么时候回来？

严行说：再过几个月吧，现在苏纹坐月子，店里都得我来管。

苏纹竟然在T国开了一家美甲小店。

我只好继续等，所幸我没有等很久，因为这一年四月十二日，沈致湘要办婚礼，邀请了严行。

四月七日，飞机降落江北机场，严行终于，回来了。

第十五章

见到严行的那个瞬间我甚至有些恍惚，其实他也就离开了不到一年的时间，可我竟然愣在原地，不知所措。

他还是那么瘦，但稍稍黑了一些，身上穿一件简单的深蓝圆领T恤，一条刚到膝盖的牛仔短裤。

严行走到我面前，看着我笑了一下，轻声道："一回。"

我眼眶一热，一边腹诽自己真是太丢人了，一边大步向前。

"哎，行啦，咱们先回去？这儿的人也太多了。"

"嗯。"

学校的博士生公寓是单人间，严行一进门就笑了："你这房间比我想象中的……小一点啊。"

"嗯……"我很不好意思地点头，"等下个月的助学金发下来了，咱们出去租个房子吧。"

"没事，"严行环视我的房间，"这样就很好了……但是，我住你的宿舍，别人看了是不是不太好？"

"博士生公寓没人管的。"

"啊，"严行耸肩，"那我就假装自己也是博士吧。"

晚上，我带严行去吃火锅。在渝都待了三年，我已经能毫无压力地吃红油锅了，但我怕严行一下子适应不了，还是点了鸳鸯锅。

然而严行显然对红油锅比较感兴趣，食材放进去一会儿他就盯着咕嘟冒泡的红油锅问我："可以了吗？"

严行太瘦了，点菜的时候我忍不住点了很多肉：牛肉卷，腌牛肉，香菜丸子，毛肚，黄喉，鸭肠，酥肉……

严行夹起一块炸得金黄酥脆的酥肉送进嘴，嚼得眼睛都眯起来："真好吃，不过你点了这么多，吃得完吗？"

"慢慢吃，"我说，"我给你涮，你吃就行。"

严行便乖乖把香油碟往前推，等着我把涮好的食物捞进他碗里。毛肚七上八下十五秒，夹进碗里时还是脆生生的；酥肉可以直接吃也可以涮过再吃，严行大都直接吃了，嘴角油光光的；牛肉卷变色了，被我一一捞起，在严行的油碟里堆出一个小山尖；腌牛肉嫩滑，虾滑软弹……

一顿火锅吃了两个小时，走出火锅店的时候，严行说："慢点。"

"啊？"我以为他有事。

"我……吃太撑了。"

于是我们慢慢溜达着回学校，路上又一人买了一盒酸奶，用来消食。

渝都的四月不冷不热，行道树已经换出新绿的叶子，这里湿度大，夜空好像蒙着一层清润的雾气。我和严行走过高高低低的坡路，经过一块广告牌时，听到不知哪里传来的略带沙哑的男声。他唱的是痛仰乐队的《西湖》。

"时而又相远 / 时而又相连 / 断桥何曾蹋过残雪……再也没有留恋的斜阳 / 再也没有倒映的月亮……"

这歌声令我心头一颤，又想起去年在西湖，风和日丽良辰美景，只有我一个人看着碧波潋滟，忍不住落了泪。好在，那个曾经陪我一起看西湖的人，现在又回来了。

"咱们找个时间去杭城玩一圈？"我问严行。

严行欣然应允："好啊。"

走到寝室楼下，我带严行去看桂花树。这时候桂花还没开，绿叶倒是繁茂。

“今年秋天你就闻着了，特别香。”我说。

“嗯，好。”严行凑近桂花树看了看，然后扭头望向我，宿舍楼前的一盏路灯映在他瞳孔里，亮晶晶的。

“咱们回去吧。”他说。

是的，我们回去吧。严行走在我前面，我想起刚才吃火锅时他的样子，隔着火锅的腾腾热气，他眼含笑意地看我，等我为他把香菜丸子捞进碗碟。火锅店里暖洋洋的，他也暖洋洋的。

四月十一日，我和严行到达蓉都。

沈致湘在蓉都办婚礼——没错，和他结婚的人正是杨璐。一见面沈致湘就狠狠在我肩膀上砸了一拳：“你要把我吓死！”

“对不起对不起，”我心虚地道歉，“我当时……迫不得已。”

沈致湘知道当年的事，后来我便把当时的情况实话告诉了他。

“你再迫不得已也不能犯罪啊，你疯了？你这么多年书白读了？你活够了啊张一回？！”

我心虚得连连点头：“是是是，当时脑子一热……是我冲动了。”

现在我只能这样解释。

然而沈致湘话锋一转，又问严行：“你也不拦着他？”

严行：“我……”

“他拦不住，”我赶紧说，“当时他手机身份证都被我拿走了，人也不在通京。”

“不，”严行看着沈致湘，肃然道，“其实原本是我想动手，张一回替我去了。”

沈致湘看着我们两个，目瞪口呆，陷入沉默。

我们就这样沉默着跟沈致湘在停车场找他的车，找到了，我们三个分别坐好，这时沈致湘才双手搭在方向盘上，沉沉叹了口气：“拿你们俩没办法。”

然后他又自言自语道：“我看我就是被你们两个轴蛋传染的。待会儿见了杨璐，说话悠着点……她离过一次婚了。”

我和严行对视一眼，都从彼此眼中看到惊讶。

杨璐和我们同级，今年应该二十六岁，没想到她竟然已经结婚又离婚了。

我小心地问："那她跟前夫……有孩子吗？"

"没，她前夫生育能力有问题，说是精子活力低下。她一直怀不上孩子，婆家人赖她，吵来吵去就离了。"

"哦……这就好啊。"否则沈致湘年纪轻轻就成了继父。

"我爸妈不同意，"沈致湘无奈地耸耸肩，"说我娶个二婚的，不像话。这次婚礼他们也不来，我是没办法了，到时候女方那边的亲戚问起来，你们俩多帮我解释解释，就说……我爸妈身体不好。"

"嗯，你放心，这事儿交给我。"我说。

而严行低着头，不知道在想什么。

沈致湘开车把我们带到一家川菜馆，进包厢，杨璐站起来迎接我们。好几年不见，她变得成熟许多，面着淡妆，打卷的栗色长发挽在耳后，耳垂挂两枚纯白珍珠耳钉，显得温柔而优雅。

"好久不见啦，张一回！"

杨璐热情地招呼我，她的语气让我恍惚了一下，我记得读大学的时候她就总是这样活力十足地和别人打招呼。

"好久不见。"我说。

她目光一转落在严行身上，顿了几秒，向严行伸出手："没想到还能再见面，太好了。"

严行同她握手，笑着说："嗯，太好了。"

落了座，杨璐把菜单递给我们："你们点吧，我在减肥呢，唉，明天要穿婚纱了，我这肚子上的肉怎么办啊，愁死了。"

严行摇头："你不胖啊。"

"我还不胖吗？我都羡慕死你了，这么瘦，"杨璐摆摆手，"你们吃你们的，我喝点茶就行。"

没一会儿，菜就上齐了：红烧脑花、糯米鸭、粉蒸肉、璧山兔……沈致湘夹起一块粉蒸肉，颤巍巍地凑到杨璐面前，幸灾乐祸地问："老婆，真不吃两口吗？”

“不吃！”杨璐推开他的脑袋，“你也小心点，我跟你说，吃多了你那西服也穿不上。”

“还真是，”我打量沈致湘，“你刚回国那会儿还一身肌肉呢，现在……”

沈致湘眉毛都竖起来：“现在什么？”

我实话实说：“现在好像肌肉松了。”

杨璐哈哈大笑，笑完冲我们扬扬下巴：“你们不知道沈致湘多能吃……不过我看你们俩以后也要发福。”

严行诚恳地点头：“我才到渝都三天，重了两斤。”

“张一回喂得好嘛，”杨璐笑，“挺好的，你确实太瘦啦。”

我们边吃边聊，一顿饭吃了将近三个小时。我们实在太久没有聚到一起了——多久了？上一次我们四个一起出门，好像还是大一的时候了。那是九年前。此时此刻，坐在我对面的沈致湘和杨璐，他们都变了，不仅气质更加成熟，容貌、声音也多多少少带了岁月侵蚀和社会打磨的痕迹。再看身边的严行，他也变了，那些没有缘由、无处发泄的痛苦，最终都深深融进他的眼睛里，变成一段沉沉的目光。

“来，走一个，”沈致湘举起手中的啤酒，语气感慨，“时间真是过得快。”

杨璐也举起茶杯：“我就以茶代酒啦。”

三个易拉罐和一盏茶杯碰在一起，“叮”一声响得清脆。饭店包厢暖黄的灯光落在我们的身上，轻软如绸，仿佛有意对我们经历过的那些分别和痛苦给予一些安慰。仿古木窗旁，一大盆月季开得正旺，粉中透红，喜气洋洋，似乎又是某种预兆：看吧，我们还是能幸福的。

第二天，沈致湘和杨璐的婚礼如期举行。

沈致湘穿一身剪裁精良的黑西装，加上他本就个高肩宽，整个人显得英气勃勃。杨璐呢，则是一袭象牙白色鱼尾裙，手捧花束，温婉优雅。

我以为他们俩交换戒指的时候我多少会热一下眼眶，毕竟这么多年——他们终于还是在一起了。可事实是我和严行作为为数不多的男方宾客，整场婚礼都在向人解释沈致湘的父母为什么缺席，赔笑又敬酒。我怕严行喝多了伤身体，便把他的酒都代了。

婚礼结束，我已经喝得头脑昏沉。

沈致湘和杨璐换好衣服走出来。沈致湘语含歉意："今天你们俩辛苦了。"

"没事，"严行笑笑，"应该的。你们也累了吧？"

沈致湘看向杨璐，他们俩的无名指戴上了款式相同的两枚戒指。沈致湘也笑着说："再累也值啊。"

"你别说了，"杨璐抹了抹眼睛，"你一说我又想哭。"

我和严行住的宾馆就在沈致湘他们家小区对面。杨璐的父母已经回去了，我们四个一起离开酒店。到宾馆门口，杨璐说她肚子饿，去旁边的便利店买零食吃，我们三个站在外面等她。

沈致湘侧脸望着便利店："其实她爸妈也不太支持我们，她爸妈……就想让她找个有钱的。她前夫就是家里介绍的，特有钱，但是对她很不好。她自己傻乎乎的，那会儿也恨我和她分手吧，就嫁了。"

沈致湘的话令我心里五味杂陈，上学的时候我总因为自己家的条件自卑，其实，现在想想，大概每个人都有自己的苦楚，哪怕是看似无忧无虑的杨璐和沈致湘。

"好在现在还是嫁给我啦，"沈致湘笑了笑，看向我和严行，"反正我们就定居在蓉都了，离得也近，你们经常过来玩。"

"没问题。"严行说。

回到宾馆，我昏昏沉沉地倒在床上。严行拧开一瓶矿泉水，凑到我嘴边："来，一回，喝点水。"

我就着他的手连吞几口，喝得急了，水从嘴角流到衣服上，湿漉漉的。

"我……我后悔了。"严行忽然说。

"什么？"

"我后悔了，我不该想亲手报仇，"严行用力捏了一下矿泉水瓶，

“你差点就以身犯险了，我现在想起来就害怕……你傻不傻啊张一回？”

我带着醉意笑了笑：“我知道。你别想太多……沈致湘那人就是说话不过脑子。”

“像现在这样……活着，”严行的声音有些许哽咽，“比为了报仇赔上未来要好，真的。”

是啊。我眼眶一酸，竟然也有落泪的冲动。其实我也这样觉得。我知道也许严行一生都无法释怀他受过的苦难，浓度太高的痛苦是永远不会被稀释的，但这眨眼即逝的人生中，纯粹的幸福，大概比纯粹的痛苦更稀少。

五月，严行的健身计划正式启动。

他从T国回来二十多天，被我喂胖了五斤，但仍然太瘦。尤其是现在，天气越来越热，他穿着T恤和短裤趴在床上玩游戏，简直像床上横了一根竹竿。

我严肃地说，严行，你必须开始锻炼身体了。

严行倒是很配合地点点头：“好呀，嗯，我也觉得是。”

他话说得好听，真正实施起来，费劲。

早晨七点，我去食堂买早餐，严行喜欢吃干拌渝都小面配甜米酒，或者烧卖配豆浆。回寝室，我把严行的牙膏挤好，然后将他从床上“拔”起来，推着他去洗漱。

七点半，我们吃完早饭，他和我一起去图书馆，我看书，他戴耳机听歌，或者趴着看小说，有时候也看我。

八点半，早饭消化得差不多了，这个时候我一般小声对他说：“走吧？”

五次里有两次他会干脆地站起来，剩下三次，他把脸往胳膊里一埋，干脆装作听不见，只留给我一个小小的发旋。这个时候我只能给他发消息，内容极尽谄媚：该去跑步了，咱今天少跑两圈怎么样？乖，咱们去操场上遛遛圈，严行，听话。严行，求你了……

哄半天，他才懒洋洋起身，我连忙狗腿地跟上去。我们去操场跑步。

最开始每天一圈，渐渐加到每天两圈，当增加到每天五圈的时候，严行开始抗议。

“一回，”他双手撑住膝盖，吭哧吭哧喘气，“我真跑不动了，我、我好累啊，腿也疼，唉……”

他第一次这样对我说的时候把我吓得不行，恨不得当即给自己一个嘴巴子。锻炼身体要循序渐进！张一回你有没有常识？严行是不是伤着肌肉了？不会肌肉拉伤了吧？

我赶紧蹲下：“你上来！我背你去校医院看看！”

“呃，”严行抹一把脸上的汗，“没事，我还能走……”

“可能是肌肉拉伤了你自己感觉不到，得去看看。”

“真没事，”严行把我拽起来，“我……我歇会儿就行了，咱们慢慢走回去吧。”

于是我陪着严行缓步走出操场，我想扶着他，他却说：“我自己能走。”

他的话令我心里一片酸软。

我们走得很慢，沿着林荫小路一路直行，大概走了五百米，我紧张地问严行：“腿好点了吗？”

“好点了，”严行两颊上还有汗珠，他冲我温柔地笑笑，“不用担心。”

我们继续往前走，然而没走几步，就在羽毛球场外停下了脚步。

我们迎面碰上我导师和他女儿，两人正低着头在一旁的草坪里翻翻捡捡。

“张一回啊，”导师也看见我了，“快来快来，帮我找块石头！”

我和严行走上前去，我问：“找石头？”

“羽毛球挂树上啦，”导师指向树梢，“我和雯雯够不着，找块石头砸下来吧。”

那树梢其实并不太高，顶端挂着一枚亮白色羽毛球。虽然不高——导师他老人家刚刚一米七，也是够不着的。

我刚想说我去试试，身边的严行却大步上前：“老师您歇着，我能够到！”

“严行！你——”

我甚至来不及拦住他，只见他轻巧一跃，手掌在树枝上一拍，那枚羽毛球就化作一道白弧，“啪”地落在地上。

导师眉开眼笑：“哎呀，谢谢你啦同学，还是个子高好啊！”

严行摇头，彬彬有礼道：“不客气。”

我上上下下打量严行，几秒后怀疑地问：“你刚才不是腿疼吗？”

严行表情一滞。

“到底疼不疼了？”

“现在……”他小声说，“现在好了。”

我看着他这副做贼心虚的小模样，好气又好笑。

有一就有二，严行偷懒的方法越来越花哨：装腿疼，装感冒，装抽筋……甚至连“浑身没劲”都出来了。

我试图感化严行：“你看，我不是和你一起跑吗？你跑多少我跑多少。”

严行咸鱼般摊在床上，用脚尖蹬开我的脸，面无表情道：“我比较娇弱，你不懂。”

我：“……”

总之，严行的健身道路充满了阻挠。直到七月的某一天早上，我去买早饭，竟然在食堂遇见导师。

“小张，”导师笑眯眯地问，“你这是买回去吃啊？”

“啊，是……您今天来得真早啊……”我心里七上八下，导师家不在学校里面，他怎么这会儿来吃早餐？

“昨晚睡在办公室啦，没回去，”导师眼珠一转，“买回去，是有人等着吃吗？”

“……”

导师拍拍我肩膀：“行了，回去吧，包子别凉了——下次喊你去家里吃饭，带他一起来。”

我一颗心终于落到肚子里：“老师，他叫严行，严格的严，行走的行。”

“嗯，我知道了，也是咱学校的学生？”

“不是，他……没上学了。”

“唔，小孩儿看着还不错，”导师斜我一眼，“就是太瘦了，看着病恹恹的。”

“他不爱运动……”

回到寝室，看着严行像只懒猫一样叼个包子半睡半醒，我突然心生一计。

我给导师发微信：“您现在都什么时候打羽毛球啊？”

导师叹气：“雯雯又报了个课外班，没空和我打球啦。”

“要不严行陪您打？他每天闲着也没什么事。”

“哦？可以啊！”导师一口答应。

第二天早上，严行第一次自己从床上爬起来，穿戴整齐。我还睡得迷糊，说：“你起太早了，他到不了这么早……”

“我去吃饭，然后提前热身，”严行一脸紧张，“真的不用我故意让他？”

“真不用……你少打高球就行，高球他接不着。”

“嗯，那我走了。”

一个月后，严行的手臂和腿粗了一圈，体重增加五斤。

“老师当时怎么会想到和我打球？”严行幽怨道，“而且他也太有毅力了吧？”

我看着严行越发结实的小腿，满意地说：“这你就不知道了吧。”

“嗯？”

“他就喜欢找个子高的人打球。”

“为什么？”

“他说和个子高的人打，比较有挑战性。我导师学术做得好，就是因为肯下苦功夫嘛，别人都嫌麻烦不去做的，他就去做。这种甘于吃苦的精神呢，在方方面面都看得出来，你看他打羽毛球也是，专门和你打，就是要提高难度，挑战自己，真是太厉害了。”

严行被我说得一愣一愣地：“好厉害啊！”

又过一段时间，导师神神秘秘地把我叫出教研室。

“张一回，”导师从手里的公文包里摸出一本书，“这个你帮我带给小严吧。”

这不是导师多年前写的、已经绝版了的学术专著吗？旧书网上卖八百多呢！而且——给严行？严行他也不看这个啊！

“咯，”导师竟然有点脸红，“你回去跟小严说说，不用太……太吹捧我，搞得我和他打球都有压力……当然了我还是很感谢他对我的肯定，嗯，这本书我签了个名，就送给他吧。”

我汗颜道：“好的。”

从严行回国到我博士毕业，其间两年多时间，严行都没有工作。有好几次他想在渝都找个地方打工，都被我拦下了。我说现在的收入足够支撑咱们两个生活——反正咱们也不是那种特别追求物质的人。

平时我要上课看书写论文，虽然大多数时间都和严行一起待在学校里，但总不能一直陪他玩。他待着无聊了，出去打打工、交交朋友，倒也挺好。可我有别的担忧，那就是严行和社会的接触其实很少，除去中间读大学的一年半，他一直处于严永宽的控制之下。甚至，他曾告诉我，有时候严永宽心情不好，会把他关在某栋别墅里，每天有人送饭菜，就是不允许他出门。

“那……你是怎么忍过来的？”

虽然严永宽已经死了，但是每当听到严行说这些事，我仍会心惊得呼吸都急促起来。那该是怎样的折磨。

“还行，其实我也不太喜欢出门，”严行语气很平静，“严永宽最喜欢装自己有文化，他所有的房子，只要他住，就会放很多书，就那种……一大面墙都是书柜，书都塞满了，但其实他根本不看。出不去的时候我就看书，慢慢看，两天一本，看完十五本，一个月就过去了。”

他说得平淡，我却觉得心都要碎了，想象严行一个人被关在房间里，不见天日，也没人和他说话，他只能安静地翻书，简直就像活成了一个死物。

严行还说过，就算他能自由活动，也无非被苏纹带去酒吧夜店之类的地方。

“去了就是喝酒，很少和人说话，因为怕被缠上，那会很麻烦，”严行叹了口气，“挺没意思的，我不喜欢去。”

所以我真的不太放心严行出去打工，他对我们已经习以为常的人情世故了解甚少，我怕他被欺负。沈致湘曾表示反对：“你总不能让他一辈子什么都不干吧，两三年可以，那以后呢？”

老实说我也不知道，我只希望严行过得快乐，如果他一辈子不工作也可以。他已经受了太多苦，我只想让他快乐。

博士毕业之后我幸运地进入渝都本地的一所大学教书，和严行住在学校分配的教师公寓里。高校里的青年教师都是差不多的命：上课上得多，打杂打得多，科研压力大。

冬天到了，冬至将至。这一年的冬至正好赶上周六，但每个周六下午我都要去给辅修双学位的学生上课。

“晚上去吃大餐，我都订好餐厅了。”其实我还给严行准备了礼物。

“好啊。”严行笑眯眯地应允。

下午讲起课来，时间倒也过得很快。然而令我没想到的是，刚一下课手机便响起来，是学院主管教学的主任：“张老师，你现在忙不忙啊？我这儿实在忙不过来啦，你看能不能来帮个忙？”

“我……”我停顿了两秒，还是说，“好的，我现在就过来。”

这几天学院在重新修订本科生的培养方案，涉及专业课程的一些问题，教学主任不懂，就需要向老师们咨询。去学院的路上，天空飘起了绵绵细雨，湿冷的风一阵一阵往脸上扑。渝都的冬天总是这样难熬，没有暖气，常常下雨。

我给严行打电话：“学院里有点事，临时叫我过去帮忙……”

“嗯，好啊，”严行温声道，“那你要是忙得晚了，记得点个外卖，别饿着。”

“可我们说好晚上出去吃饭的。”我知道这话向严行说了也没用，但我实在心里憋屈。那家餐厅是我一个月前向同事打听的，很不错的一家日本料理，同事说他们家用的海鲜啊牛肉啊都特别新鲜，味道好，餐厅布置得也雅致。

“没事的，过几天又是元旦呢，到时候再去也可以啊，”严行笑了笑，“你先忙你的正事，家里有吃的，不用管我。”

“和你吃饭也是正事啊。”我闷闷地说。

“是是是，”严行哄我，“早办完事早回来嘛。”

走进办公室的时候我才看到另一位年轻的女老师也在。教学主任是位快退休的阿姨，很不好意思地向我们道歉：“这边有些金融方面的英语教材，我实在是看不懂啦，麻烦你们跑一趟了。唉，这人到了年纪，真是……昨天才查过的，今天又忘了。”

那位女老师连连微笑：“不要紧的，孩子有她爸爸带，我今天也没什么事。”

我也只好说：“不麻烦，我今天正好没事。”

一直到晚上九点过，我才饥肠辘辘地走出学院。女老师有丈夫开车来接，他们想捎上我，可惜完全不同路，所以我只能一个人慢慢走回公寓。

雨已经停了，但天空中竟然落下细小的雪花。我来渝都这么多年，还是第一次见到下雪。

雪越下越大，风也大，雪花几乎是拍在我脸上身上。

我给严行发微信说还有二十分钟到家，严行回：好的。

这时候学生要么出去过节了，要么因为下雪缩在寝室里，校园显得十分空旷。目之所及，白雪黑夜，高大的树木影影绰绰。我迎着雪往家走，路上还差点滑了一跤。距离公寓楼还有一半路程的时候，我看见一束亮白的光，前方有个打着手电筒的人，正向我走来。

即便是晚上，即便是大风大雪，但我还是一眼就认出来，那是严行。

我快步迎上去：“怎么出来了？”

“在家待着也没事做，我看下雪了，”严行一说话，嘴里就冒出白气，“就想来接你。”

我们一起往家走，进了楼道，快到家门口的时候，我对严行说：“其实今天还给你准备了礼物。”

“巧了，”严行眼中满是明亮的笑意，“我也有礼物要给你。”

打开门，饭菜的香味扑面而来。

严行的鼻尖红通通的：“我水平有限，你尝尝。”

红烧狮子头，莴笋肉片汤，素炒莜麦菜，还有一大盆热气腾腾的酸菜水煮鱼。

我夹起一块水煮鱼，送进嘴。

“怎么样？”严行问我。

“好吃。”

“真的？”他也夹起一块，“有点淡是不是……”

“真的好吃。”

严行脱下大衣，他身上还围着围裙——买锅的时候超市送的，一条粉嘟嘟的围裙。餐厅的白炽灯很亮，以至于我看见严行的发梢上缀了几粒雪花，反射出莹莹的光。

我拉下羽绒服的拉链：“严行，我要送你一个礼物。”

“欸，等等！”严行却制止我，“先吃饭！要不凉了！”

“没事，很快就好……”

“先吃饭！”严行把红烧狮子头推到我面前，“你尝尝这个！”

我只好拿起筷子，刚要夹，严行又说：“你别吃这颗！吃右边的！”

我看向严行，他一脸紧张。

我突然，突然有了某种预感。

我把他指定的那颗狮子头夹到碗里，吃到第三口时，大牙咬到一个硬硬的东西。

严行冲我笑了一下，表情有些窘迫：“这是我在网上做游戏代练赚钱买的，不贵。”

我鼻子有点酸。

他又说："一回，我知道你压力很大。我也想像很多小说里写的那样，变成一个强大的人，然后我就能保护你，替你分担压力。但是这好像很难做到……"

他顿了顿，直直看向我的眼睛："我没有学历，没有手艺，平时得花你的钱，买礼物也只能买便宜的……其实有时候我会担心，我会不会拖累你呢？可是遇见你真的是我这辈子最幸运的事儿，真的……"

我从羽绒服的内兜里掏出一张银行卡，这张卡里有我悄悄攒了三年多的钱。奖学金、做项目的收入、学校给的安家费，一点一点攒起来，总算凑够首付。

"我已经打听好怎么操作了，到时候，房本上要写咱们两个的名字，"我把银行卡放到严行手心，"这卡你先收着，下周咱们就去看房，好不好？"

"好……好。"严行捏起那张蓝色的银行卡，皱起眉凝神打量，嘴唇也微微抿起来。他这副神情真像个惊讶而激动的小朋友。

"以后咱们可以一起回家，一起出门。"我说。

"嗯。"严行重重点头。

虽然地点不对，时间不对，但总算——总算我们都把礼物交给了对方。

即便前路艰难，但我们还是决定，软弱地坚守。

"你的名字是……严 xíng 还是严 háng？"

"行，行走的行。"

番外一

报到那天，严行其实到得很早，他将学校里里外外逛了个遍。

很久之前的一个晚上，严永宽大醉，严行不知自己做错了什么，惹得严永宽将他暴打一顿。

严行的人生曾有两次非常接近死亡的时刻。这是第一次。

也是这一次过后，严永宽的气消了，为了补偿严行，他同意安排严行去上大学。

严行把学校里里外外逛了个遍，他心想，这就是严永宽给他的补偿？上大学？

逛累了，严行就坐在靠近学校大门的一棵树下，通京的夏天骄阳似火。他静静看着新生一群一群走进学校，是的，一群一群，一个学生身边往往跟着好几个人，父母，老人……最夸张的是一个女孩儿，严行无聊地细数，她身后竟然跟了十一个人，大包小包拉杆箱编织袋齐齐上场，简直像举家迁徙。

严行看着他们，心里觉得很空洞，他知道就算他将和这些人成为校友乃至朝夕相对的同学，但他和他们，始终隔着很遥远的距离。有多遥远？他们的录取通知书是多年苦读换来的，而他的录取通知书——算了别再想了，严行告诉自己，别想了。

然后他就看见一个男孩子，一手拎一只硕大的编织袋，走进学校。

他是一个人来的。

怎么一个人来报道？严行的目光不自觉地凝聚在那个男孩子身上，他挺高，挺瘦，有一张挺好看的脸。

是的，他并没有很高很瘦很好看，只是“挺”，不是“很”。

可严行还是对他产生了几分微妙的——好感——也许吧，总之，有一个和自己一样独自来报到的人，还是挺好的。因为这起码证明自己不是一个独一无二的异类。没错，在大学生活即将开始之际，严行真心希望自己不要成为人群里独一无二的异类，或者，至少，不要被人发现他是独一无二的异类。

太热了，严行决定去寝室看看。他只象征性地带了几件行李——他根本没打算住寝室。严永宽在附近有一套房子，严行打算住那套房子。因为如果住寝室，他不知道该怎么向室友们解释自己频繁的夜不归宿。

但他没想到会在寝室遇见他——那个独自来报到的男孩子。

“一个的一，回来的回。”他叫张一回。

好简单的名字，简单得他一秒钟就记住了。

严行在寝室住下了。这确实是没办法的事，军训这段时间学校管得很严，隔三岔五就有辅导员查宿，他必须住在寝室。等军训结束了……他就搬走。

在军训的这段时间里，严行不知不觉添置起生活用品，床垫、蚊帐、花露水、水杯、闹钟……可他一直没有买被子。他好像隐隐地知道，如果买了被子，就真的不会搬走了。后来军训结束了，他还是没搬走，也还是没买被子。他又对自己说，等天气冷到不得不盖被子时，就搬走。

可人算不如天算，张一回竟然说“我还有一床被子，你可以先盖着”。

他说这句话的时候秋日午后的阳光从窗户落进来，落在他的侧脸，把他的脸照得毛茸茸的。这会儿的阳光是很暖和的，连带着好像把张一回的目光也晒热了。严行觉得自己的身体被他的目光灼烧出一个洞，洞里有他毫无防备的器官和腔腺，软绵绵，热乎乎。

寒冬来临之际，严行在寝室住了下来。

在网络上，张一回这样的男孩子被称为“凤凰男”。当然，后来随着通京房价的疯涨，张一回也进阶成颇为抢手的“京户有房高知男”，虽然房子是他父母的——不过，大学时代的张一回确实只能算是一个“凤凰男”——家里没钱没背景，学习用功成绩好。

那天张一回去上课了，严行洗衣服时听见唐皓在走廊里打电话：“得了您放心吧！我处得好关系！我那几个室友啊，一个家里特有钱，压根不和我们玩儿；一个家里条件也还行，就是挺傻的；还有一个穷着呢，您是没见那穷酸样，领子松得都快露肩膀了，还穿哪！真是……”

严行心里很不舒服，他知道张一回没钱——在食堂永远吃最便宜的饭菜，洗澡总是洗得很快，运动鞋开胶了自己买胶水粘。可他没法对张一回产生任何鄙夷，他认为主要原因是他自己的钱也是严永宽给的，没有严永宽他连张一回都不如。而次要原因……次要原因是张一回这人太温柔了，总是那么和气礼貌，甚至带了几分小心翼翼。

那时候网上虽有“凤凰男”这个词，但对“凤凰男”的大规模鞭挞和鄙视还未开始，所以严行并不明白，有些温柔和礼貌，是因为卑微。

他只是觉得自己被尊重了，如果再厚脸皮一点点，也可以说，被珍视了。不是作为一个宠物被尊重和珍视，是作为一个人被尊重和珍视。严行无聊时看过的那些书在他脑子里哗啦啦响，他在书里见过尊严这东西的样子，而现在他好像真正地拥有了尊严。

张一回说，严行，中午下课我去你们教室门口等你行不行？张一回说，天这么冷你别露脚腕了，对身体不好。张一回说，还是少喝点酒吧，大半夜你一个人醉成这样，太危险了。

危险吗？不危险，最危险的我已经经历过了。

但你这么说，我还是，很高兴。

如上，严行有不计其数的醉酒经验、逃跑经验、挨打经验，但这些经验对张一回不产生任何抵抗效果。所以严行还没来得及意识到温柔不等于珍惜、礼貌不等于尊严，就已经甘之如饴地栽倒了。

严行渐渐有了一种幻觉，那就是他可以摆脱严永宽，成为一个真正的大学生，一个真正的、平凡的大学生。

那时他还不知道，过不了太久，他就会迎来人生中第二次非常非常接近死亡的时刻——那一年的最后一天，他被唐皓摁在雪地里殴打，唐皓到底是个尿货不敢下死手，可他直直凝视着寝室的那扇窗户，他看见了张一回。他看见张一回看着他和唐皓，脸上没有表情。那一刻严行混沌的大脑中甚至滑过一个滑稽的念头：唐皓你干脆打死我算了。

那一刻他竟然希望自己死掉。他费了那么大力气活下去，可那一刻他竟然希望自己死掉。很可耻吧，以前那些求生欲去哪儿了？死是什么——唐皓你干脆打死我算了。

死是很疼的，可是当“我这种人也值得被珍视”的幻觉破灭时，原来，那感觉比死更疼。

番外二

严行确实骗了张一回。

一个谎言需要用更多谎言去弥补，久而久之，谎言就像滚雪球一样越滚越大。

而人总要为自己的所作所为付出代价，所以之后发生的一切，严行都认了。

那六年里，他一直觉得自己这辈子都不会再见到张一回，所以他常常在网络上搜索“张一回”这个名字。感谢伟大的互联网给他窥视的机会，也感谢张一回的父母没有给他起名叫张磊、张强或者张勇，所以，他轻松地搜到了张一回的消息。

张一回去仙港交换了，严行知道这是学院为了保护他，帮他远离是非和流言的中心。

张一回获得推免名额，被保送到渝都的一所大学读研，严行有些疑惑，怎么去渝都了？离通京那么远。

张一回硕士毕业，严行在淘宝买了个知网账号，一口气把张一回的硕士学位论文和三篇期刊论文都下载下来。张一回的论文都是和金融学有关的，说实话，严行看不懂。有一天晚上严永宽又把严行狠打一顿，然后醉醺醺地抓住严行的头发：“你是不是恨我恨得想杀了我？”

严行低眉顺目说：“没有。”

严永宽哈哈大笑，漫不经心地说：“你就是想，也不敢嘛。因为你怕我把你的事情告诉那小孩儿，你还怕我再去收拾他……”

严行低着头，不说话。

严永宽继续说：“你拿我有办法吗？没办法。严行我告诉你，这人啊生下来就有等级，你这种下等人，就是一辈子翻不了身。”

他说完，摇摇晃晃地走了。

严行浑身上下仿佛散了架一般，他百无聊赖地抓过手机，打开张一回的论文。“abstract”是什么意思来着——摘要吗？当时他可是认认真真地学过英语，还买了一本《The Kite Runner》。可几年不学，到底还是忘光了。不说那一行行英语，就是下面的中文他也看不懂，利率市场化进程？净息差收窄？SWOT分析？这都是什么？

严行想起以前看过的一句笑话：那一个个字我都认识，可连起来它们在说什么呢？！

我现在就是这样。严行忍不住笑了，笑着笑着，眼泪流下来。

他知道自己不该骗张一回，可是他愿意用他的——尊严？人格？通通没有——生命吧。他愿意用他的生命发誓，他不是故意想欺骗张一回的。那时候严行真的以为自己能摆脱严永宽，他自欺欺人地找了很多理由：严永宽得了癌症，虽然据说是早期，可也许……严永宽已经没几年可活了？

那时候他还不知道，他的卑微的愿望——成为一个正常的普通人——那么奢侈。

严行面无表情地抹掉脸上的泪，对自己说，满足点，起码张一回现在过得不错，起码他还能通过这种方式，偷偷窥视张一回的正常的人生。所以后来在通京西站他头也不回地走了，身边的乘客都在议论那个神经兮兮的小伙子，只有他攥着拉杆箱的手在暗中颤抖。是张一回在喊他的名字，别说一句话，张一回喊一个字，他就听出那是张一回了。

但是他已经认了。他是这个世界的背面的人，而张一回是这个世界的正面的人。他已经认了。

严永宽就这么倒台了，连他的身体都像一个泄气的皮球般，软塌塌地瘦下去，严行以为自己还会被折磨很多很多年，结果，竟然，医生宣布，严永宽大限将至。

严永宽完蛋了，严行无所事事。有时候他会在床上躺一整天，什么都不做，只安静盯着天花板上的日影。太阳东升西落，影子随着时间长长短短地变化。当影子消失时，夜晚降临。严行困了，喝两口水睡过去，如此度过一天。

他想，自己得做点什么，否则他可能真的会死在房间里。只是他的身体里已经没有柔软的器官和腔腺，他的身体是空的，风可以从那个洞灌进去。严行抬起自己的手，骨节凸起的纤长的手，皮肤有年轻的光泽。没错，他才二十六岁，但是他怀疑自己已经很老了，皮肤像蛇蜕，一摁就会塌陷下去，再摁，他整个人就会碎掉。

见到张一回时，严行的脑子里“轰”的一声。

张一回呜咽的声音仍像六年前——那个雪夜他被唐皓打进医院，张一回在电话里乞求他，那是张一回最后一次乞求他，是哭着说的。怎么六年了，哭声一点也没有变。

怎么六年了，再见面，他还是抑制不住自己。

和张一回离开马平村的一路上，严行都在想，为什么我的人生是这样呢？什么都落空了。

什么都落空了，严行想，我的一切苦难都没有理由。这就是命运吗？可凭什么我的命运这么——这么不讲理。

什么都落空了，他需要一个交代。

他决定第二天就回通京，然而第二天醒来时，他没有看到张一回。

几个小时后，他得知，张一回险些替他报仇。

他已经很多年没有害怕过，那一刻他两腿一软险些跪倒在地，他害怕了。都说什么都不爱的人就什么都不怕，可他还是害怕了。他不得不承认“险些”两个字如此美好，他不得不承认他愿意放弃，只要张一回没事。

他永远没法放下仇恨，但他突然意识到，原来在他心里张一回比仇恨更重。

他愿意为张一回再试一试。

——活下去，就算这个世界仍会带给他伤害，但他与之抗衡，并且心甘情愿。

番外三

今年的四月四日恰好是星期四，张一回没课，而星期五就是清明节，连放三天假。这样算下来，张一回能连休四天。

他早就和严行商量好了，趁这次假期去峨眉山玩一圈，反正从渝都到峨眉山开车也就三个多小时。峨眉山在乐山，乐山又是出了名的好吃——乐山的甜皮鸭和跷脚牛肉，严行已经馋了很久。

只是没想到，临到四月一日，博导叫张一回一起去开会。

要是在别的地方开会也好，带严行一起去就是，可这次学术会议偏偏在通京举行。要是这会议由别的高校举办也好，可这次会议偏偏是由他们母校举办的。

会议手册上写明了开会地点，逸夫楼一楼学术报告厅。虽然已经过了很多年，但张一回只要闭上眼，就能轻而易举地回想起母校的画面：走出宿舍楼，穿过一片小树林，经过两个食堂、文学院、体育学院，就是逸夫楼学术报告厅了。需要多长时间？走路的话，最多二十分钟。

在那所学校里，有太多鲜活的记忆，或快乐或痛苦，总之都太鲜活了。教学楼门口，严行曾等他下课；田径场上，他们曾一起慢跑；食堂里，严行曾陪他一起吃最便宜的饭菜……当然，当然也有他们虽然不提但谁都忘不了的，在宿舍楼的楼下，严行曾被唐皓凶狠地殴打，而张一回在窗前目睹了全程；也是在那个大风大雪的夜晚，张一回挂掉严行的电话，独自倒在雪地里痛哭……太多了，这些痛得几乎能撕裂身体的记忆，太多了。

所以他甚至不敢问严行想不想和他一起去开会。

“老师，不能不去吗？”张一回硬着头皮说谎，“我还想趁着假期再改改我的申请书……”

“申请书又不急这几天！”博导把张一回拉到角落里，压低声音说，“这次开会，扈教授也要来的，我帮你介绍介绍。你和扈教授好好聊一下，对你申请那个课题帮助很大啊。”

张一回正着手申请一个省级项目，而扈教授正是这一领域的权威学者。

“老师……”张一回还是不想去，但博导热心帮忙，他也不好直接拒绝，“我回去看看时间，好吗？我尽量参加。”

上午的第二节大课，课堂上一片安静。这会儿已经十一点过了，学生们大概是饿了，一个个都蔫头巴脑的，有些支着下巴听课，有些则低头玩手机。

翻过最后一页 PPT，张一回说：“大家注意一下，根据学校的安排，17 日那周有期中考试，我这门课就在 17 日随堂考，到时候我会把题目打在 PPT 上，你们把答案写在纸上交上来。”

学生们总算抬起头，很不情愿地：“啊？考试？”

张一回笑了笑，继续说：“给大家划个重点范围，就说一遍啊，认真听，过后别在群里一直问。第二章到第五章，四道简答题，每题十五分，第六章、第八章、第九章，两道论述题，每题二十分，一共一百分。”

“老师，”坐在前排的女课代表哭丧着脸，“这范围好大啊。”

张一回点头：“范围大，但是题不难，考的都是基础知识，你们——”

教室里突然响起一道清脆的男声：“嗯，我的貂蝉是半肉装，庄周解控，好——我们可以进场了！”

紧接着，响起一道极其妩媚的女声：“快来欣赏妾身的舞姿吧！”

很快，声音戛然而止。

张一回：“……”

学生们哄堂大笑。

后排一个高个子男生站起来，战战兢兢道：“老师，对不起，我……呃，我手机坏了，就……”

张一回摆摆手：“没事，以后认真听课，坐下吧。”

中午回家，张一回看看严行的小腿：“怎么又穿这么少？”

严行的下半身只穿了条宽松的运动短裤。

“家里又不冷。”严行的脸红扑扑的。

“你上午一直坐那儿直播，一动不动，还是得多穿点，这边湿气大。”

“怎么就一动不动了，”严行下巴一扬，“我做饭了！”

“不是说等我回来做吗？”张一回迫不及待地走进餐厅，果然看见桌子上摆满热气腾腾的饭菜，一盘豆芽炒肉末，一盘炒莜麦菜，一大碗豌豆苗肉丸汤。

吃过午饭，两人歪在沙发上小憩。这半年来严行做起了游戏主播，已经和某个平台签了约。严行脾气好，游戏也打得好，涨粉很快，只是他每天要直播至少六个小时，张一回心疼他的手腕、颈椎和腰椎。

张一回笑着问：“刚才下播前打的那把貂蝉，最后赢了吗？”

“嗯？”严行睁圆眼睛，“你怎么知道？你那会儿……不是在上课吗？”

他一脸疑惑的神情，像只抱着松子思考人生的松鼠，张一回故意说：“我上课的时候偷偷看的，手机没开声音，放在讲台上。”

“什么？你怎么能上课……”他说着说着突然反应过来，伸手拽拽张一回的脸颊，“又在糊弄我。”

张一回笑着歪在沙发上：“我学生在看你直播，一不小心外放了。”

“欸，”严行顿了顿，“这小孩怎么上课还在看……不行，下午我得在直播间说一声，上课这么重要，怎么能看直播？”

他只是随口这么一说，张一回听在心里，却忽然觉得不是滋味。严行受了严永宽那么多折磨，好不容易有机会上大学，却还是……因为他，半途而废了。

张一回一直记得，那时候严行是很努力的，开学第一天他就在读《追风筝的人》的英文原版，每次上课他都早早去坐第一排的位子。

张一回知道自己能一路读硕读博并最终留在高校，很大一部分原因是他足够幸运。而严行呢，严行那么聪明又那么努力，哪怕是做游戏主播都能在半年内就积累起二十万粉丝，他如果能一直读书的话，一定会有比张一回更高的成就。

然而——

张一回闷闷地说："想好去乐山吃什么了吗？我听我同事说，那边好吃的特别多。"

严行伸手，揉揉张一回的头发："你不是要去通京开会吗？"

张一回猛地抬起头："你怎么知道？"

"今天早上买菜，碰见老师了，"严行笑得温柔，"他问我你最近是不是很忙，说想带你去开会，又怕把你累着了——他说现在高校老师考评的压力很大。"

张一回愣愣地，没想到会有这茬："他是叫我去开会……那个会不去也没关系的……我跟他说最近忙，去不了。"

"干吗不去啊，老师说那个会挺重要的。"

张一回摇头："他那人就那样，你知道的……真不用去，真的。"

严行却笑了笑："正好清明假期我也有事呢，今天网站刚通知的，直播区要办活动，让我参加。本来也不差这几天嘛，乐山不远，咱们五一再去，或者找个周末去，一样的。"

张一回回到母校开会。

毕业之后他就没有回来过了，是没机会，也是出于逃避心理。

好些年过去，母校的变化倒不大——在通京这寸土寸金的地方，学校难以扩展校园面积，只能在已有的设施上做一些翻新和维修罢了。经管学院门前的草坪上，立起一座新的铜雕，是2000级校友会送的；主干道的路灯换过了，变成颇具中国风的灯笼造型，挺别致。

张一回和其他老师一起往逸夫楼走，他们三三两两地凑在一起，一边走一边说话，张一回却独自一人，望着校园里来来往往的学生出神。他看见扎着双马尾的女生，觉得那女生像多年前的蓝茵；他看见戴着耳机慢悠悠走路的男生，觉得那男生像多年前的沈致湘；他看见一个穿着白衬衫的小胖子，甚至觉得这人有些像唐皓。当然他也在某个瘦削的男生的背影里瞥见严行的影子，在路过超市时想起严行下了体育课总来这里买水，在一片簌簌的风中，想起严行长长的大衣和露出脚踝的牛仔裤。

原来一晃已经这么多年。而这么多年过去了，他仍然不敢带严行回母校。他在这所学校里亏欠了严行太多，已经没法弥补。

会议开始，一位位学者轮番上台做报告，张一回听着听着，却总是走神。这所学校里实在有他太多太多的记忆，稍不留神，他的思绪就被拽出报告厅，飘得很远。

张一回给严行发微信："在直播吗？"

过了八分钟，严行才回复："嗯，你开会呢？"

张一回："嗯，吃早饭了吗？"

严行："吃了楼下的豌杂面。"

张一回："嗯。"

严行："先不说了啊，我这局开了。"

张一回："嗯嗯，中午给你打电话。"

和严行短短聊过几句，张一回的心总算平静了一些。

像考试一样，认真起来，时间总是过得很快。十一点一刻，上半场的会开完了，张一回又在博导的引荐下和扈教授聊了十来分钟，并约好明天晚上一起吃饭。

"一回，中午上哪儿吃？"博导说，"你这个本地人可得带我吃点好的啊。"

"没问题，"张一回点头，"带您吃涮肉好吗？"

他一边说着一边掏出手机准备给严行打电话，在摁亮屏幕的刹那，却看到严行发来的微信。

只有一条消息。

“一回，开完会来田径场。”

张一回是冲到田径场的。他身上还穿着考究的西装，手里还拎着文件包，狂奔到田径场的时候，头发乱了，西装外套开了，扎在皮带里的衬衫也被带出来一截。

他一眼就看见了严行，严行面对着他，站在篮球场的边缘。他戴着一顶黑色鸭舌帽，身穿宽松的白色线衫，腿上一条浅蓝毛边牛仔裤，露出白皙脚踝和脚上的黑色帆布鞋。

他站在那里，身旁是几个坐在草坪上晒太阳的男生女生，好像，他又是那个上课坐在第一排的学生严行了。

“一回，”严行笑着迎上来，“跑这么急干什么——没想到吧？”

张一回气喘吁吁，愣愣地说：“你怎么来了。”

严行脑袋一歪：“我不能来吗？”

“不是，我……”

“走吧，”严行打断张一回，“去食堂吃饭好不好？”

于是他们两个年近三十的人，混在学生中间，在食堂吃了一顿午饭。食堂的窗口大都变了，而张一回也不再是那个一顿饭只吃四块钱的学生，他买了一份酸菜鱼，又买了一份萝卜炖牛肉，还有两碗蔬菜烤肉饭。

“欸，以前那家山西油泼面不见了，”严行遗憾道，“我那会儿好喜欢吃他家的面，他家油泼辣子特别香。”

张一回把筷子递给严行：“石锅拌饭也没了。”

严行夹起一块牛肉送进嘴，嚼了嚼，弯起眼笑了：“做菜还是那么咸。”

吃饱喝足，严行带张一回去了他订好的酒店，就是离学校不远的一家快捷酒店。

严行是一大早飞过来的，早上五点半就起床了。张一回捏捏严行的肩膀：“睡会儿吧？”

“怎么不像以前一样叫我陪你出差？”严行问道。

“不敢，”张一回老实回答，“怕你回学校了心里难受，也怕你……想起我做的那些事儿。”

严行闭着眼，没说话。

过了很久，久到张一回以为严行睡着了，他忽然听见严行轻声说：“一回，过去了，在我这儿，那些事已经过去了。”

他这一句话就使张一回鼻子发酸，真的都过去了吗？真的能过去吗？严行受过那么多苦。

“我说真的，虽然那些事儿还在，我也忘不了它们，但现在我已经能和它们……讲和了，就像我今天回学校，我以为我会很难受呢，结果也没有，想着一会儿能见到你，就挺开心的。”严行说。

张一回看着严行，半晌，轻轻叹了口气。他想，他这么普通这么平凡的一个人，怎么会有这么好的运气呢？没错，有爱他的父母，是幸运的；考上了重点大学，是幸运的；一路顺利地读书，是幸运的……但这些幸运，都比不上，遇见严行的幸运。

番外四

九月五日是学校开学的日子，张一回从家出发，拖着大包小包，换乘三次地铁，总算到达了学校。这是一所历史悠久的重点大学，地理位置也十分优越。当然，正因为地理位置过于优越，所以，在寸土寸金的通京，学校难以扩张面积。

宿舍是狭小的四人间，上下铺，没有卫生间，洗澡得去每层楼末端的浴室。虽然有阳台，但也小得可怜，并且堆满了上一届毕业生留下的杂物。张一回是最先到宿舍的，他只好先把自己的行李放在一边，蹲在阳台上，清理那些乱七八糟的东西。有凝固的各色颜料，有破洞的书包，有几本《外国美术史》《世界艺术史》之类的教材——看来，之前住在这里的学生是美术系的。张一回将杂物收拾一番，通通塞进垃圾袋，打算将它们一次性丢进走廊尽头的垃圾桶。然而，就在他灰头土脸拎着垃圾袋向外走的时候，宿舍的门被推开了。

是一家三……四、五、六口。为首的中年男人手戴金表，声音粗犷：“儿子！这宿舍太小了！”

紧随其后的是一个穿得花花绿绿的中年女人，五官漂亮，颈间挂一枚硕大的翡翠。她环视宿舍，随后目光落在张一回身上，她用有些生硬的普通话说：“小伙子，你也住这里啊？”

张一回点头，还未开口，又听见女人身后的白胡子老头说了句他完全听不懂的方言。老头话音未落，旁边的老太太也开口了，两人都说方言，语气急促，竟像是在吵架。张一回有点蒙，怎么刚进门就吵起来了？

这时，后方传来一道懒洋洋的年轻男声："行了，我就住这儿，大一课多，以后再搬出去吧。"

顿了顿，男生又说："王阿姨，你简单打扫一下就行。"

什么？还带了保洁阿姨？张一回目瞪口呆，只见一个面戴口罩、左手执拖把、右手执抹布的女人挤了进来。她笑眯眯地对张一回说："孩子，你放着吧，阿姨来收拾。"

"是啊，孩子，你坐下歇一会儿，"老太太用蹩脚的普通话说，"你是我们行行的同学吧？哎哟，这孩子长得真端正……"

"姥姥，您先坐着，"那道懒洋洋的男声又发话了，"我把包放下，带你们逛逛学校。"

直到这时，他才来到张一回面前。他很高，张一回有一米八，但他比张一回还高出半个额头。他还很瘦，不是那种麻秆型的瘦，而是给人纤长匀称的感觉。张一回的第一反应是：他是模特吗？

他穿简单的白 T 恤和牛仔裤，放下双肩包，转身看向张一回。张一回大惊，又高又瘦也就算了，怎么还这么好看？真是模特啊？欸，我们学校还有服装表演专业吗？

他乌发如墨，肤白如瓷，双眸细长，鼻尖微勾，薄薄的嘴唇抿成一条线，似嗔而非嗔，似怒而非怒。他与张一回对视，明亮的眸子垂下，仿佛流露出丝丝冷淡。张一回忽然紧张起来。他手里还拎着鼓鼓囊囊的垃圾袋，人也灰头土脸，在这位同学面前，简直像废品回收站在职员工——俗称，收破烂的。

"你好，"这位模特同学矜持地开口，"我叫严行，严格的严，行走的行。你叫什么？"

"我叫……张一回。"

"一回？"

"就是那个，一回生二回熟的一回。"

严行听到这话，忽然勾起嘴角笑了笑。张一回茫然地想，笑点在哪儿？然而严行并未解释，他看看床铺，问："你睡哪个床？"

"我睡这个。"张一回以目光示意进门左手边的下铺。

严行点头，很干脆地说："那我睡你上铺吧。"

事实证明，这所学校并没有服装表演专业，这位男模一般的严行同学也并不是模特，他和张一回同年级、同学院、同班。

他们的另一位室友名叫沈致湘，一个人高马大的东北壮汉，来自体育学院。不知沈致湘从哪儿打听来的消息，他说，这间四人宿舍原本应该住满的，但那小子是濠海人，去住高贵的留学生宿舍啦。

所以这间宿舍就只有他们三个——体育生、男模特，以及灰头土脸的张一回。

沈致湘是最大大咧咧的，可惜军训开始之后，他们体育学院的训练量最大，大概学校也是想消耗消耗这群体育生过剩的精力，每天晚上，体育学院都要训练到九点半之后。而金融学院是没有晚间加训的，吃过晚饭，大家就可以自由活动了，不过，辅导员会不定时查寝，所以学生们除了宿舍也无处可去。

隔壁宿舍的学生早就混熟了，辅导员一走，便开始呼朋引伴地打牌、打游戏，喧闹声一直持续到宿舍熄灯。这一边，活跃气氛的沈致湘还在训练，张一回和严行背对背坐在各自书桌前。

空气中飘荡着一股清淡的香味，张一回分辨不出那是什么味道，只知道是严行那边散发过来的，很好闻。

才军训两天，张一回已经发现，严行真的很精致。每天上训之前，他会仔仔细细地涂水乳、涂防晒，连指尖都不放过；每天下训之后，他会把当天穿的军训服换下、洗净，平平整整地挂在阳台上。最令张一回震惊的是，他还会在入睡之前敷面膜，他的面膜的味道也非常好闻，是一种清新的玫瑰幽香。

张一回觉得，严行简直是天仙下凡，住在这鸽子笼一般的宿舍里，真是委屈他了。在严行面前，他和沈致湘，简直像某游戏里那一对黄金矿工。

“累——死——了——”沈致湘大叫着推门而入。

“哎，”他脚步停顿，鼻子用力嗅了嗅，“什么香味儿？”

张一回不语，严行低头闻闻自己的手臂，说：“桂花味的沐浴露。”

“哦，桂花啊，怪好闻的嘞。”沈致湘憨笑。

原来是桂花。张一回心想，难怪自己分辨不出这种味道，北方好像不长桂花树吧。

他是南方人吗？

“嗯？”严行望向张一回，“你问我吗？”

怎么脑子里想着，嘴巴就说出来了！

“啊……是，”张一回尴尬地点头，“还不知道你是哪里人。”

“陕郡，”严行简短地说，“你呢？”

“我就是本地的，”张一回停顿两秒，补充道，“郊区的，丰平那边。”

严行若有所思：“丰平……”

张一回硬着头皮笑笑：“啊，没听过是吧？我们那儿确实算是比较偏了。”

“不，我好像听过这个地方，但是想不起来从哪儿听的……怎么会呢？突然感觉很熟悉，”严行皱起眉头，喃喃道，“但我根本没来过通京啊。”

张一回并没有把严行的话放在心上。

军训结束了，大学生活终于步入正轨。

大一的专业课排得很满，但张一回硬是挤出了做兼职的时间，没办法，他家条件困难，他得尽量为家里分担压力。也因如此，张一回没有参加任何社团活动或学生组织，他的生活只有三件事：上课，自习，做兼职。

沈致湘就截然不同了，他性格开朗，人又爱玩，每天都在呼朋唤友地鬼混。不过，沈致湘的鬼混还是有限度的，比如他很少夜不归宿，通常是在宿管阿姨的吆喝声中卡着宿舍门禁归来。他也不怎么喝酒，据他解释，醉酒是运动员的大忌，酒精很伤身体。

——相比之下，严行的鬼混简直是无法无天。他经常夜不归宿，上午的专业课自然也频频缺席，起初老师点名的时候张一回还会给严行发个微信知会一声，可惜，要到下午两三点钟，严行才轻描淡写地回一句“好的谢谢”，张一回猜测，那时严行才刚醒。

后来时间久了，张一回也不再给严行发微信，毕竟严行自己都不在乎老师点名，他又有什么可在乎的呢？其实这样倒也不错，宿舍少个人，宽敞。

“喂，一回，你知不知道？”某天睡前，严行照旧不在，沈致湘八卦兮兮地说，“严行真是好有钱哪。”

“啊？”

“他在‘Kava’玩，一晚上花了二十万！”

张一回愣愣的：“‘咔哇’是哪儿？”

“哎，这你不知道？就是那个很出名的夜店啊！”沈致湘的语气透着浓浓的羡慕，“我听说严行家里开矿的，也就是煤老板嘛，富得流油。哦哦，还有，严行现在可是校学生会主席的情敌，这事你听说了没？”

张一回摇头：“没有。”

“啊，好吧，”也许是张一回的反应太平静，沈致湘有点失望，“就是啊，校会主席是个大三的，谈了个大二学姐，结果那学姐和主席分了，去跟严行表白……但是严行没同意。”

沈致湘将手机递过来，屏幕上是张合影，有男有女，张一回一眼就看见严行，因为他实在好看得太突出了。

“喏，这就是那个学姐，”沈致湘点点严行身边的女生，“很漂亮吧？”

张一回“嗯”了一声。

沈致湘感慨：“别人的大学生活真精彩啊。”

张一回倒是没什么感觉，这些事和他的生活可谓风马牛不相及。

他的生活只有两个主题：学习、赚钱。什么三角恋，什么一晚消费二十万，他就当听故事，听过就过了。

但张一回没想到，某一天，他会被辅导员请进办公室。因为他的室友严行。

“哎，小张啊，你是他室友，跟他还是挺熟的吧？”辅导员愁眉不展，“你多帮我做做工作，行不行？严行旷课太严重了，再这样下去，肯定要被学校处分。”

张一回想说，其实我跟他不熟。但辅导员叹了口气，苦恼地说：“今年是我工作第二年，领导都盯着呢，出个这样的学生，说实话，对我影响很大。我也跟严行谈过话、做过工作了，根本没什么效果。你就帮我试一试，好吗？”

话说到这个份上，张一回只能点头：“那我试试。”

辅导员连连道谢。

但是——他能怎么办？严行现在已经很少回宿舍了。

此时正是深秋，一天凉过一天，秋风卷起路边枯黄的树叶，带来阵阵萧索气息。张一回缩了缩肩膀，决定等严行回宿舍的时候再劝他两句。

这一等就是整整一周。通京迎来大幅度降温，沈致湘换上了羊绒毛衣，张一回从衣柜抱出四斤棉被。深秋是张一回最喜欢的季节，天空会变得特别高、特别空旷，萧索的冷意席卷万物，被窝就成了格外温暖的地方。

这天半夜，张一回被敲门声惊醒。

那敲门声不算响亮，反而犹犹豫豫的，敲了一下，过好几秒，才敲第二下。

张一回第一反应是，有人在搞恶作剧？他下意识抓起手机，这才看到严行的微信。

严行：“能不能给我开门？”

沈致湘鼾声震天。张一回披上外套，哆哆嗦嗦地下床。宿舍门拉开一条窄缝，张一回看见严行红通通的脸。他竟然只穿一件宽松的黑色毛衣和牛仔裤，还露着脚踝。他显然冷极了，吸吸鼻子，小声说："谢谢你啊，张一回。"

他身上散发着浓郁的酒气。

张一回说了句"没事"，然后转身爬回床铺。他其实有些小小的不爽，这大半夜的，严行怎么突然回宿舍了？发哪门子疯？

好在严行没有继续折腾，他轻手轻脚地脱了衣服，爬到上铺，然后就没声音了。

长夜漫漫，张一回本该倒头沉睡，可是不知为什么，竟然睡不着。半晌，张一回给严行发微信："你床上没有厚被子吧？"

现在是最冷的时候，天凉了，暖气却还没来。张一回能想象出长手长脚的严行蜷缩成虾米的样子。

严行秒回："嗯，冷。"

张一回盯着那个"冷"字，忽然感到恍惚，这情景似乎在哪儿出现过，他万分熟悉，却怎么都想不起来。

这种感觉很令人难受，类似于你知道自己忘了一件非常重要的事，却又想不起是什么事。

张一回纠结了足足一分钟，还是没能记起来。他只好暂且不想了，先回严行的微信："我还有床被子，你不介意的话先盖着？"

严行："啊，好啊。"

张一回抱起床头的被子，双手举高。严行俯身来接，指尖无意擦过张一回的手背。

两人就这样在黑暗中完成了被子的交接。

严行又发来微信："真的谢谢你，明天我可以请你吃饭吗？"

他的语气郑重得不像喝了酒。

张一回本想拒绝，忽然记起辅导员的叮嘱，又改了主意。那，就和严行吃顿饭吧。

中规中矩、勤勤恳恳的张一回。

不学无术、寻欢作乐的严行。

总而言之，他们都是平凡的大学生，过着平凡的大学生活。

在某个平凡的夜晚，这个绵延他们一生的故事，就此拉开了序幕。